Jürgen Seibold

Lindner und die Tageslosung

Jürgen Seibold

Lindner und die Tageslosung

Ein Baden-Württemberg-Krimi

Silberburg-Verlag

Jürgen Seibold, 1960 geboren und mit Frau und Kindern im Rems-Murr-Kreis zu Hause, ist gelernter Journalist und arbeitet als Buchautor. Beim Silberburg-Verlag hat er bisher Kriminal- und Unterhaltungsromane sowie die Reportagensammlung »Baden-Württemberg scharf« veröffentlicht.

Sie wollen mehr wissen über Stefan Lindner?

Kein Problem: Hintergrund, Infos und Termine zum neuen Ermittler aus Bad Boll gibt es auch online ... www.kommissar-lindner.de

1. Auflage 2013

Lektorat: Michael Raffel, Tübingen.
Umschlaggestaltung: Christoph Wöhler, Tübingen.
Coverfoto: © Flory – iStockphoto.
Druck: CPI books, Leck.
Printed in Germany.

ISBN 978-3-8425-1245-0

Besuchen Sie uns im Internet
und entdecken Sie die Vielfalt unseres Verlagsprogramms:
www.silberburg.de

Mittwoch, 13. März

Stefan Lindner hatte die Hände gefaltet und den Kopf gesenkt. Der Friedhof war voller Leute, der Sarg war von üppigen Kränzen und Blumengebinden umgeben, und auf ein Zeichen des Pfarrers hin verebbte das Gemurmel. Wenig später war nur noch der Wind zu hören, der durch die Bäume strich und unangenehm kalt durch die schwarzen Mäntel und Jacken drang.

Die Boller Mädle hatten für die Begräbnisfeier darum gebeten, anstelle des Kirchenchors den musikalischen Rahmen bestreiten zu dürfen. Nun mühten sie sich redlich mit »So nimm denn meine Hände«. Nur die 87-jährige Henrike Hausmann hatte wohl während der letzten Besprechung auf dem Friedhofsparkplatz ein Likörchen zu viel erwischt und krähte mit roten Wangen, schwerer Zunge und brüchiger Stimme neben der bekannten Melodie her.

Lindner gingen alle möglichen Gedanken durch den Kopf, ab und zu räusperte er sich, und unauffällig musterte er die Trauergemeinde. Die meisten sahen starr zum Sarg hin, und wenn er doch einmal einen Blick auffing, stellte er darin die übliche Mischung aus Trauer, Neugier und dem Gefühl fest, irgendwie peinlich berührt zu sein.

Ein paar Meter von der dicht beieinanderstehenden Trauergemeinde entfernt standen zwei Frauen, eine jüngere und eine ältere, beide tiefschwarz gekleidet und mit einem so traurigen Blick, als hätten sie von allen Anwesenden persönlich den schwersten Verlust zu erleiden. Lindner kannte die ältere, und er wusste, dass sie sozusagen beruflich hier waren. Die Frau ließ ihren Blick halbwegs unauffällig über die anderen schweifen und hob die schmale linke Hand, die in einem schwarzen Handschuh steckte, um sich leise zu räuspern. Als sie Lindner sah und bemerkte, dass er sie aufmerksam beobachtete, erstarrte sie mitten in der Bewegung, dann beugte sie sich zu ihrer Begleiterin, tuschelte ihr etwas zu, und gleich darauf verabschiedeten sich die beiden Frauen mit einem knappen Nicken von Lindner und sahen zu, dass sie das Ausgangstor erreichten.

Die Boller Mädle waren mit einem herzzerreißenden »... und ewiglich« ans Ende ihrer ersten Darbietung gekommen, und der Pfarrer bog sich das Headset zurecht, um mit seiner Ansprache zu beginnen. Lindner senkte wieder den Blick, aber er fand keine Ruhe. Er musterte die Schuhe der Umstehenden und registrierte die daraufgesprenkelten Schmutzflecken, er blieb mit dem Blick an aufgescheuerten Hosensäumen oder an Laufmaschen in schwarzen Strumpfhosen hängen. Er verlagerte sein Gewicht vom linken auf das rechte Bein und rief sich innerlich zur Ordnung. Schließlich fixierte er den schwarzen Stoff, auf den der Sarg gebettet war, und folgte seinen ganz leicht im Wind schaukelnden Falten nach unten. Dort lugten die vier Räder des Transportkarrens hervor, der den Sargträgern ihre Arbeit erleichterte. Es waren Fahrradräder mit blitzblank polierten Speichen, und die Seiten der Reifen trugen in knalligem Gelb die Aufschrift »x-treme longlife power«.

Ein Schluchzen in seiner Nähe lenkte ihn ab; er atmete ein paar Mal tief ein und aus, schloss die Augen und heftete seinen Blick sodann auf das Blumenbouquet in der Mitte des Sargdeckels. Jetzt trat der Pfarrer einige Schritte zurück, und die Boller Mädle wappneten sich für den nächsten Choral.

... drei Wochen zuvor ...

Mittwoch, 20. Februar

»Herrgottsakramentnommolezefixaberau!«

Ruth Lindner schleuderte den Hammer auf die Ladefläche ihres Traktors und besah sich ihren linken Daumen. Der Schlag war kräftig gewesen wie gewohnt und hatte gesessen, wenn auch leider nicht auf dem Kopf des Nagels. Das vordere Fingerglied begann schon anzuschwellen, die Farbe wurde tiefrot, und am Rand des Fingernagels lief erstes Blut durch einen Riss in der Haut. Schon jetzt glaubte sie ein Pochen zu spüren.

Ein paar Mal atmete sie scharf ein und aus, dann wandte sie sich brummelnd um, wischte sich mit dem Ärmel über die Nase und stapfte aufs Haus zu. Offenbar musste die Arbeit erst einmal liegenbleiben. Es war zwar erst kurz vor acht, aber die Notwendigkeit für eine medizinische Behandlung mit Obstler war eindeutig. Die linke Hand leicht erhoben, um das Pochen etwas zu mildern, stellte sie mit der rechten Glas und Schnapsflasche auf dem Küchentisch bereit. Sie schenkte ein und merkte, dass sie dabei leicht zitterte. Erst trank sie das Gläschen aus, um inwendig gegen eine mögliche Entzündung vorzubeugen, dann füllte sie das Glas erneut und steckte den Daumen in die klare Flüssigkeit, um die Wunde zu desinfizieren. Gegen den stechenden Schmerz, den sie dabei fühlte, wappnete sie sich mit einem Schluck direkt aus der Flasche, dann wartete sie ein paar Minuten.

Schließlich zog sie den aufgeweichten Daumen aus dem Obstler, stellte das Glas mit der trüb gewordenen Flüssigkeit neben die Küchenkräuter und deckte es mit einer Untertasse ab. Die Brühe mochte nicht mehr sehr appetitlich aussehen, zum Desinfizieren sollte sie aber auch mittags noch taugen. Damit ging sie wieder hinaus, räumte Hammer, Holzbrettchen und Nägel beiseite, weil sie zum Hämmern nun wirklich keine Lust mehr hatte, und tuckerte kurz darauf mit ihrem Traktor zum Hof hinaus.

* * *

Das laute Fluchen und das anschließende Gerumpel in der Küche waren nicht zu überhören, und Stefan Lindner überlegte einen Moment lang, ob er aufstehen und unten nach seiner Mutter sehen sollte. Aber dann rückte Maria Treidler schlaftrunken etwas näher an ihn heran, und schon war er völlig überzeugt davon, dass seine Mutter auch gut alleine klarkam.

Als es gegen halb zwölf wieder in der Küche klapperte, schwang er sich dann doch aus dem Bett, schlüpfte in seinen Morgenmantel und schlurfte die Treppe hinunter. Auf dem Herd wurde ein Topf Wasser erhitzt, daneben brutzelten einige Scheiben Schweinehals in einer großen schmiedeeisernen Pfanne. Ruth Lindner beobachtete alles vom Esstisch aus, kaute auf einem Stück Brot herum und hielt ihren Daumen ins Schnapsglas.

»Hast du dir wehgetan?«

Lindner setzte sich neben seine Mutter und linste auf das Gläschen mit dem Daumen drin.

»Scho, ond zwar saumäßig, aber's wird afanga besser.«

Vor ihr stand ein zweites Schnapsglas, in dem nur noch der Boden nass war. Die Flasche stand daneben, auf das sehr provisorisch wirkende Etikett hatte jemand von Hand »Rösler, Obstler, 2003« gekritzelt.

»Was ist passiert?«

»Ha, i han mir mit dem Scheißhammer uff dr Dauma gschlaga – so was Saubleeds isch mir scho lang nemme bassiert!«

Eine leichte Obstlerfahne und die etwas schleppende Aussprache verrieten Lindner, dass seine Mutter den verletzten Daumen auch noch gründlich von innen behandelt hatte.

»Kann ich mal sehen?«

Er griff nach ihrer linken Hand, hob sie vorsichtig an und besah sich eingehend den geschwollenen Finger, von dem der Schnaps wieder zurück ins Glas tropfte.

»Pfui Teufel«, entfuhr es ihm. »Was ist das denn für eine Brühe, in der du deinen Daumen einweichst?«

»Des isch dem Eugen sei beschder Obschtler, ond der schmeckt net bloß, der hilft au!«

Lindner erinnerte sich mit Schaudern an das anzügliche Lächeln von Apfelzüchter Eugen Rösler, als der ihm von seiner innigen Freundschaft zu seiner Mutter erzählt hatte. Er wusste immer noch nicht wirklich, wie eng die beiden miteinander waren – und er wollte es auch gar nicht so genau wissen.

»Sieht aber grauslig aus, das Zeug.«

»Ha freilich, do han i ja scho heit Morga mein kranka Dauma nei – drenka kasch des Zeugs em Glas jetzt nemme, aber zom Neidonka ond Desinfiziera isch's no pfennichguat.«

Sie lachte rau und zog sich mit der rechten Hand die Flasche heran.

»Mach besser mal langsam mit dem Schnaps und geh lieber zu Thomas. Soll ich ihn für dich anrufen?«

Dr. Thomas Bruch war Allgemeinmediziner und hatte seine Praxis in Bad Boll nicht weit entfernt vom Lindnerschen Bauernhof – oft genug war Stefan Lindner den kurzen Weg zu seinem einstigen Schulkameraden schon zu Fuß gegangen. Seine Mutter dagegen hatte die Räume seit deren Umbau vor etwa fünfzehn Jahren noch kein einziges Mal betreten.

»Awa! I zom Arzt? Goht's no?«

Ruth Lindner schnaubte, entwand ihrem Sohn die Schnapsflasche und schenkte sich nach. Der stand kopfschüttelnd auf.

»Dann mach ich mal mit dem Essen weiter, was?«

»O verheb's, Bua, i han so an Honger, do dät i's net aushalta, wenn du mir's Floisch versausch! Dir brennt ja sogar 's Nudelwasser a!«

Sie lachte rau und wischte sich den Mund mit dem Handrücken trocken. Der Daumen verschwand wieder im anderen Glas.

»Darf wenigstens ich helfen?«

Maria kam in die Küche, stellte sich an den Herd und verschaffte sich einen Überblick über den Stand der Vorbereitungen. Ruth Lindner ließ sie gewähren und beobachtete Lindners Freundin aufmerksam, und als sie zwei Zwiebeln klein gehackt und mit einem kleinen scharfen Gemüsemesser den grünen Keim aus zwei Knoblauchzehen entfernt hatte, schlich sich ein zufriedenes Lächeln auf das Gesicht der alten Frau.

»Do siehsch mol«, raunte sie ihrem Sohn grinsend zu, »dei Maria hot's druff. Die kann i en mei Küche lassa. Hosch guat gmacht, Bua!«

»Das hab ich gehört«, rief Maria vom Herd her und lachte dazu. »Und danke dafür!«

Keine halbe Stunde später saßen die drei vor vollen Tellern und ließen sich Schweinehals mit Soße und breiten Nudeln schmecken. Maria hatte noch einen Salat dazu gemacht, aber Ruth Lindner winkte nur ab.

»Des isch z' gsond für mi! Ond erscht geschtern han i was Gsonds ghet – Sauerkraut gilt doch, oder? Aber lad meim Bua ruhig no a bissle meh uff dr Teller, net dass er glei wieder irgendoine von seine erfondene Krankheita daherbrengt.«

Die beiden Frauen lachten, und Lindner ließ sich die kleine Salatschüssel vollladen und brummte missmutig dazu, was das Gelächter der anderen aber nur noch lauter werden ließ.

»Mensch, Bua«, brachte Ruth Lindner schließlich irgendwann unter Freudentränen hervor, »du bisch mir vielleicht a Bähmulle! Von mir hosch des ganz gwieß net.«

* * *

Dorothea Wichern sah sich um, bevor sie in die Knie ging. Der ausgelegte Jutesack schützte sie leidlich vor dem kalten und schmutzigen Beton des Stallbodens, und von den Kühen her wehte immer wieder etwas warme Luft.

Sie schloss die Augen und genoss es, wie der Stallgeruch die alten Erinnerungen wieder lebendig werden ließ. An die Jugend hier in Jebenhausen, an das ruhige Dahinfließen des Alltags und die verlässlichen Zeiten des vom Hof und den religiösen Zusammenkünften bestimmten Tages-, Wochen- und Jahreslaufs. An ihre Eltern, die stets hart arbeiteten und sie streng erzogen, und an Conrad, ihren Mann, der wie sie aus einer fest im Glauben stehenden Familie stammte und viel zu früh gestorben war.

Ein ungewöhnliches Geräusch draußen vor der Tür ließ sie aufschrecken und brachte sie zurück in die Gegenwart. Sie spähte durch die kleinen Fenster, die zum Hof hinausgingen, aber nichts war zu sehen. Ein Kalb glotzte sie mit großen Augen an, die meisten Kühe aber waren an den Anblick gewohnt und schenkten der knienden Frau keine Aufmerksamkeit.

Allmählich beruhigte sich ihr Atem, wahrscheinlich hatte sie sich das Geräusch nur eingebildet. Sie schloss die Augen wieder, faltete die Hände und begann ihr Gebet zu murmeln, um Kraft für die nächsten Stunden zu sammeln. Ihre eigene Stimme und die Geräusche der fressenden Tiere betteten sie ein, und ein Lächeln legte sich auf ihr faltiges Gesicht.

Durch eines der Stallfenster wurde sie aufmerksam beobachtet, und nach einer Weile schlich eine Gestalt in eng anliegender schwarzer Kleidung vorsichtig rückwärts davon, um nicht noch ein auffälliges Geräusch zu verursachen.

Donnerstag, 21. Februar

»Was hab ich dir gesagt, Mutter?«

Lindner hatte ihren Daumen kaum angefasst, als Ruth Lindner auch schon zurückzuckte und das Gesicht zu einer Grimasse verzog.

»Das pocht, oder? Und es tut höllisch weh, stimmt's?«

Sie nickte zweimal und presste die Lippen zusammen. Er drehte ihre Hand ganz vorsichtig, damit er die Innenseite des Unterarms sehen konnte.

»Und das sind in meinen Augen ganz eindeutig rote Streifen – du hast eine Blutvergiftung, Mutter!«

Er nickte zu dem Schnapsglas und der Flasche auf dem Esstisch hin.

»Mit deinem tollen Obstler kommst du da nicht weiter!«

»Aber ...«

»Nix aber – du hast eine Blutvergiftung, dafür brauche ich nicht mal mein Medizinlexikon. Du gehst jetzt sofort mit mir zum Thomas, und der verarztet dich, wie sich das gehört!«

»I muss aber ...«

»Du musst jetzt sonst gar nichts! Zieh dich an und komm. Ich geh mit, damit du mir auf dem Weg zur Praxis nicht noch ausbüchst!«

»Ha, jetzat mach bloß halblang – du bisch doch net mei Vaddr!«

»Zieh dich an, bitte!«

Damit huschte er in den Flur hinaus, um sich und seiner Mutter eine Jacke zu holen. Ruth Lindner stand seufzend auf, schnappte sich mit der linken Hand die Schnapsflasche und schlurfte zur Küchenzeile hinüber.

»Welche Jacke willst du denn anziehen?«, rief Lindner von der Garderobe herüber.

»Mei Wolljack, die hängt aber no em Schlofzemmerschrank!«

Ein knitzes Lächeln huschte über ihr Gesicht, als sie ihren Sohn ins Schlafzimmer gehen hörte. Nun würde er etwas länger brauchen, und er musste sie ja auch nicht bei allem beobachten: Sie schraubte die Flasche auf und nahm einen kräftigen Schluck, dann nahm sie sich eine halbe Knoblauchzehe und ein kleines Stück Zwiebel aus dem Kühlschrank, schob sich beides in den Mund, kaute ein wenig und spuckte die Reste anschließend in den Eimer mit dem Biomüll. Dann hielt sie sich die Hand vor den Mund, atmete aus, schnupperte und schüttelte sich – na ja, zumindest von dem Obstler war nun nichts mehr zu riechen.

In der Praxis von Dr. Thomas Bruch breiteten sich dafür die strengen Aromen von Zwiebel und Knoblauch umso besser aus. Doch der Arzt störte sich daran nicht besonders: Er war zu verblüfft, Stefan Lindners Mutter zum ersten Mal zur Behandlung vor sich zu haben – und er konzentrierte sich darauf, ihren arg geschwollenen Daumen gründlich zu versorgen, ohne ihr dabei allzu sehr weh zu tun. Ruth Lindner allerdings stellte sich als nicht besonders wehleidig heraus – und anders als ihr Sohn, der ständig Symptome der unterschiedlichsten Krankheiten an sich zu entdecken glaubte, hielt sie sich für kerngesund.

Bruch war sich da nicht ganz so sicher. Zwar machte Ruth Lindner einen sehr rüstigen Eindruck, und ihre Akte, die er noch von seinem Vater übernommen hatte, musste seit bald zwanzig Jahren ohne neuen Eintrag auskommen – aber von der drohenden Blutvergiftung durch den verletzten Daumen abgesehen machte sie einen etwas abwesenden Eindruck. Und wenn er sie schon mal dahatte, wollte er auch gleich mit einigen Laboruntersuchungen sichergehen, dass sie auch wirklich in der guten Verfassung war, die sie sich zuschrieb.

Das Blut war schnell abgenommen, auch die Urinprobe war kein Problem, doch als er mit ihr zur Besprechung der Untersuchungsergebnisse einen Termin für den nächsten Montag verabreden wollte, wurde sie störrisch. Sie bruddelte irgendetwas von »an Haufa Gschäft« und »koi Zeit«, und es dauerte eine Weile, bis er und Lindner sie zu dem Folgetermin überredet hatten.

Wie sie beim Hinausgehen den stützenden Arm ihres Sohnes ablehnte, dabei aber ein klein wenig unsicher auf den Beinen schien, sah Thomas Bruch ihr nachdenklich hinterher. Er war gespannt, was das Labor finden würde.

Montag, 25. Februar

Die Sonne tauchte das Zimmer in ein angenehmes Licht, und Lindner hauchte Maria, die auf dem Bettrand saß, einen Kuss auf den nackten Rücken. Ihre Haut war weich und warm, und sie leuchtete geradezu unter den Sonnenstrahlen. Lindner strich mit dem Zeigefinger langsam ihre Wirbelsäule hinauf und wickelte sich eine ihre wild auseinanderstrebenden Locken um den Finger.

»Sag mal, Stefan«, sagte sie plötzlich, und Lindner war ein wenig enttäuscht, dass sie so gar nicht auf seine vorsichtige Annäherung reagierte, »magst du denn nicht mal dein … äh … Kinderzimmer neu einrichten?«

Sie drehte sich zu ihm um und sah ihn gespannt an.

»Ich …«

Er hatte nie im Leben daran gedacht, sich um so etwas zu kümmern. Tapeten interessierten ihn nicht besonders, und die Micky-Maus-Hefte und die alten Möbel seines Jugendzimmers hatten ihn in den vergangenen Jahren nicht gestört, warum sollte er sie also austauschen?

Marias Blick allerdings ließ ihn darüber noch einmal neu nachdenken. Vom Ergebnis war er selbst überrascht.

»Ja, doch … ich … Klar, könnte ich mal machen. Wenn's dir nicht gefällt?«

»Ist schon süß«, tröstete sie ihn und gab ihm einen Kuss. »Aber irgendwie ist es auch etwas seltsam, wenn ich bei meinem 40-jährigen Freund übernachte, und der schläft noch in seinem Jugendzimmer, als wäre demnächst Konfirmation.«

Sie kicherte, und Lindner, der das eigentlich gar nicht lustig fand, grinste bemüht.

»Stell dir doch mal vor: hier überall eine schön helle Tapete ...« Sie beschrieb mit ihrer Hand einen Kreis, doch Lindners Augen folgten ihrer Bewegung nicht, sondern blieben wohlwollend auf ihre Brust gerichtet. »Und dort drüben ein kleines Sofa, auf den Boden vielleicht ein großer flauschiger Teppich, zum Räkeln und ... na ja, du weißt schon.«

Sie lachte, und ihre Stimme klang etwas heiser dabei. Lindner war längst überzeugt von ihrem Vorschlag, und mit beiden Händen zog er sie langsam an ihren Schultern zurück ins Bett.

Da klingelte ihr Handy.

»Mist!«, schimpfte sie, aber sie ging ran. »Treidler?«

Dann sagte sie eine Zeitlang nichts mehr, und ihr Gesichtsausdruck machte Lindner klar, dass die gemütliche Morgenzeit vorüber war.

»Gut, bin gleich da.«

Sie schlüpfte in ihre Kleider, pustete Lindner im Hinausgehen noch einen Handkuss zu, und weg war sie.

* * *

»Soll ich wirklich nicht mitkommen?«

Halb machte sich Stefan Lindner Sorgen um den Gesundheitszustand seiner Mutter und wollte sie zur Arztpraxis begleiten, und halb befürchtete er, sie würde im letzten Moment doch noch kneifen und ihren Besprechungstermin mit Bruch sausen lassen.

»Ha, jetzat schbenn de bloß aus, Jonger! I gang do na, musch dr koine Sorga macha – aber i gang uff jeden Fall ohne Kendermädle zom Arzt!«

Damit stapfte sie auch schon zur Küche hinaus, und kurz darauf tuckerte ihr Traktor vom Hof und bog schließlich, wie Lindner sicherheitshalber vom Fenster aus beobachtete, in die Beethovenstraße ein, wo Bruch seine Praxis hatte.

Lindner sah zur Uhr. Höchste Zeit, dass er Maria anrief und fragte, warum sie heute früh so schnell hatte losmüssen.

»Treidler?«

Sie klang etwas gehetzt und atmete schwer. Im Hintergrund waren Stimmen zu hören, sie schien irgendwo draußen zu sein.

»Ich bin's, Maria. Was war denn vorhin so eilig?«

»Wir haben einen neuen Fall. Ich erzähl's dir heute Abend. Den Tag über komm ich hier sicher nicht weg. Sagen wir um acht? Magst du uns was kochen?«

»Lieber nicht«, knurrte Lindner. »Meine Mutter traut mir ja nicht mal zu, Nudelwasser vernünftig heiß zu machen – hast du das schon wieder vergessen?«

»Dann hol uns was vom Italiener, ja? Ich kann jetzt wirklich nicht mehr reden. Ich muss, okay?«

Eine Männerstimme rief nach Maria, es klang nach Roeder, ihrem Vorgesetzten bei der Kripo Göppingen.

»Gut, dann bis später. Der große Boss ruft, lass den Miesepeter mal lieber nicht warten.«

»Dank dir, tschüs!«

Ihr vertraulicher Ton zauberte ein Lächeln auf sein Gesicht, das ihn noch wärmte, als er schon mit einer Tasse Kaffee in der Küche saß und in der Zeitung blätterte.

* * *

Ruth Lindner saß nicht lange im Wartezimmer, aber die paar Minuten hatten schon genügt, sie zum Nervenbündel zu machen. Sie war es nicht gewöhnt, zum Arzt zu gehen, und entsprechend aufgeregt sah sie dem Besprechungstermin entgegen. Die ausliegenden Zeitschriften interessierten sie nicht: Königinnen, Popstars und andere Prominente kümmerten sie nicht besonders, abgesehen von ihren Lieblingssängern Roland Kaiser und Roger Whittaker, aber über die stand nichts in den bunten Blättern auf dem Glastisch in der Mitte des Raumes. Und das Boller Amtsblatt, das in seiner schlichten Gestaltung dazwischen etwas verloren wirkte, hatte sie schon gelesen.

Endlich schwang die Tür auf, und Lisa Rummele, die Arzthelferin von Bruch, rief sie auf. Sie hatte Lisa schon als Kind gekannt, als die kleine Göre mit ihren wippenden blonden Zöpfen und ihrem losen Mundwerk ihre verkniffenen Onkels und Tanten in den Wahnsinn getrieben hatte. Die weitverzweigte Familie Rummele war mit ihrem nervtötend zur Schau getragenen evangelischen Erweckungseifer sogar in Bad Boll unangenehm aufgefallen.

Im Behandlungszimmer erhob sich Bruch von seinem Sessel und kam auf sie zu. Er lächelte sie an, aber ihn schienen zugleich auch Sorgen umzutreiben, und sofort versteifte sich Ruth Lindner und strich ihren Rock mehrfach fahrig glatt, bevor sie sich endlich auf den Stuhl setzte, den der Arzt ihr anbot.

»So, Frau Lindner«, begann Bruch umständlich und blätterte in den Unterlagen vor ihm auf dem Tisch. »Ich habe Ihnen ja am Donnerstag Blut abgenommen, und wir haben das zusammen mit der Urinprobe ins Labor geschickt. Hier habe ich die Ergebnisse.«

Das alles war ja klar, und an einem guten Tag hätte ihm Ruth Lindner auch längst unwirsch das Wort abgeschnitten – aber heute war kein guter Tag für sie, das ahnte sie längst. Und dann versuchte Bruch, ihr den Befund möglichst schonend beizubringen.

* * *

Lindner machte sich erst gar keine Mühe, seine Überraschung zu überspielen: Hans-Dieter Kortz war am anderen Ende der Leitung. Lindner hatte seine Polizeilaufbahn zusammen mit Wolfgang Roeder in der Göppinger Kripo begonnen und war später zu einem der besten Ermittler der Kripo Stuttgart geworden. Kortz hatte ihn von dort für das LKA abgeworben, doch als während Lindners abschließender Schulung ein Kripokollege wenige Tage vor seiner Pensionierung im Dienst ums Leben gekommen war, hatte das Lindner aus der Bahn geworfen – und seither versuchte er in seinem Heimatort Bad Boll, wieder auf die Beine zu kommen.

Er wurde währenddessen als LKA-Beamter geführt und war nur vorübergehend außer Dienst gestellt. Obendrein hatte er inzwischen schon einmal wieder mitermittelt, wenn auch nur als Gast der Göppinger Soko: Da war es um den Mord an dem Landesbeamten gegangen, der nahe Eckwälden tot auf einer Streuobstwiese gelegen hatte. Das hatte ihn eine Zeitlang von den diversen Symptomen abgelenkt, die er immer wieder an sich festzustellen glaubte – und seiner Kollegin Maria Treidler war er durch eben diese Ermittlungen nähergekommen.

So ganz erholt fühlte sich Lindner trotzdem noch nicht. Ohnehin hatte er im Lauf des Tages noch bei seinem Schulfreund Thomas Bruch vorbeigehen wollen: Er spürte ein leichtes Stechen im linken großen Zeh, und sein Medizinlexikon ordnete dieses Symptom ganz unterschiedlichen, darunter auch sehr schwerwiegenden Erkrankungen zu. Doch der große Zeh war schnell vergessen: Kortz bat ihn, in den Kurpark zu kommen und ihn dort zu treffen.

»Ich stehe hier an so einem … äh … ziemlich kunstvollen Brunnen, irgendwelche Klötze, die übereinandergelegt sind oder so«, sagte Kortz noch, bevor er auflegte.

Den Brunnen kannte Lindner, und das Kurhaus, vor dem er aufgebaut war, lag keinen Kilometer entfernt. Deshalb zerrte er, als der Wagen nicht ansprang, sein altes Fahrrad aus der Rumpelecke der alten Scheuer, pumpte die platten Reifen auf und strampelte mit dem verstaubten Vehikel los. Als ihm der Kollege mit einem breiten Grinsen entgegensah, wünschte er sich, wenigstens den alten Fuchsschwanz vom Lenker entfernt zu haben, aber dafür war es jetzt zu spät.

»Schick«, spottete Kortz, ließ den Fuchsschwanz kurz durch seine Finger gleiten und wischte sich gleich darauf die Hand an der Hose ab.

»Ja, schon gut«, brummte Lindner. »Sie dürfen gerne mal eine Runde drehen, wenn Sie mögen.«

»Dazu fehlt uns leider die Zeit. Stellen Sie das Ding doch bitte dort neben den Streifenwagen, da kommt es nicht weg, wobei … ob das jemand …?«

Er musterte das schwarz und knallorange lackierte Geländefahrrad noch einmal, sah die Kiss- und Bon-Jovi-Aufkleber und das angerostete Blechschild mit der Aufschrift »Born to be wild«, das vorn an den Lenker geschraubt war. Lindner folgte seinem Blick, presste die Lippen zusammen und hoffte, dass er nicht rot wurde. Kortz grinste noch etwas breiter – und Lindners Gesicht nahm eine noch dunklere Färbung an.

Nun wandte er sich lieber ab, atmete ein paar Mal ein und aus und ließ seinen Blick über die ebene Wiese des Kurparks schweifen, die von einigen Bäumen links und rechts begrenzt wurde und sich bis zu einem Wandelgang mit weißen Mauerbögen und roten Dachziegeln erstreckte, der in der Mitte von einem hübschen kleinen Kuppelbau dominiert wurde.

Die Wiese bildete vor dem geschotterten Vorplatz des Kuppelbaus einen rund einen Meter hohen Hang, auf dem dort hinaufführenden Kiesweg und drumherum knieten einige Gestalten in weißen Ganzkörperanzügen. Wenn die Spurensicherung hier zu tun hatte, war im Kurpark ein Verbrechen geschehen – vermutlich hatte er hier den Grund dafür vor sich, dass Maria vorhin am Telefon so kurz angebunden gewesen war und erst am Abend wieder Zeit für ihn haben würde.

»Was ist hier los?«, fragte er schließlich.

»Dort drüben liegt eine Tote, sie wurde heute früh von einem Spaziergänger gefunden. Ermordet, heute Nacht, irgendwann zwischen null und drei Uhr, soweit wir bisher wissen.«

Lindner verzog das Gesicht.

»Und was mach ich hier? Wir können gerne darüber reden, dass ich bald meinen Dienst bei Ihnen aufnehme, vielleicht in zwei, drei Wochen, mal sehen – dazu wollte ich Sie ohnehin demnächst anrufen. Aber ein Mord im Kurpark? Das ist doch eher eine Sache für die Göppinger Kripo, und die setzt meistens meinen alten Kollegen Roeder auf solche Fälle an. Wir sind … nun ja … ich will's mal so ausdrücken: Wir sind nicht mehr die besten Freunde, seit ich von Göppingen weggegangen bin.«

»Ich weiß.«

»Und dass ich an den Ermittlungen zu dem Toten auf der Obstwiese mitgearbeitet habe, wird er kaum als Hilfe, sondern eher als Einmischung empfunden haben. Vielleicht verstehen Sie deshalb, dass ich nur ungern …«

»Darauf werde ich keine Rücksicht nehmen können, tut mir leid. Aber Sie werden Herrn Roeder auch nicht ins Handwerk pfuschen – im Gegenteil: Wir binden ihn in die Ermittlungen ein, er wird Ihnen zuarbeiten.«

Lindner seufzte. Das klang nach Ärger.

»Das Einzige, das mich jetzt interessiert, ist etwas anderes«, fuhr Kortz ungerührt fort. »Fühlen Sie sich wieder gesund genug, um einen etwas speziellen Fall zu übernehmen? Sie hätten vor allem die Aufgabe, sich einen Überblick zu verschaffen, die gesamte Situation einzuschätzen und sich einen Reim auf die einzelnen Puzzlestücke zu machen. Für die eigentliche Tagesarbeit sind weiterhin die Sonderkommissionen zuständig.«

»Das müsste schon gehen, aber …«

Erst jetzt erfasste Lindner ganz, was Kortz gerade gesagt hatte.

»Was meinen Sie mit ›die Sonderkommissionen‹? Wer ermittelt denn noch alles in diesem Mordfall?«

»Nur die Göppinger Kollegen. Aber die Tote ist möglicherweise nicht das erste Opfer des Täters.«

»Und das heißt?«

»Erzähl ich Ihnen nachher, jetzt sehen wir uns die Tote erst einmal an. Die Spurensicherung scheint schon recht weit zu sein. Herr Roeder hat mir vorhin am Telefon gesagt, dass der Bestatter schon bereitsteht, um die Leiche innerhalb der nächsten halben Stunde in die Rechtsmedizin zu bringen.«

Damit wandte er sich ab und ging mit großen Schritten quer über die Wiese auf den kleinen Hang vor der Wandelhalle zu. Sie hielten sich immer zwischen zwei rotweißen Trassierbändern, die dort gespannt waren und den freigegebenen Weg zur Leiche markierten. Lindner musste sich sputen, um Kortz auf den Fersen zu bleiben.

Überall waren Schilder in den Boden gesteckt, und die Kriminaltechniker in ihren weißen Anzügen fotografierten und packten die unterschiedlichsten Gegenstände in durchsichtige Plastiktüten. Lindner beneidete die Kollegen nicht. Das meiste, das auf diese Weise an Tat- oder Fundorten eingesammelt wurde, stellte sich später als belanglos heraus, aber jeder noch so kleinen Spur musste akribisch nachgegangen werden. Und so sicherten die Kollegen Kiesel, die möglicherweise Blutspritzer aufwiesen, oder suchten die Wiese und den Weg nach verwertbaren Fußspuren oder anderen Hinweisen ab.

Kriminalhauptkommissar Wolfgang Roeder stand etwas abseits, er unterhielt sich mit Maria Treidler und zwei weiteren Kollegen von der Göppinger Kripo, aber als er Kortz heranrauschen sah mit Lindner im Schlepptau, verschlug es ihm mitten im Satz für einen Moment die Sprache, und seine Mundwinkel gingen wie auf Kommando nach unten.

»Sag mal, Stefan«, rief er ihm entgegen, ohne dem anderen Mann Beachtung zu schenken, »wird das allmählich zur Gewohnheit, dass du ständig an unseren Tatorten herumlungerst?«

Kortz trat neben ihn, sah ihn missbilligend an, streckte ihm die Hand entgegen und erntete von Roeder einen fragenden Blick.

»Kortz, LKA, wir haben telefoniert.«

Roeder schluckte kurz, räusperte sich, dann nahm er die Hand des anderen. Um Maria Treidlers Mund spielte ein leichtes Grinsen, Lindner sah sie an und zuckte entschuldigend mit den Schultern.

»Äh … und Stefan? Ich meine: Kollege Lindner? Wir haben in Göppingen genügend gute Leute, und ich möchte gerne mit meinem eingespielten Team arbeiten.«

»Das sollen Sie ja auch, wir sind froh, dass wir Sie und Ihre Leute hier vor Ort haben.«

Roeder entspannte sich ein wenig.

»Und es kann keine Rede davon sein«, sprach Kortz einfach weiter, »dass Kriminalhauptkommissar Lindner zu Ihrer Ermittlungsgruppe stoßen soll.«

Nun gönnte sich Roeder einen triumphierenden Seitenblick auf Lindner.

»Im Gegenteil wird es so sein, dass Sie Herrn Lindner berichten. Seine Handy- und seine Festnetznummer werden Sie noch haben, nehme ich an? Sie hatten ja zuletzt schon einmal zusammengearbeitet, sehr erfolgreich, wie ich hörte.«

Roeder erstarrte, seine Kiefern mahlten, und sein Tonfall wurde eisig.

»Wie meinen Sie das: Ich soll ihm berichten? Sie sind nicht mein Vorgesetzter, Herr Kortz. Die Kripo Göppingen ermittelt hier in einem Mordfall, und ich habe weder Zeit noch Lust, Lindner auf dem Laufenden zu halten, nur weil er außer Dienst ist und er, weil ihm langweilig ist, gerne erfahren möchte, was hier in Bad Boll so passiert.«

Die Umstehenden versteiften sich ein wenig, es war ihnen anzumerken, dass ihnen das Gegockel ihres Chefs peinlich war – und sie warteten gespannt darauf, dass nun der LKA-Mann auf seine Kompetenzen pochen und Roeder lautstark abkanzeln würde. Kortz griff in seine Jackentasche, zog eine Visitenkarte hervor und hielt sie Roeder hin.

»Sie sind da nicht ganz vollständig informiert, Herr Kollege«, sagte er in ruhigem Ton. »Herr Lindner ist sehr wohl wieder im Dienst, und er wird für uns eine Reihe von Mordfällen leitend betreuen, zwischen denen wir einen Zusammenhang vermuten.«

Roeder sah fragend zwischen Kortz und Lindner hin und her, dann griff er mechanisch nach der Visitenkarte und las die Aufschrift. Dem Dienstrang nach zu urteilen hatte er sich für einen Machtkampf offensichtlich den Falschen ausgesucht.

»Niemand will Ihnen Ihr Schäufelchen oder womöglich den ganzen Sandkasten streitig machen, Herr Roeder«, setzte Kortz noch hinzu. Ein wenig leiser war er jetzt geworden, und seine Stimme hatte eine leichte Schärfe angenommen. »Aber Sie werden kooperieren, Sie werden Herrn Lindner berichten, und Sie werden Ihre Arbeit so professionell verrichten, wie das hoffentlich auch sonst Ihre Art ist. Dazu zähle ich auch und ganz besonders alles, was die Kommunikation mit Kollege Lindner betrifft.«

Roeders Augen verengten sich zu Schlitzen, seine Lippen waren aufeinandergepresst.

»Wir haben uns verstanden?«, hakte Kortz nach.

Roeder nickte und funkelte Lindner wütend an, sagte aber kein Wort.

Kortz musterte Roeder noch einen Moment lang, dann nickte er ebenfalls knapp, wandte sich Lindner zu, legte ihm eine Hand auf den Rücken und schob ihn mit einer leutseligen Geste auf Roeder zu.

»Am besten beginnen Sie gleich jetzt mit Ihrer Zusammenarbeit. Ich bleibe noch kurz hier und habe nachher noch unter vier Augen mit Herrn Lindner zu reden. Aber fürs Erste, Herr Roeder, würde ich Sie bitten, uns in groben Zügen den Fall zu schildern.«

* * *

Allzu viel wusste Roeder noch nicht, die Arbeit begann ja auch erst. Die Ermittlungsgruppe würde sich am frühen Nachmittag zur ersten Besprechung treffen, die teilnehmenden Kollegen waren informiert, und die Beamten für den Innendienst richteten sich gerade im Soko-Raum ein.

Der Rechtsmediziner erhob sich und gab den Kriminaltechnikern ein Zeichen, dass er hier fertig war. Roeder bat ihn zu sich und stellte die Männer einander vor. Robert DeLaJaune war ein hagerer Mann Mitte vierzig, dessen volles Haar von ein paar grauen Strähnen durchzogen war. Er hatte ein markantes Gesicht, trug einen Dreitagebart, und seine wachen, blauen Augen schienen ständig seine Umgebung zu scannen – um die Mundwinkel allerdings spielte ein genervter Zug, der auf Überdruss und wahrscheinlich auch auf Arroganz schließen ließ.

»Das wurde alles sehr fachgerecht gemacht«, sagte er mit einer seltsam schnarrenden Stimme. »Die Halsschlagader wurde sauber geöffnet, der Schnitt sitzt ganz ordentlich.«

»Lässt das auf einen Arzt als Täter schließen?«, fragte Lindner sofort, dann sah er zu Kortz hin, ob der ihm vielleicht übelnahm, dass er das Gespräch auf diese Weise gleich an sich gerissen hatte – aber sein Vorgesetzter zeigte keine Reaktion, sondern erwartete gespannt die Antwort des Rechtsmediziners.

»Nein, so weit würde ich nicht gehen. Obwohl: ein Zahni vielleicht?«

Er lachte glucksend. Auf die fragenden Blicke der drei anderen hin verstummte er schnell wieder und räusperte sich.

»Kleiner Scherz meinerseits. Nein, das war kein Arzt, auch kein Zahn- oder Tierarzt. Aber immerhin jemand, der sich gut genug über die Lage der Halsschlagader informiert hat, dass er nicht wie wild suchend am Hals herumschnippeln musste.«

Kortz machte sich Notizen.

»Geöffnet wurde die Schlagader mit einem scharfen Messer, und der Täter hat den Kopf etwas zur Seite gedreht, hin zu einem Loch in der Wiese, und sich auch sonst offenbar Mühe gegeben, dass das Blut möglichst komplett in dieser kleinen Grube landete.«

Roland Schopf, der Leiter der Kriminaltechnik der Göppinger Polizei, war zu ihnen getreten und deutete nun auf ein Loch, das neben dem Hals der Toten in die Wiese gegraben war.

»Das Loch wurde mit einem Spaten ausgehoben, recht saubere Arbeit und groß genug für etwa fünf bis sechs Liter Flüssigkeit. Das Loch ist jetzt etwa halb voll.«

»Mit dem Blut der Toten?«

»Na ja«, brummte DeLaJaune, »getestet wird natürlich noch, aber ich habe daran keinen Zweifel – vom Hals der Toten ist auf jeden Fall tatsächlich Blut in die kleine Grube gelaufen. Und es sieht ganz so aus, als hätte der Täter die Halsschlagader abgedeckt, vielleicht mit einer Plastiktüte oder etwas in der Art, damit kein Blut nach oben spritzt und alles, wie gesagt, sauber nach unten abläuft.«

»Kann ich da schon hin?«, fragte Lindner und deutete auf eine Stelle zu Füßen der Leiche. Schopf nickte, und Lindner ging die paar Schritte.

Die Frau wirkte sehr bleich, wächsern, wie sie da vor ihm lag, den Kopf leicht zur Seite geneigt, die Arme weit ausgebreitet, die Beine leicht verschränkt, so dass der rechte Knöchel auf dem linken lag. Neben dem Hals war die Grube zu sehen, ein schwarz verkrustetes Rinnsal verlief von der Ader hinunter bis in die dunkle Flüssigkeit, die das Loch zu einem Teil füllte.

Die Tote trug dunkle Kleidung: einen bequemen, längeren dunkelgrauen Rock, und unter ihrer schwarzen, zugeknöpften Wolljacke war eine einfache graue Bluse zu sehen, hochgeschlossen und mit langen, ebenfalls vollständig zugeknöpften Ärmeln. Ihre schwarz gefärbten Haare waren mit metallenen Haarklammern und einem dunkelbraunen Kamm hochgesteckt, entlang des streng gezogenen Seitenscheitels war zu sehen, dass sich ihre natürliche Haarfarbe längst in ein fahles Grau gewandelt hatte.

Auf ihrer Stirn war ein Zettel befestigt. Lindner beugte sich etwas vor. Der Zettel war aufgetackert, die Metallklammer wirkte etwas verbogen. Auf dem Blatt stand ein Bibelzitat. *»Gehe hin zu der Herde«*, las Lindner, *»und hole mir zwei gute Böcklein, dass ich deinem Vater ein Essen davon mache, wie er's gerne hat. 1. Mose 27, 9.«* Er war zwar nicht gerade bibelfest, aber so ähnlich sahen die Blätter in dem Losungskalender aus, den seine Mutter in der Küche hängen hatte.

Die Leiche war so platziert, dass der Unterkörper auf die ebene Fläche der Kurparkwiese gebettet war. Im Bereich der Hüfte begann der kleine Hang hinauf zur Wandelhalle, und der ansteigende Untergrund ließ den Oberkörper ein wenig aufgerichtet erscheinen, wie auf einer bequem eingestellten Ruheliege.

Die Frau sah friedlich aus, irgendwie auch feierlich. Die Augen waren geschlossen, und ihr faltiges und mit einem leichten Flaum bedecktes Gesicht wirkte entspannt – bis auf die heruntergezogenen Mundwinkel und die tiefen Kerben, die sich daneben eingegraben hatten. Verhärmt wirkte sie, in den vergangenen Jahren hatte sie wohl nicht gerade ein fröhliches oder ausschweifendes Leben geführt.

»Der Täter hat sich übrigens nicht an ihr vergangen«, merkte DeLaJaune noch an.

»Na, wenigstens das nicht«, seufzte Lindner. »Wann ist sie denn gestorben, soweit Sie das jetzt schon sagen können?«

»Halb zwei«, kam es wie aus der Pistole geschossen.

Lindner sah DeLaJaune fragend an, weil der sich bereits auf einen genauen Zeitpunkt festlegte. Der Rechtsmediziner grinste, als er merkte, dass ihm sein kleiner Scherz gelungen war.

»Plus minus eine Stunde«, fügte er hinzu. »Genauer wird's nach der Obduktion.«

* * *

»Da haben wir ja einen schönen Spaßvogel an der Backe«, brummte Lindner, als er nach ein paar weiteren Gesprächen neben Kortz zurück zum Brunnen vor dem Kurhaus ging.

»Es lohnt sich aber, ihn zu ertragen«, antwortete Kortz. »Er ist menschlich ein ziemlicher Kotzbrocken, und seine schlechten Witze sind legendär, aber seinen Job versteht er. Wenn DeLaJaune sich nicht ständig diese Frauengeschichten leisten würde, hätte er sicher schon eine steile Karriere gemacht.«

»Was haben denn Frauengeschichten mit seiner Karriere als Rechtsmediziner zu tun? Er wird dafür ja wohl keine beruflichen Termine verpassen, oder?«

»Das nicht, aber er hat ein ... nun ja ... nicht sehr glückliches Händchen in der Wahl seiner Freundinnen. Mit einer Kollegin, einer sehr hübschen übrigens, hat er sich schon eingelassen, außerdem weiß ich noch von zwei Oberärztinnen und einer Abteilungsleiterin in der Krankenhausverwaltung.«

»Na ja, wenn er das alles im Griff hat ...«

»Sagen wir es mal so: Er ist nicht allzu rücksichtsvoll, wenn er Schluss macht mit den Damen – und noch übler verhält er sich nur, wenn er selbst abserviert wird, wie von der Kollegin in der Rechtsmedizin.«

Lindner dachte an Maria Treidler, und er war heilfroh, dass er neuerdings selbst ein erfreuliches und klar geregeltes Liebesleben hatte.

»Aber, wie gesagt: Als Rechtsmediziner ist DeLaJaune ein Ass.«

»Gut«, sagte Lindner, »und eigentlich interessiert mich sonst nichts an ihm.«

Sie hatten den Streifenwagen erreicht, neben den Lindner sein Fahrrad gestellt hatte. Drei uniformierte Beamte standen dort beisammen, einer hielt das Rad mit spitzen Fingern und schimpfte vor sich hin, die beiden anderen standen dabei und musterten das Rad ebenfalls.

»Kann ich Ihnen helfen?«, sagte Lindner und trat zu dem Grüppchen.

Der Beamte am Fahrrad sah ihn überrascht an. Lindner kannte ihn ebenso wenig wie seinen Nebenmann – der Dritte in der Runde war ihm allerdings sehr vertraut: Fritz Aichele, der Leiter des Polizeipostens Bad Boll und einer seiner Binokelpartner im Gasthof Hirschen. Aichele, der etwas hinter seinen Kollegen stand, sah Lindner an, deutete zu dem Fahrrad hin, formte mit den Lippen lautlos die Frage »Deins?«, und als Lindner kurz nickte, legte sich ein breites Grinsen auf sein Gesicht.

»Da werde ich wohl keine Hilfe brauchen«, schnappte der Beamte, der das Rad noch immer hielt. »Irgendein Halbstarker hat seinen alten Göppel vor meinen Streifenwagen gestellt, und dann ist der Ständer abgebrochen und das blöde Ding ist gegen die Motorhaube gekippt.«

»Oh«, machte Lindner und bückte sich nach dem abgefallenen Ständer, »das tut mir leid. Ist denn was kaputt? Am Wagen, meine ich.«

Der Beamte schüttelte den Kopf, dann machte er große Augen und sah irritiert zwischen Lindner, der das verschmutzte Metallteil in der Hand hielt, und dem knallbunt lackierten Jugendrad hin und her.

»Äh ... ist das ... Ihres?«

»Ja, mein Wagen ist heute früh nicht angesprungen, ich hab's nicht weit, und mein Kollege meinte, es sei eilig.«

Kortz zückte seinen Ausweis.

»Hans-Dieter Kortz, LKA. Und das ist mein Kollege Stefan Lindner. Er ermittelt für uns in diesem Mordfall, und Sie werden ihn während der Soko-Besprechungen wahrscheinlich häufiger sehen.«

Der Beamte schluckte.

»Darf ich dann wieder?«, fragte Lindner und zeigte auf das Fahrrad, das der andere noch immer mit spitzen Fingern hielt.

»Selbstverständlich«, sagte der, trat beflissen zur Seite und schob ihm das Rad ein wenig entgegen.

Lindner schnappte es sich und ging mit Kortz ein paar Schritte weiter, bis sie außer Hörweite waren. Im Weggehen schnappten sie noch auf, wie Aichele seinen Kollegen maßregelte.

»Soll ich Ihnen jemanden schicken, der Sie in den nächsten Tagen fährt?«, fragte Kortz.

»Ja, das wäre vielleicht nicht schlecht. Bleibt denn Frau Treidler mit dem Fall befasst?«

»Ich nehme an, wieso?«

»Wir sind … befreundet. Vielleicht kann sie mich fahren, ich hab schon einmal zusammen mit ihr ermittelt – und auf diese Weise hätte ich auch einen ständigen Kontakt mit der Göppinger Kripo.«

Kortz lächelte.

»Das lässt sich einrichten, nehme ich an.«

»Was hat es denn nun mit den anderen Mordfällen zu tun, von denen Sie sprachen?«

»Sie bekommen natürlich noch die Akten, ich lasse Ihnen alles zusammenstellen und in Ihr neues Büro bei uns in Stuttgart bringen. Aber einen kurzen Überblick kann ich Ihnen natürlich auch gleich jetzt geben. Bisher halten wir Zusammenhänge zwischen dem Mord hier in Bad Boll und insgesamt drei weiteren Morden für wahrscheinlich. In allen Fällen lagen die Opfer da wie unsere Frau im Kurpark, und alle bluteten nach einem Stich oder Schnitt in die Halsschlagader aus. Jedes Mal war neben dem Hals des Opfers eine kleine Grube für das Blut ausgehoben, und allen war ein Zettel wie hier in Boll auf die Stirn getackert.«

»Immer eine Tageslosung?«

Kortz nickte.

»Ich kenne solche Kalender mit Tageslosungen von meiner Mutter«, sagte Lindner. »Die Herrnhuter Brüdergemeine bringt die jedes Jahr heraus, und deren Kirchendirektion hat hier in Boll einen ihrer drei europäischen Sitze, gleich dort drüben.«

Er deutete auf ein stattliches Gebäude, das teils verdeckt von den Bäumen einer schönen Allee hinter einer dreieckigen Wiese direkt an der Hauptstraße stand.

»Die Losungen stammen nicht von den Herrnhutern«, sagte Kortz. »Wir haben das natürlich sofort gecheckt, aber solche Kalender scheinen auch von anderen Vereinigungen veröffentlicht zu werden. Unsere Opfer bekamen Blätter aus einem Kalender mit auf den Weg, den die Zinzendorferinnen herausbringen.«

»Nie gehört.«

»Ging mir genauso, aber die haben wohl eine recht schnell wachsende Fangemeinde oder wie man das in so einem Fall nennt. Benannt haben sie sich nach einem Grafen von Zinzendorf, oder wahrscheinlich eher nach dessen Ehefrau Erdmuthe – die beiden lebten im achtzehnten Jahrhundert und spielten eine wichtige Rolle für den Pietismus. Und die Zinzendorferinnen sind nach allem, was ich bisher über sie gelesen habe, recht unkonventionell in ihrer Auffassung vom Pietismus – und ziemlich militant, wenn es um die Rolle der Frau in der Kirche geht.«

»Hätten die ein Motiv für einen der Morde?«

Kortz zuckte mit den Schultern.

»Jedenfalls war keines der Opfer dort Mitglied. Und bisher konnten die Kollegen in den jeweiligen Sokos auch nicht über Verwandte, Partner oder enge Freunde eine direkte Verbindung zu den Zinzendorferinnen feststellen.«

»Glauben Sie an religiöse Hintergründe?«

»Lieber wär's mir ohne, aber … Die Opfer lagen jedesmal auf dieselbe Weise auf dem Boden, für mich muss man da nur noch ein Kreuz drunterlegen, um es auch dem Letzten deutlich zu machen.«

Lindner schauderte.

»Die ausgestreckten Arme, der leicht zur Seite geneigte Kopf, sogar die Knöchel sind übereinandergelegt – wenn das keine Absicht war, weiß ich auch nicht. Und dann noch die Tageslosung.«

»Mist«, brummte Lindner.

»Kann man sagen. Außerdem wurden alle vier Morde in Orten verübt, die für den Pietismus eine gewisse Rolle spielen.«

»Davon gibt's bei uns im Land ja eine ganze Reihe, das könnte also auch Zufall sein.«

»Ja, aber kombiniert mit der Art und Weise, wie die Leichen inszeniert wurden?«

Lindner nickte. Kortz versprach, die Akten zu den Mordfällen ab dem Nachmittag im LKA-Gebäude in Stuttgart-Bad Cannstatt für ihn bereitlegen zu lassen. Davor sollte Lindner noch an der ersten Besprechung der Göppinger Soko teilnehmen.

»Soll ich Frau Treidler noch Bescheid geben, dass sie Sie abholt?«, fragte Kortz noch.

»Nicht nötig«, antwortete Lindner und hielt sein Handy hoch. »Das mach ich selbst.«

Damit schwang er sich auf sein altes Fahrrad und tippte sich im Davonfahren durch das Handymenü zu Marias Nummer.

In einem am Fahrbahnrand geparkten schwarzen Kombi rückte jemand seine randlose Brille zurecht und ließ die beiden LKA-Beamten nicht aus den Augen. Lindner verschwand auf der anderen Seite der Hauptstraße zwischen den Bäumen der Allee, Kortz ging zu seinem Dienstwagen und fuhr kurz darauf an dem schwarzen Kombi vorbei, bog nach links ab und fuhr in Richtung Autobahn davon.

Unter der randlosen Brille breitete sich ein zufriedenes Grinsen aus. Es lief wieder alles wie am Schnürchen, und allmählich durfte er offenbar auch auf einen ebenbürtigen Gegenspieler hoffen.

* * *

Ruth Lindner saß am Küchentisch, als ihr Sohn hereinkam. Erst war er froh, dass ihm damit einer ihrer gefürchteten Zettel erspart blieb, mit dem sie sich gerne mal über seine angebliche Wehleidigkeit und darüber lustig machte, dass er so oft in die Arztpraxis von Thomas Bruch ging – aber dann fiel ihm auf, dass seine Mutter niedergeschlagen wirkte. Eine Stimmung, die er an ihr lange nicht gesehen hatte. Erst stutzte er, doch kurz darauf fiel ihm ein, wo sie heute gewesen war, und ein mulmiges Gefühl grub in seinen Eingeweiden.

Er schenkte sich einen Kaffee ein, goss auch seiner Mutter die Tasse noch einmal voll und setzte sich neben sie.

»Was hat Thomas gesagt?«, fragte er, nachdem er einige Minuten schweigend neben ihr gesessen hatte.

»Hm?«

Sie blickte auf und sah ihn an, als müsste sie sich erst noch besinnen, wer er war und wo sie sich befand.

»Na, du warst doch heute bei Thomas. Ihr wolltet die Ergebnisse aus dem Labor besprechen. Hat er was herausgefunden?«

»Noi«, sagte sie und nahm einen Schluck. »Älles en Ordnung.«

»Und warum sitzt du dann hier wie Häufchen Elend?«

»I? Bledsinn!«

»Komm, Mutter, jetzt rück schon raus mit der Sprache: Was hat Thomas gesagt?«

»I ben halt koine zwanzig meh, ond i soll …«

Sie wand sich ein wenig.

»I soll äbbas kürzertreta, hot er gsagt.«

»Aha? Und das war alles?«

»Ja, meh oder weniger. Wie gsagt: I ben koine zwanzig meh, aber für mei Alter bin i no ganz guat en Schuss.«

Sie versuchte ein schwaches Lächeln.

»Dem Thomas hätt i au was vrzählt, wenn der was anders behauptet hätt!«

Lindner musterte sie aufmerksam. Natürlich würde es ihr gewaltig gegen den Strich gehen, wenn sie sich schonen müsste, wenn sie nicht mehr wie bisher von frühmorgens bis in den Abend hinein ihren Bauernhof umtreiben und danach noch mit ihren Freundinnen, den Boller Mädle, im Bürgertreff oder einem der Gasthäuser im Ort ordentlich schwatzen und bechern konnte. Aber würde ihr das die Laune wirklich gleich so gründlich verhageln? Lindner hatte da so seine Zweifel, aber seine Mutter wuchtete sich hoch und schlurfte zur Küchenzeile hinüber.

»Was magsch denn heit essa?«, fragte sie nebenbei. »Schnitzel hätt i, oder i könnt die übrige Kartoffla von geschtern en d' Pfann haua ond Spinat dazu kocha – oder hosch dir a neue Allergie zuglegt?«

Sie drehte sich zu Lindner um und zwinkerte ihm zu.

»Ist mir egal. Maria kommt auch, wir fahren dann gleich nach dem Essen zusammen nach Göppingen.«

»Gohsch eikaufa?«

Es wurmte ihn, dass sie gar nicht auf die Idee kam, seine Fahrt könnte berufliche Gründe haben.

»Im Kurpark liegt eine Tote, und ich soll mich fürs LKA drum kümmern.«

»Awa? Bisch wieder em Dienscht?«

»Mehr oder weniger. Kortz hat vorhin angerufen, ich hab ihn drüben am Kurhaus getroffen, und wir haben uns die Leiche angesehen. Eine ältere Frau, wohl nicht aus Boll, ich kenn sie jedenfalls nicht. Der Mord an ihr könnte Teil einer ganzen Serie sein, und ich soll nach den Zusammenhängen zwischen den einzelnen Fällen suchen.«

Sie wiegte den Kopf, und in ihren Blick mischte sich ein wenig Stolz.

»So, so, du schaffsch wieder.«

Dann schien ihr etwas einzufallen, und ihr Gesichtsausdruck veränderte sich erneut.

»Schaffsch mit deim alda Kollege zsamma?«

»Mit Roeder? Ja, leider. Der ist vorhin fast geplatzt, als Kortz ihn angewiesen hat, mit mir zusammenzuarbeiten. Wobei ...«

Er gönnte sich ein kleines Grinsen.

»Eigentlich soll er mir sogar zuarbeiten. Das hat ihm nicht geschmeckt, das kannst du mir glauben.«

Sie sah ihn nachdenklich an.

»Bua, bass bloß uff, dass der dir net an dr Karra fahrt. Von dem Roeder hosch mir bisher net viel Nettes vrzählt – von dem kumpelhafte Roland, mit dem de während deira Ausbildong so dicke warsch, isch scheint's nemme viel übrig.«

»Kann man so sagen. Aber keine Angst: Ich pass auf mich auf, und mit Roeder rede ich nur das Nötigste. Und ihn zu triezen, nur weil er mir zuarbeiten soll – darauf hab ich keine Lust. Mir gehen diese Machtspielchen ohnehin auf den Geist, da halt ich mich am liebsten raus.«

»Guat.«

»Und Maria arbeitet auch an dem Fall – sie wird mich fahren, bis mein Wagen wieder läuft.«

»Was isch denn heh?«

Lindner zuckte mit den Schultern.

»Sprang heute morgen nicht an. Ich werd gleich mal beim Nickel anrufen, der soll ihn rüberschleppen in seine Werkstatt und reparieren.«

»Dr Nickel? Om der Hemmels willa, bloß net! Der sucht so lang an deim Waga rom, bis er was Schlemms fendet, damit sich's au lohnt. Der isch koin Deut besser als dei Thomas!«

»Wieso?«, hakte Lindner nach. »Hat Thomas denn bei dir etwas Schlimmes gefunden? Sag schon: Was kam raus im Labor?«

»Nix, ond jetzt lass mir mei Ruh! Sonscht musch mit der Maria heit en dr Hirscha ganga, wenn de was zom Essa willsch.«

»Aber ich hab dir doch gerade gesagt, dass ich gar nicht zum Mittagessen da bin.«

»Hä? Ach so … schtemmt. Egal … Aber dei Auto guck i mir selber a, des wär ja nommol scheener! Zom Nickel! Also woisch!«

Kopfschüttelnd wandte sie sich dem Kühlschrank zu und kramte die Zutaten hervor, die sie fürs Mittagessen brauchte.

* * *

In dem Besprechungsraum, der im Göppinger Polizeigebäude für die Soko eingerichtet worden war, standen und saßen bereits knapp zwanzig Leute. Lindner kannte einige von ihnen: Roeder natürlich, auch Fritz Aichele vom Polizeiposten Bad Boll war da, und der Rechtsmediziner DeLaJaune lümmelte an der Stirnseite der zusammengeschobenen Tische und tippte auf seinem Smartphone herum.

Kurz nach Maria und Lindner betrat ein stämmiger Mann im dunklen Anzug den Raum, sah sich kurz nach allen Seiten um, grüßte einzelne Anwesende mit einem knappen Kopfnicken und hielt direkt auf den Stuhl in der Mitte der Stirnseite zu. Die anderen bemerkten den Neuankömmling oder wurden von ihren Gesprächspartnern auf ihn aufmerksam gemacht, und keine drei Minuten später saß jeder auf seinem Platz und wartete gespannt darauf, dass der Mann im maßgeschneiderten Anzug die Besprechung eröffnen würde.

Staatsanwalt Roman Hagenbeck fingerte noch an seinem Einstecktuch herum, drückte Roeder, der sich direkt neben ihn setzte, kurz die Hand und winkte Lindner heran, damit der sich neben den Rechtsmediziner setzte.

Nun war die Stirnseite komplett besetzt: Lindner, DeLaJaune und Roeder, dazwischen Hagenbeck, und auf den äußersten Stühlen der Reihe saßen links Roland Schopf, der Chef der Göppinger Kriminaltechnik, und rechts Sonja Reeber, die seit ein paar Jahren die Pressestelle leitete.

»Meine Damen und Herren«, begann Hagenbeck, »die meisten von Ihnen werden sich schon kennen. Einigen von ihnen möchte ich noch Herrn Dr. DeLaJaune vorstellen. Er wird uns als Rechtsmediziner in diesem Mordfall unterstützen. Und neben ihm sitzt Kriminalhauptkommissar Stefan Lindner aus Bad Boll – er nimmt an unseren Besprechungen als Vertreter des LKA teil, und ich bitte Sie, ihn über alle Punkte auf dem Laufenden zu halten, die ihn interessieren. Das LKA vermutet einen Zusammenhang zwischen unserem Mordfall und einigen anderen – es kann also durchaus sein, dass Herr Lindner Sie auch mal nach Details fragt, die Ihnen vielleicht aus dem Blick auf den hiesigen Fall seltsam oder nicht relevant erscheinen.«

Roeder ließ ein abfälliges Schnauben hören und sah missmutig in die Runde.

»Vor allem Kriminalhauptkommissar Roeder wird dafür sorgen«, fuhr Hagenbeck ungerührt fort, »dass die Zusammenarbeit zwischen der Soko und dem LKA reibungslos verläuft. Dafür danke ich ihm schon jetzt.«

Ein leichtes Lächeln spielte um Hagenbecks Mund, und Fritz Aichele, seit Jahren ein enger Angelfreund des Staatsanwalts, konnte sich ein Grinsen nur mit einiger Mühe verkneifen. Roeder starrte nun finster vor sich auf die Tischplatte.

»Wir werden die Ermittlungsgruppe unter dem Namen ›Soko Wandelhalle‹ führen. Der Tatort liegt ja in unmittelbarer Nähe dieses markanten Gebäudes, und mit dem hinreichend nüchternen Namen behalten wir freie Hand, welche Details wir an die Presse geben oder aus ermittlungstaktischen Gründen eher zurückhalten. Oder aus dem Wunsch heraus, allzu sensationslüsterne Berichte zu vermeiden. Namen wie ›Soko Schächtung‹ oder ›Soko Tageslosung‹ verbieten sich aus naheliegenden Gründen.«

Einige in der Runde schmunzelten.

»Am besten wird es sein, wenn die Kollegen von Rechtsmedizin und Spurensicherung ihre bisherigen Erkenntnisse zusammenfassen, damit wir alle auf demselben Stand sind.«

Hagenbeck nickte DeLaJaune zu und lehnte sich ein wenig auf seinem Stuhl zurück. Sonja Reeber drückte ein paar Tasten auf dem vor ihr liegenden Laptop, und der Beamer projizierte eine großformatiges Bild der Leiche im Kurpark an die Wand hinter ihr.

DeLaJaune schilderte noch einmal den Zustand der Leiche, zunächst die Details, die er Lindner, Roeder und Kortz schon im Park beschrieben hatte, dann die Punkte, die inzwischen noch hinzugekommen waren.

»An den Handgelenken der Toten finden sich Druckspuren. Ihre Fingernägel und auch ihre Kleidung weisen aber auf den ersten Blick nicht auf einen Kampf mit dem Täter hin oder darauf, dass sie sich gegen ihn gewehrt hätte. Das ist bisher natürlich nur ein oberflächlicher Eindruck, aber ich könnte mir vorstellen, dass die Druckstellen entstanden, als sich der Täter das Opfer auflud, um es in den Park zu tragen oder zu schleifen.«

»Ist der Park denn nicht der Tatort?«

»Kann ich noch nicht endgültig sagen. Die Frau scheint regelrecht ausgeblutet zu sein, das Blut lief von ihrer Schlagader in die kleine Grube neben ihrem Hals. Und die Körpertemperatur deutet meines Erachtens schon darauf hin, dass sie direkt im Park starb. Die Obduktion wird noch heute Nachmittag stattfinden, ich fahre gleich nach unserer Besprechung nach Stuttgart, wo die Tote gerade vorbereitet wird. Dort wird sich feststellen lassen, ob die Druckstellen vor oder nach ihrem Tod entstanden sind.«

»Und wie sollte der Täter sein Opfer in den Kurpark getragen und dort getötet haben, ohne dass sich die Frau dagegen wehrt?«, fragte Hagenbeck.

»Vielleicht findet der Doktor ja ein Betäubungsmittel im Blut der Frau«, wandte Roeder ein.

DeLaJaune nickte anerkennend.

»Genau darauf würde ich tippen, Herr Roeder. Es gibt außerdem noch Druckstellen an den Knien der Frau, die etwas älter aussehen als die Stellen an den Handgelenken. Auch ihr Rock ist dort ein wenig verdreckt, nur zwei kleine Flecken, es könnte Erde sein oder …«

Er machte eine angeekelte Miene.

»… oder Mist. Das werden die Kollegen von der Kriminaltechnik sicher schnell herausfinden. Ich glaube, die Frau kniete vor ihrem Tod. Vielleicht auf einem Kissen oder einem Sack oder einem Papierstück, das sie auf eine schmutzige Stelle gelegt hatte, um ihre Kleidung zu schützen. Und möglicherweise hat sie das nicht zum ersten Mal gemacht, also könnte ihr Knieschutz schon leicht verschmutzt gewesen sein. Ungefähr so stelle ich mir das vor.«

»Sie kniet und legt sich dazu Stoff oder Papier auf den dreckigen Boden?« Hagenbeck schüttelte den Kopf. »Und wozu sollte sie das tun?«

DeLaJaune zuckte mit den Schultern.

»Was weiß ich. Vielleicht war sie Bäuerin und hatte irgendetwas im Stall zu schaffen, das sich im Knien leichter erledigen lässt. Ich bin nicht so vertraut mit den ländlichen Gepflogenheiten hier am Albrand.«

Ein arroganter Unterton schlich sich in seine Stimme, und einige der Anwesenden quittierten das mit missbilligenden Blicken.

»Wie auch immer«, fuhr er fort, ohne auf die Reaktion zu achten. »Jedenfalls war sie noch am Leben, als sie kniete – sonst wär sie ja umgekippt, und das schließe ich aus: Es sind weder am Kopf Spuren eines solchen Sturzes zu sehen, noch scheint sie irgendwo zum Beispiel mit Seilen oder Gurten befestigt gewesen zu sein. Außerdem gibt es am Kopf keine Stelle, die etwa zu einem Schlag passen könnte. Nehmen Sie an, die Frau kniet, der Täter kommt dazu und schlägt sie nieder – auch das können wir meiner Meinung nach schon jetzt ausschließen. Wenn wir nicht davon ausgehen, dass es sich hier um Tötung auf Verlangen handelt, bleibt als plausible Möglichkeit eigentlich nur ein Narkotikum, mit dem der Täter die Frau außer Gefecht gesetzt und sie anschließend zum Tatort geschafft hat – wobei ich noch herausfinden muss, wie es ihr der Täter verabreicht hat. Einen Einstich habe ich bisher noch nicht gefunden.«

»Was, wenn der Täter sie gekannt hat«, wandte Roeder ein, »wenn er sie besuchte und ihr etwas in den Kaffee oder meinetwegen ins Bier schüttete?«

»Wäre möglich, aber dazu kann ich erst nach der Obduktion mehr sagen. Geht jemand von Ihnen mit nach Stuttgart?«

»Ja«, sagten Roeder und Lindner im selben Moment, und Roeders finsterer Blick, den er deswegen aufsetzte, sprach Bände.

»Ich muss ohnehin nach Stuttgart«, erklärte Lindner, der die Reaktion bemerkt hatte. »Im LKA schau ich die Akten der anderen Fälle durch, da würde ich gerne auch im Sektionssaal dabei sein. Für wann ist die Obduktion denn angesetzt?«

»Ich mach mich so früh wie möglich an die Arbeit. Sobald ich hier fertig bin, fahre ich los und rufe die Sektionsgehilfen an, damit alles vorbereitet ist, wenn ich eintreffe.«

»Gut, dann können Herr Roeder und ich ja kurz darauf nachkommen. Kollegin Treidler« – er sah kurz fragend zu Maria hin, die nickte – »kann uns fahren, ich bleibe nach der Obduktion allein in Stuttgart, gehe ins LKA und nehme später den Zug, und die Kollegen fahren mit dem Wagen wieder zurück nach Göppingen. Passt das so für dich, Wolfgang?«

Roeders Kiefer mahlten, Lindner glaubte beinahe, seine Zähne knirschen zu hören. In die Pause hinein bat Hagenbeck nun Kriminaltechniker Roland Schopf, ihnen mitzuteilen, was seine Leute bisher herausgefunden hatten.

»Der Rock der Toten ist an den Knien nur ganz leicht verschmutzt, aber es scheint tatsächlich eine Mischung aus Mist und Erde zu sein. Das deutet darauf hin, dass sie wirklich einen Bauernhof umtrieb und im Stall oder in der Nähe des

Misthaufens gekniet hat, warum auch immer. Unter ihren Nägeln ist zwar etwas Schmutz, aber das müssten die normalen Spuren von Stall- oder Gartenarbeit sein – es sieht bisher nicht so aus, als würden wir dort Gewebe vom Täter finden. Ich teile die Einschätzung von Dr. DeLaJaune, dass kein Kampf stattgefunden und dass sich die Frau auch nicht gegen ihren Mörder gewehrt hat.«

Hagenbeck machte sich Notizen.

»Wir haben rund um den Fundort der Leiche eine ganze Menge an Fußspuren gefunden, auch Zigarettenkippen im Kies der Parkwege und Getränkedosen unter den umstehenden Büschen, und hinter den Säulen der Wandelhalle lagen Glasscherben – dem Etikett nach zu urteilen, zwei Flaschen mit irgendeinem billigen Rum.«

»Was glaubst du, Roland«, fragte Roeder, »hängt davon etwas mit unserem Fall zusammen?«

»Der herumliegende Kram eher nicht, aber untersucht wird natürlich erst einmal alles. Mit den Fußspuren haben wir mehr Glück: An einigen Stellen sind sie so überlagert, dass wir die beiden Spuren klar bestimmen können, die zuletzt entstanden sind. Die neueste führt vom Fundort der Leiche weg und ist weniger tief im Kies eingedrückt als die zweitneueste Spur, die zum Fundort hinführt.«

»Also hat der Mörder die Frau hingetragen und ist danach ohne seine Last wieder weggegangen.«

»Ja, so würde es einen Sinn ergeben. Außerdem haben wir auf den anderen Wegen und auf der Wiese keine anderen Spuren gefunden, die genau zur Leiche oder von ihr weg führen. Zudem ist das Gras am Fundort ordentlich zertrampelt, an zwei Stellen sogar bis auf den Dreck durchgetreten – und Spuren von Erde haben wir auf der neueren der beiden Spuren auf dem Kiesweg gefunden: mit jedem Schritt weg von der Leiche etwas weniger, auch das würde passen.«

»Gibt es denn direkt am Fundort der Leiche Spuren, die etwas auffälliger sind?«, fragte Lindner und sah Schopf gespannt an, der ihn daraufhin grinsend annickte.

»Sie meinen, ob wir anhand der Spuren im Gras erkennen können, ob er sich besonders Mühe gegeben hat, die Tote auf eine bestimmte Weise zu platzieren?«

Lindner nickte.

»Hat er, auf jeden Fall«, sagte Schopf. »Ich würde da gerne noch die Obduktion abwarten und auch noch einmal alle Details mit meinen Leuten durchgehen, aber ich vermute, dass er sich die Frau so aufgeladen hatte, wie man einen großen Sack oder einen Teppich tragen würde. Er hatte dabei die Füße vermutlich vor sich und den Oberkörper über dem Rücken, ließ die Frau langsam ab, mit den Füßen zuerst, jedenfalls haben wir in der Wiese zwei aufgebrochene Stellen gefunden, die zu ihren Absätzen passen – und Erde an den Hacken ihrer Schuhe. Der Täter legte die Frau also nach und nach ab, bis sie auf dem Boden saß, dann packte er ihre Handgelenke und ließ ihren Oberkörper langsam hinab, bis sie auf die kleine Böschung gebettet war. Die Spuren unter dem Körper der Toten waren nicht tief, er muss ziemlich vorsichtig zu Werke gegangen sein.«

»Was dazu passen würde, dass sie zu diesem Zeitpunkt noch lebte.«

»Oder dazu, dass er ihr Respekt erweisen wollte«, merkte Roeder an.

»Stimmt, das wäre genauso denkbar – dann würde er sie wahrscheinlich näher kennen, hätte in irgendeiner persönlichen Beziehung zu ihr gestanden.«

Lindner nickte, und Hagenbeck stellte erleichtert fest, dass der streitbare Roeder nun offenbar doch beschlossen hatte, seinen Job professionell anzugehen und mit seinem ungeliebten Kollegen zusammenzuarbeiten.

»Wo waren die meisten Spuren im Gras zu finden?«, hakte Lindner nach.

»Zu ihren Füßen«, antwortete Schopf, »und neben dem Loch für das Blut. Das hat er gegraben, als die Frau schon dort lag. Mit einem Spaten, so wie es aussieht. Die Seitenwände sind klar abgestochen, und die ausgehobene Erde hat er in einem kleinen Halbkreis um den Kopf der Frau herum gehäufelt. Dabei sind ein paar kleine Bröckchen auf ihren Haaren gelandet.«

Die Pressesprecherin bediente während Schopfs Vortrag den Laptop, und so waren an der Wand hinter ihr immer die passenden Bilder zu sehen. Im Moment erstrahlte dort eine Aufnahme, die den Kopf der Frau zeigte, leicht zur Seite geneigt, und darüber der Halbkreis der aufgehäuften Erde.

»Mein Gott«, entfuhr es Miller, einem stets besonders eifrigen jungen Mitarbeiter Roeders, »das sieht ja aus, als habe er der Frau einen Heiligenschein verpassen wollen!«

»Ja«, seufzte Hagenbeck, »und das scheint nicht der einzige Hinweis darauf zu sein, dass wir hier einen Mord mit religiösen Bezügen haben – oder zumindest mit religiöser Symbolik.«

»Könnte die Frau sich die Knie dann nicht auch beim Beten schmutzig gemacht haben?«

»Im Stall, Herr Miller? Ich weiß nicht recht …«

»Ausschließen können wir das jedenfalls nicht«, merkte Lindner an.

Miller sah dankbar zu ihm hin.

»Würde das zu den anderen Mordfällen passen, die Sie fürs LKA untersuchen?«, fragte Hagenbeck.

»Das weiß ich noch nicht. Ich schau mir die Akten ja erst heute am späten Nachmittag an, aber mein Kollege erwähnte zumindest mal, dass die Leichen auch in den anderen Fällen so ähnlich inszeniert wurden wie hier im Kurpark. Dazu kann ich Ihnen allen morgen früh sicher schon mehr erzählen.«

»Ach, wird uns auch berichtet?«, knurrte Roeder. »Vom LKA … wie nobel!«

Lindner schüttelte den Kopf und tauschte mit Hagenbeck ein nachsichtiges Lächeln.

* * *

Maria Treidler fuhr zügig in den Innenhof des Robert-Bosch-Krankenhauses und parkte den Dienstwagen in einer engen Lücke direkt neben der Treppe zur Eingangstür. Die drei Beamten kannten den Weg in die Rechtsmedizin schon, und wenig später schlüpften sie im Vorraum des Sektionssaals mit den Schuhen in die »Schuhschoner« genannten Plastiktüten, die man hier als Besucher tragen musste – und die eher die Sauberkeit des Raumes als die der Schuhe sicherstellen sollten.

DeLaJaune winkte Treidler, Lindner und Roeder heran. Er stand neben einem der Stahltische, die in dem hellen, aber nicht allzu großen Raum aufgestellt waren. Boden und Wände waren weiß gekachelt, das polierte Metall der Schränke verstärkte den sterilen Eindruck noch. An einer Wand war ein großes Metallwaschbecken aufgehängt, an der gegenüberliegenden Seite ließen große Milchglasflächen Licht herein.

Auf dem Tisch vor DeLaJaune lag die Tote aus dem Boller Kurpark. Sie lag auf dem Rücken und war nackt, ihre Kleider hatte jemand auf dem zweiten Stahltisch im Raum abgelegt. Außer DeLaJaune und einem weiteren Rechtsmediziner, beide in grüner OP-Kleidung, befand sich auch eine Frau mit roten Haaren und einer randlosen Brille im Raum, die über ihre knapp sitzende Jeans und das weit fallende Hemd einen weißen Kittel gezogen hatte – sie stellte einige Gläser und andere Behälter bereit, um darin später die Organe der Toten aufzubewahren.

DeLaJaune wirkte ein wenig angespannt, und ab und zu warf ihm die Frau im weißen Kittel einen abschätzigen Blick zu. Lindner kam wieder in den Sinn, dass Kortz von einer Kollegin aus der Rechtsmedizin erzählt hatte, die DeLaJaune nach einer Affäre abserviert hatte – wenn das die Frau war, konnte er dem Rechtsmediziner immerhin einen guten Geschmack nicht absprechen: Die Rothaarige sah wirklich umwerfend aus, ihre Figur zeichnete sich vielversprechend unter dem Kittel ab, und hinter der Brille leuchteten ihre grünen Augen geradezu.

Hinter ihm räusperte sich Maria Treidler deutlich vernehmbar. Lindner schreckte hoch – Maria sah etwas genervt zu ihm hin, auch DeLaJaune beobachtete ihn mit hochgezogenen Augenbrauen. Offenbar hatte er dessen attraktive Kollegin einen Moment zu lang bestaunt.

»Meine Kollegin Wilde, der Kollege Thomann«, stellte DeLaJaune die beiden anderen kurz vor, ohne sie dabei anzusehen, dann bat er die Beamten mit einer übertrieben einladenden Handbewegung zu sich an den Sektionstisch.

»Sie waren sehr schnell hier, allzu weit bin ich bisher noch nicht gekommen mit der Obduktion. Aber die Frage, warum sich die Tote nicht gewehrt hat, konnte ich schon klären.«

Er drehte den Kopf der Frau ein wenig zur Seite, damit die Polizisten den Hals mit der geöffneten Schlagader besser sehen konnten. DeLaJaune steckte den Finger in die klaffende Wunde und weitete die Ränder ein klein wenig.

»Sehen Sie hier?«, fragte er und sah triumphierend in die Runde.

Roeder nickte eifrig, aber Lindner war überzeugt, dass er ebenso wenig etwas erkannt hatte wie er selbst.

»Genau hier«, DeLaJaune tippte nun mit dem Zeigefinger der anderen Hand ein paar Mal auf die geweitete Stelle der Wunde, »wurde der Toten das Betäubungsmittel injiziert. Also ... zu diesem Zeitpunkt natürlich der noch lebenden Frau, ist ja klar. Wir ermitteln noch, welches Narkotikum eingesetzt wurde.«

»Injiziert?«, fragte Lindner. »Aber da müsste es doch erst recht eine Abwehrbewegung gegeben haben – ich lasse mir doch nicht so einfach eine Spritze in den Hals stecken. Kannte sie demnach den Täter? Aber ... warum sollte sie sich, selbst wenn sie ihn gekannt hatte, von ihm eine Spritze setzen lassen? Glauben Sie, es war ... was weiß ich? Ihr Hausarzt vielleicht?«

DeLaJaune hatte ein Grinsen aufgesetzt, das mit jedem Wort Lindners breiter wurde. Roeder bemerkte die spöttische Miene des Arztes und grinste nun ebenfalls – er wusste zwar nicht, womit sich Lindner lächerlich gemacht haben könnte, aber schon allein die Tatsache, dass sein früherer Kripokollege Minuspunkte bei dem arroganten Rechtsmediziner sammelte, ließ Schadenfreude in ihm aufkommen.

»Nicht schlecht gedacht, Herr Lindner«, sagte DeLaJaune schließlich, und das Grinsen wurde etwas gutmütiger. Roeders Schadenfreude löste sich in Luft auf. »Aber es hat dieser Frau niemand eine Spritze gesetzt.«

»Aber sagten Sie nicht gerade …?«

»Der Täter – oder vielleicht auch nur ein Komplize, dazu kann ich natürlich nichts sagen – hat die Frau mit einem Betäubungspfeil außer Gefecht gesetzt.«

»Wie … mit einem Pfeil?«

»Na, so Dinger eben, wie sie Tierärzte einsetzen. Entweder mit einem entsprechenden Gewehr abgeschossen oder mit einem Blasrohr – da gibt es verschiedene Möglichkeiten.«

»Dann ist unser Täter also möglicherweise ein Tierarzt?«

DeLaJaune zuckte mit den Schultern.

»Kann sein, aber so etwas kann sich vermutlich auch jemand besorgen, der nicht selbst als Veterinär praktiziert. Außerdem besteht, wie gesagt, auch noch die Möglichkeit, dass nicht der Mörder die Betäubung vorgenommen hat, sondern ein Komplize.«

»Und den Einstich dieses Pfeils haben Sie dort gefunden, wo die Ader geöffnet wurde?«

»Ja, die Spitze drang tiefer ein als das Messer, mit dem später die Ader geöffnet wurde. Das war übrigens sehr geschickt vom Mörder, den Pfeil genau dorthin zu schießen oder pusten, wo er später ohnehin eine Wunde anbringen würde. Die Spur des Pfeils war nicht leicht zu finden.«

DeLaJaune wirkte sehr zufrieden mit sich. Die rothaarige Kollegin ließ ein leises Schnauben hören, was DeLaJaune sofort wieder etwas angespannter aussehen ließ.

»Ist es denn sehr schwer, mit einem solchen Pfeil genau diese Stelle zu treffen?«, fragte Maria.

»Etwas geübt haben wird unser Täter oder sein Komplize schon, aber ein Hexenwerk ist es nicht. Ein bisschen Talent, dazu Übung, wie gesagt … dann geht das schon. Und wenn er ein paar Zentimeter danebentrifft, ist es auch nicht so schlimm: Das Betäubungsmittel wirkt trotzdem wie gewünscht, und mit dem Messer kann er anschließend die Halswunde auch ein bisschen größer ausführen.«

»Und dieser ganze Aufwand nur, um den Mord auch wirklich genau so ausführen zu können, wie es sich der Täter vorher überlegt hat«, brummte Roeder. »Das deutet ebenso auf einen Ritualmord hin wie die Inszenierung der Leiche im Kurpark.«

»Was Ihnen die Chance eröffnet, mehr Spuren und Absatzpunkte zu finden«, merkte DeLaJaune an. »Schließlich muss er sich das Betäubungsmittel irgendwo besorgt haben, ebenso das Gewehr oder das Blasrohr. Der Transport von der Stelle, an der er die Frau betäubte, bis zum Fundort der Leiche wird auch nicht ganz ohne Spuren abgegangen sein, und vielleicht ist auch diese Tageslosung ein hilfreicher Hinweis für Sie.«

Der Rechtsmediziner deutete auf die Stirn der Toten, wo das kleine Kalenderblatt mittlerweile zwar entfernt war, aber noch immer die Klammer des Tackers im Fleisch steckte.

»Wenn's gut läuft«, wandte Lindner. »Und wenn nicht, bedeutet das alles, dass nicht einmal die Leiche selbst ein brauchbarer Hinweis ist.«

DeLaJaune sah ihn fragend an, und Lindner erklärte ihm, was er meinte.

»Wenn unserem Täter vor allem das Ritual an sich wichtig war, ist es durchaus denkbar, dass er sein Opfer eher willkürlich ausgewählt hat.«

»Scheiße, das stimmt natürlich«, knurrte Roeder und blies die Backen auf.

»Gehen wir das mögliche Ritual mal durch«, schlug DeLaJaune vor. »Die Frau wird also betäubt, dann in den Kurpark geschafft, dort ausgelegt, als wäre sie ans Kreuz geschlagen – und dann wird ihr die Halsschlagader geöffnet, damit sie ausblutet. Ziemlich viele religiöse Bezüge.«

»Und die wirken ziemlich durcheinandergewürfelt«, sagte Lindner. »Das Ausbluten erinnert mich ans Schächten. Wenn ich recht weiß, müssen Schlachttiere nach jüdischer und islamischer Vorschrift ausbluten, weil der Verzehr von Blut in beiden Religionen nicht erlaubt ist – doch die Lage der Toten weist eher auf eine christliche Symbolik hin. Und die aufgetackerte Tageslosung sowieso.«

»Außerdem verbieten es sowohl der Islam wie auch das orthodoxe Judentum, das zu schlachtende Tier vorher zu betäuben.«

Lindner sah DeLaJaunes attraktive Kollegin überrascht an. Sie lehnte am zweiten Stahltisch und sah entspannt zu den anderen herüber.

»Hab ich jedenfalls mal gelesen.«

Sie zuckte mit den Schultern und lächelte, als wolle sie sich für eine naseweise Bemerkung entschuldigen.

»Und schließlich sind Menschen natürlich nicht als Schlachttiere erlaubt – für Juden gelten zum Beispiel unter den Säugetieren nur Wiederkäuer mit zweigespaltenen Hufen als koscher.«

»Sehr interessant, Kollegin«, ätzte DeLaJaune und versuchte ein höhnisches Lachen, doch niemand lachte mit.

»Also könnte das ganze Ritual auch genauso gut ein Spiel sein, das sich der Täter erlaubt«, dachte Lindner laut, und Wilde nickte.

»Scheißspiel!«, zischte Roeder.

»Allerdings«, gab Lindner ihm recht. »Ich bin gespannt, wie das in den anderen Fällen aussieht, die meine LKA-Kollegen mit dieser Toten hier in Verbindung bringen. Hatten Sie die auch zur Obduktion hier im Robert-Bosch-Krankenhaus?«

DeLaJaune zuckte mit den Schultern.

»Ich hatte bisher keine ähnlichen Fälle auf dem Tisch.«

Er wandte sich den beiden Kollegen zu.

»Ihr?«

Beide schüttelten den Kopf.

»Aber das will natürlich nichts heißen«, fuhr DeLaJaune fort. »Wir sind ja nicht die einzigen Rechtsmediziner, die im Bosch Obduktionen durchführen. Und je nach Tatort können die Leichen auch in die Tübinger Uniklinik gebracht worden sein.«

»Ich schau mir die Unterlagen zu den anderen Fällen nachher durch, im LKA liegt inzwischen wohl alles für mich bereit – dann kann ich mich noch einmal melden, und wir suchen nach den Parallelen zwischen den verschiedenen Opfern und dem jeweiligen Tathergang.«

»Gut, und bis dahin sind wir hier auch fertig und können Ihnen die Tatzeit genauer eingrenzen.«

»Eins noch: Wurde der Frau die Tageslosung vor oder nach ihrem Tod auf die Stirn getackert?«

»Erst nach ihrem Tod. Nach allem, was wir bisher wissen, war die Reihenfolge: betäuben, transportieren, drapieren, ausbluten lassen, auftackern.«

* * *

In der Taubenheimstraße ging es eng zu. Die Autos standen dicht geparkt, und Maria fuhr auf den gepflasterten Hof des Landeskriminalamts, weil in der zugeparkten Sackgasse an Umdrehen kaum zu denken war. Lindner verabschiedete sich und zwinkerte Maria im Weggehen noch kurz zu. Als er die orangerote Eingangstür des LKA-Gebäudekomplexes erreicht hatte, hatte Maria den Dienstwagen schon wieder zurück auf die Straße gelenkt und fuhr mit Roeder nach Göppingen. Er würde sie später vom Zug aus anrufen, damit sie ihn vom Bahnhof abholen konnte.

Wenig später kam Kortz aus dem Aufzug und winkte ihn zu sich heran. Er zeigte Lindner ein kleines, aber helles Büro, in dem er sich fürs Erste einrichten sollte – mit Computer, Telefon und dem nötigsten Büromaterial schien für die ersten Arbeiten alles Notwendige vorhanden zu sein, und in der Mitte des Schreibtisches stapelten sich Aktenmappen: die Unterlagen der drei Mordfälle, bei denen das LKA Parallelen zum Leichenfund in Bad Boll vermutete.

»Was hat die Obduktion ergeben?«, fragte Kortz und stellte einen der beiden Kaffeebecher ab, die er auf dem Weg ins Büro in der kleinen Teeküche gefüllt hatte.

Lindner brachte ihn auf den aktuellen Stand, und Kortz sah sehr nachdenklich aus, als er einen großen Schluck aus der Tasse nahm.

»Was glauben Sie, Herr Lindner?«

»Lieber nichts. Zumal das Glauben hier auf eine ganz andere Weise eine Rolle zu spielen scheint.«

»Und so, wie Sie mir die Details geschildert haben, passt für Sie alles nicht so richtig zusammen, stimmt's?«

»Stimmt. Und jetzt müssen wir schauen, ob sich das in den anderen Fällen genauso wirr darstellt.«

Lindner nickte zu dem Aktenstapel hinüber.

»Sie haben recht, und davon will ich Sie auch gar nicht abhalten. Vergraben Sie sich ruhig – meins ist das, um ehrlich zu sein, nicht unbedingt. Dieses Stöbern in den Akten ist der Teil meines Jobs, den ich am wenigsten mag.«

»Na ja, muss halt sein«, sagte Lindner und klappte den ersten Deckel auf. »Kann ich Sie nachher noch erreichen?«

»Ja, aber am besten auf dem Handy. Ich bin derzeit ständig unterwegs, und ich weiß ja auch nicht, wann Sie mit dem ganzen Kram durch sind.«

Damit war er auch schon aus dem Raum verschwunden, und Lindner nahm einen Schluck Kaffee, klappte den Aktendeckel wieder zu und schob die Unterlagen ein Stück von sich weg. Er stand auf und sah sich im Zimmer um. Die Einrichtung war schlicht, aber leidlich modern. Durch das Fenster konnte er auf der einen Seite einen der Flügel des LKA-Gebäudes sehen und auf der anderen die Taubenheimstraße. Wenn der Verkehr mitspielte, konnte Maria schon wieder halb in Göppingen sein, und einen Moment lang wünschte er sich mit ihr in die Lounge an der Hauptstraße, wo sie gern erst einen Bauernsalat oder Tagliatelle aßen und sich anschließend ein, zwei XXL-Cocktails schmecken ließen – zu Fuß war es von dort aus nicht weit zu Marias Wohnung. Er seufzte und ließ seinen Blick über die umliegenden Häuser schweifen.

Von der Straße her war lautes Hupen zu hören, zwei Fahrer konnten sich nicht einigen, wer denn nun zuerst an der zwischen ihnen liegenden Engstelle vorbei durfte. Schließlich stieg einer der Männer aus, ging zu dem anderen hin, beschimpfte ihn durchs heruntergelassene Fenster und bekam nach einigen Tiraden von dem anderen einen heftigen Stoß vor die Brust. Einen Moment lang überlegte sich Lindner, ob er hinausgehen und den Streit schlichten sollte, aber bis er den Flur entlang und hinunter ins Erdgeschoss gelangt wäre, hätte sich alles längst von allein geklärt. Doch nun stieg auch der andere aus und ging, die Fäuste erhoben, in leicht geduckter Haltung auf seinen Kontrahenten zu. Lindner riss das Fenster auf.

»He, spinnt ihr beiden denn total?«

Die Männer erstarrten mitten in der Bewegung, sahen sich nach dem Rufer um, und blickten, als sie ihn schließlich entdeckt hatten, finster zu dem offenstehenden Fenster hinauf.

»Ey, Alda, Probleme, oder was?«, tönte einer von ihnen und reckte kampflustig das Kinn nach oben.

»Ich nicht, aber ihr gleich«, rief Lindner zurück und deutete auf die nur ein paar Meter von den Streithähnen entfernte LKA-Einfahrt, neben der, wie er wusste, auf einem Schild von der Straße aus die Aufschrift »Landeskriminalamt Baden-Württemberg« zu lesen war.

Die beiden Männer folgten seiner Geste mit dem Blick, dann schauten sie noch einmal zu ihm herauf, diesmal sichtlich erschrocken, hielten abwehrend die flachen Hände vor sich und machten, dass sie zurück in ihre Autos kamen. Erst rollten beide zurück, um dem jeweils anderen Platz zu machen, dann nahm endlich einer der beiden das Angebot an und fuhr langsam an der Engstelle vorbei. Kurz darauf fuhr auch der andere sehr langsam weg, erst in einiger Entfernung hörte Lindner den Motor lauter aufheulen, und mit leichtem Reifenquietschen bog der Wagen um die nächste Ecke.

Lindner lachte leise, schloss das Fenster und setzte sich wieder an den Schreibtisch. Erst verteilte er die vor ihm liegenden Unterlagen auf drei Stapel, für jeden Mordfall einen, dann klappte er die erste Mappe auf.

* * *

Ein paar Stunden später schreckte ihn das ungewohnte Klingeln seines neuen Bürotelefons auf. Maria war dran.

»Na, wie lange machst du noch?«

Er sah auf die Uhr: halb neun.

»Gut, dass du anrufst. Mir brummt schon der Schädel, wahrscheinlich hätte ich komplett vergessen, rechtzeitig aufzuhören.«

»Na ja: rechtzeitig … das hast du schon verpasst.«

Sie klang nicht besonders gut gelaunt.

»Wart mal, Maria, ich schau kurz nach, wann der nächste Zug fährt.«

Er ließ sich im Internet die nächsten Verbindungen anzeigen: Intercity ab Stuttgart Hauptbahnhof um 20.53 Uhr – das war mit dem Fußweg zum Cannstatter Bahnhof und anschließend mit der womöglich unpünktlichen S-Bahn kaum zu schaffen. Und die nächste Regionalbahn fuhr in Cannstatt um 21.36 Uhr ab, Ankunft in Göppingen 22.08 Uhr – das klang nicht nach einem allzu gemütlichen Restabend.

»Das sieht nicht gut aus, Maria.«

»Ganz toll!«

»Sei nicht sauer, bitte, ich hab mich auch drauf gefreut, mit dir noch in die Lounge zu gehen.«

»Hier in Göppingen?« Sie atmete scharf ein. »Nein, danke – heute lieber nicht mehr.«

»Ist was mit dir?«

»Wie man's nimmt ... Ich hab doch Roeder neben mir im Auto gehabt. Wir waren grade an Esslingen vorbei, da nervte er schon rum. Dass er jetzt wieder rausmuss aufs Land, während du im LKA das große Rad drehst und so. Der hat echt ein Problem mit dir, Stefan.«

»Ich glaube eher, er hat ein Problem mit sich selbst.«

»Wenn man mit ihm in einem Auto sitzt, kommt das so ziemlich aufs Gleiche raus. Und dann ständig diese Anspielungen auf uns beide ... Mir geht das dermaßen auf die Nerven!«

»Und was hat das mit unserem Stammlokal zu tun?«

»Roeder fragte mich kurz vor dem Aussteigen, ob ich noch auf einen Absacker mit in die Lounge wolle. Er treffe sich dort mit ein paar Kollegen, die seien in letzter Zeit häufiger dort gewesen – das sei inzwischen sozusagen der neue Kripotreff unter der Woche.«

»Oje, dann müssen wir uns wohl was Neues suchen, was?«

»Hm.«

Lindner hatte eine Idee, und die Vorfreude zauberte ihm schon ein Lächeln aufs Gesicht, noch bevor er Maria überredet hatte.

»Was hältst du denn von einer kleinen Spazierfahrt hierher zu mir, ich nehm uns ein Zimmer und dann gibt's beim Spanier schön Tempranillo und Tequila mit Salz und Zitrone.«

»Na, da musst du schon noch was drauflegen, mein Lieber.«

»Davor wilde Kartoffeln und Paella, und danach ... na ja, man wird sehen.«

Er hatte leichtes Spiel, und keine vierzig Minuten später ließ Maria ihren kleinen postgelben Zweisitzer in der Einfahrt des LKA-Geländes ausrollen. Lindner ließ sich auf den Beifahrersitz sinken und lotste sie in den Stuttgarter Süden, wo sie erst den Wagen auf dem Parkplatz einer kleinen Pension abstellten, ihren Zimmerschlüssel in Empfang nahmen und dann die paar Schritte zu dem spanischen Lokal in der Tübinger Straße gingen.

Die Kneipe bestand aus zwei Räumen: Gleich hinter dem Eingang standen kleinere Tische eng beieinander, einige Stufen führten zum größeren Gastraum hinauf, wo sie hinten in der Ecke noch zwei freie Plätze an einem großen Tisch fanden.

Hier hatte Lindner in seinen Jahren als Kommissar der Stuttgarter Kripo gern gesessen, meistens mit Kollegen, weil die Zahl seiner privaten Kontakte in der Stadt überschaubar geblieben war. Er sah sich um: Heute war niemand da, den er von der Kripo kannte. Das Publikum bestand aus der Mischung, die ihm vertraut war: Studenten und ältere Erwachsene, die sehr wahrscheinlich irgendwann einmal Studenten gewesen waren. Ein paar der Anwesenden hatten sich Zigaretten in den Mundwinkel gesteckt, aber natürlich brannte keine – es herrschte Rauchverbot wie in den meisten Speiselokalen.

Lindner wusste nicht recht, ob er das bedauern oder begrüßen sollte: Früher hatte er seine Klamotten nach Abenden beim Spanier auf dem Balkon auslüften müssen, und am nächsten Morgen wusste er nie, ob der dicke Kopf vom Wein oder vom Tabakrauch herrührte – und doch fehlte ihm etwas, ihm, dem Nichtraucher, der sich allenfalls mal zu Silvester oder zur Männerrunde mit alten Kumpels aus Boll einen Stumpen aus Mutters Bestand ansteckte.

Die hübsche Bedienung huschte lächelnd an ihren Tisch, notierte die Bestellung und verschwand hinter dem Tresen. Ein paar Minuten später standen ein Krug Rotwein, eine Flasche Wasser und Gläser vor ihnen.

»Die Paella dauert ein bisschen«, sagte sie noch, »eine Stunde wahrscheinlich.« Sie notierte sich das Hähnchengericht, das Lindner daraufhin zur Überbrückung der Wartezeit orderte, und flitzte wieder davon.

»Du scheinst ja ordentlich Hunger zu haben«, bemerkte Maria und goss ihre Wein- und Sprudelgläser voll.

»Wir brauchen ja eine Grundlage, nicht wahr?«

Lindner lachte, prostete ihr zu, dann lehnte er sich zurück und sah sie nachdenklich an.

»Geht's wieder?«

Sie stutzte.

»Was meinst du?«

»Na, dein Ärger vorhin, wegen Roeder und seinem Geschwätz. Du hast wahnsinnig genervt geklungen.«

»Schön, dass du mir so genau zuhörst.«

Sie lächelte und streichelte kurz über seine Hand.

»Aber es geht schon wieder, danke. Und jetzt erzähl endlich, was du zu den anderen Fällen erfahren hast.«

»Es sieht ganz danach aus, als handle es sich wirklich um eine Mordserie – und es hat irgendetwas mit Religion zu tun, und sei es nur, dass der Mörder mit religiösen Symbolen spielt, aus welchem Grund auch immer.«

Maria blies die Backen auf und streifte sich eine Locke aus der Stirn, dann gab sie der Bedienung ein Zeichen.

»Ich glaube, den ersten Tequila kann ich gleich jetzt vertragen.«

Kurz darauf waren zwei Gläschen Agavenschnaps geleert, Maria legte ihre ausgelutschte Zitronenscheibe zurück, schob den Salzstreuer von sich und ließ sich gegen die Stuhllehne sinken.

»So, jetzt kannst du loslegen.«

»Wir haben – außer der Toten im Boller Kurpark – drei Mordopfer, deren Tod möglicherweise miteinander zusammenhängt. Alle drei Leichen waren ähnlich inszeniert wie die Frau im Kurpark, immer mit geöffneter Halsschlagader, aus der das Blut in eine kleine Grube neben dem Hals lief.

Was die Opfer an sich aber miteinander gemeinsam haben könnten, ist mir bisher noch nicht ganz klar: Es handelt sich um zwei Männer und eine Frau, alle mittleren oder etwas höheren Alters, und keiner stammte aus dem Ort, wo die jeweilige Leiche gefunden wurde. Der erste Tote lag am nördlichen Ortsrand von Korntal-Münchingen, nur ein paar Kilometer nordwestlich von hier. Dort grenzt eine Wiese an ein Waldstück, und unter der äußersten Baumreihe war der Tote ähnlich abgelegt wie die Frau in Boll: die Arme ausgebreitet, die Beine in Knöchelhöhe verschränkt, den Kopf leicht zur Seite gedreht und das Blut … na ja, das hab ich ja schon erwähnt. Der Mann war Außendienstler, Mitte dreißig, und er hat eine Frau und drei Kinder hinterlassen. Die hatten sich zwischen Backnang und Winnenden ein Haus gebaut, in einem Weiler namens Kirschenhardthof.«

»Du hast vorhin von religiösen Bezügen gesprochen – meinst du damit die Platzierung der Leiche, oder war da noch mehr?«

»Natürlich zum einen diese Tageslosungen, die jedem Opfer auf die Stirn getackert waren – Bibelzitate, mit denen ich bisher nicht viel anfangen kann. Und zum anderen scheint es eine gewisse Verbindung zum Pietismus zu geben. Für den Mord in Korntal war die Kripo Ludwigsburg zuständig, und als der Leiter der Soko vom LKA gebeten wurde, die Unterlagen bereitzustellen, hat er noch ein paar Anmerkungen beigelegt. Demnach war Korntal früher wohl eine Art Zentrum des Pietismus, ich muss mich da erst noch einlesen, und dieser Weiler namens Kirschenhardthof wurde Mitte des neunzehnten Jahrhunderts von einigen Pietisten gekauft, um sich dort auf die Auswanderung nach Jerusalem vorzubereiten.«

»Hä?«

»Ja, so ähnlich geht's mir da auch – noch. Ich schätze mal, da habe ich reichlich zu lesen, bis ich das alles vernünftig auf die Reihe bekomme. Aber schon jetzt frage ich mich natürlich: Sind Fundort und Herkunft der Leiche wirklich nur Zufall? Zumal der Kollege diese Bezüge erwähnenswert fand.«

»Und die beiden anderen Fälle? Gibt es da ähnliche Verbindungen zum Pietismus?«

»Kortz hat in den beiden Akten entsprechende Notizen hinterlassen, aber da blicke ich noch nicht ganz durch. Die zweite Leiche war eine zweiundsechzigjährige Frau aus Jettingen im Kreis Böblingen, sie war verwitwet und hatte kaum mehr Kontakt zu ihren in Berlin und Leipzig lebenden erwachsenen Kindern. Gefunden wurde sie in Altdorf, das ist ebenfalls im Landkreis Böblingen, etwa zwanzig Kilometer von Jettingen entfernt. Kortz vermerkte dazu den Namen Johann Michael Hahn, aber Genaueres weiß ich noch nicht – ich hab den Kollegen heute Abend nicht mehr auf dem Handy erreicht, das kläre ich morgen. Diese zweite Leiche lag jedenfalls etwas weniger abseits als die erste: Es gibt in Altdorf einen Grünstreifen mit Feld, Wiese, Spielplatz, Bolzplatz und Schrebergärten, der bis fast in die Ortsmitte reicht – dort lag die Tote an der Uferböschung eines Baches.«

Maria sah nachdenklich aus, sie nippte an ihrem Wein und war, als die Bedienung zwei Teller zwischen sie und Lindner stellte, offensichtlich froh über die Unterbrechung. Auf einem Teller häuften sich frittierte Kartoffelschnitten, reichlich mit Knoblauchtunke versehen, in dem Teller daneben schmurgelten Hähnchenstücke vor sich hin. Lindner bemerkte, wie sie nach einem der Kartoffelstückchen griff.

»Ich würde lieber noch kurz warten«, riet er ihr. »Das ist dermaßen heiß, da bleibt noch genügend Zeit für die dritte Leiche.«

Sie verdrehte die Augen.

»Wie geschmackvoll!«

»Tja«, versetzte Lindner und grinste, »Augen auf bei der Berufswahl, sagt meine Mutter immer.«

Dann wurde er wieder ernst.

»Die dritte Leiche – ein siebenundfünfzig Jahre alter Mann, geschieden, keine Kinder – wurde im Kurpark von

Bad Wildbad gefunden, auf einer Wiese neben der Englischen Kirche. Das ist ein denkmalgeschütztes Gemäuer aus den 1860er-Jahren, in dem heute wohl nur noch gelegentlich Andachten stattfinden, dafür aber auch Konzerte und Ähnliches. Der Tote stammte aus Neuweiler, das ist der Nachbarort im Osten – und Kortz hat neben die Herkunft des Toten die Notiz ›Zwerenberg, Pregizer‹ geklammert. Auch dazu weiß ich morgen hoffentlich mehr.«

»Alle drei lagen wie gekreuzigt und geschächtet, und jedes Opfer lag etwas weniger versteckt als das vorige?«

Maria klang, als würde sie laut denken, und Lindner nickte auch nur still, weil sie vermutlich nur eine rhetorische Frage gestellt hatte.

»Und in Bad Boll hat er die Leiche schließlich genau gegenüber dem Historischen Kurhaus platziert.«

Lindner nickte wieder, dann schien ihnen beiden dasselbe einzufallen. Sie sahen sich eine Weile stumm an.

»Und wo geht's weiter?«, stellte Lindner schließlich die Frage, die sie beide beschäftigte.

Dienstag, 26. Februar

Die ersten Sonnenstrahlen durchbrachen die Nacht und tauchten die Wiese am Waldrand in rotes, blutrotes Licht. Vier leblose Körper lagen nebeneinander, alle mit ausgebreiteten Armen, gekreuzten Beinen und leicht zur Seite geneigtem Kopf. Irgendwo im Wald dahinter schien sich jemand zu verbergen, aber es war durch die Lücken im Geäst niemand zu sehen, nicht einmal ein Fetzen Kleidung schimmerte zwischen den Bäumen. Zweige raschelten, Schritte entfernten sich, und dann erklang das Lachen: höhnisch, scheppernd. Erst war nicht auszumachen, ob dort ein Mann oder eine

Frau lachte, dann mischten sich in dem Gelächter mehrere Stimmen, bis sich alles zu einem irren Chor steigerte, der lauter und lauter wurde, hämischer und hämischer.

Lindner schnappte nach Luft, schreckte hoch und brauchte einen Moment, um sich zurechtzufinden. Sein Herz jagte, und vor ihm lag keine Wiese, kein Wald, und es war nirgendwo Gelächter zu hören. Das Zimmer um ihn herum lag größtenteils im Dunkeln, durch die Gardinen schimmerte gelbes Licht herein.

Allmählich gewöhnten sich seine Augen an die Dunkelheit. Ein alter Schrank, zwei abgenutzte Polsterstühle, ein kleiner Tisch, die Tür zum kleinen Badezimmer, und neben ihm im Bett Marias leises Schnarchen – Lindner befand sich in der Pension in der Tübinger Straße, es war die Nacht nach dem Abend im spanischen Lokal nebenan.

Er schloss den Mund und versuchte, sich zu beruhigen, indem er tief und langsam durch die Nase atmete. Der starke Knoblauchgeruch ließ ihn schnell aufstehen und das Fenster öffnen. Die Geräusche der nächtlichen Stadt drangen herein, und die kühle Luft, die ins Zimmer wehte, roch nicht besonders gut, aber wenigstens nicht nach Knoblauch.

Dass ihn Mordfälle, die er bearbeitete, auch nachts nicht losließen, dass sie ihn rund um die Uhr beschäftigten und dass er, wie gerade eben, von ihnen träumte, war nicht neu für ihn. Er kam meistens ganz gut damit zurecht, und oft genug waren ihm spät in der Nacht oder früh am Morgen die besten Ideen gekommen, immer wieder hatte er sich genau dann am besten in einen Täter hineinversetzen und seine Beweggründe verstehen können, wenn er eigentlich gerade Feierabend oder Pause hatte.

Und so ließ Lindner auch diesmal die Gedanken schweifen, lehnte sich aufs Fensterbrett und sah auf die Straße hinab. Dicht an dicht parkten die Autos, ab und zu fuhr eins vorbei, und ein regelmäßiges Rauschen verriet ihm, dass auch jetzt der Verkehr auf der B14, die hinter dem nächsten Häuserblock verlief, nicht ganz abgerissen war. Von irgendwoher war eine Kirchenglocke zu hören, sie schlug zweimal, und Lindner drehte sich zur Digitaluhr des kleinen Radioweckers auf dem Nachttisch um: halb vier.

Er lehnte sich wieder leidlich gemütlich aufs Fensterbrett und musterte die umliegenden Gebäude. Ein schmales Fenster gegenüber war erleuchtet, die anderen Wohnungen lagen dunkel vor ihm. Nach ein paar Minuten flammte ein Stück die Straße entlang ein zweites Licht auf und wurde bald darauf wieder ausgeknipst.

Lindner schloss die Augen, und sofort sah er wieder die Toten vor sich. Alle vier auf dieselbe Art inszeniert und getötet, alle vier zunächst betäubt, dann zum Tatort gebracht, dort sorgfältig ausgelegt und …

Unter der sanften Berührung zweier Hände auf der Schulter zuckte Lindner kurz zusammen, dann spürte er, wie sich Maria an ihn schmiegte, und er war wieder zurück in der realen Welt. Ihre Hände massierten ihn leicht an Schulter und Hals, wanderten dann ein Stück seinen Rücken hinunter, streichelten seinen Bauch und tasteten sich langsam noch weiter nach unten. Maria zog ihn leicht zum Bett hinüber, in einer einzigen fließenden Bewegung sank sie mit ihm auf die zurückgeschlagene Decke und küsste ihn.

Ein paar Minuten gab sie sich alle Mühe, dann wurde ihr klar, dass Lindner nur noch zum Schlafen zu gebrauchen war. Sie küsste ihn, lächelte ihn nachsichtig an, zog sich die Decke bis zur Nasenspitze über und war schon Augenblicke wieder eingeschlafen.

Lindner lag noch lange wach. Mal ärgerte er sich, wie sehr die aktuellen Ermittlungen in sein Privatleben hineinspielten, dann wieder trieb es ihn eher um, dass er es nicht schaffte, seine Gedanken über die vier seltsamen Mordfälle besser zu ordnen.

Gegen sechs gab er auf, rollte sich aus dem Bett und schlurfte ins Badezimmer hinüber. Maria wurde eine halbe Stunde später davon wach, dass feuchter Nebel unter der Badezimmertür hindurchdrang.

* * *

»So, nun sind wir ja wohl komplett.«

Roeder war sauer, und der Blick, den er Maria und Lindner zuwarf, als die beiden zwei Minuten zu spät und sichtlich übermüdet ins Besprechungszimmer kamen, war mit »vernichtend« noch zu niedlich umschrieben. An den Tischen saßen Staatsanwalt Hagenbeck, Kriminaltechniker Schopf sowie Sonja Reeber von der Pressestelle, und auch sonst schien die Soko Wandelhalle vollständig zu sein.

»Wir haben«, begann Roeder, »gestern Abend noch mit einem Vertreter der Herrnhuter Brüdergemeine gesprochen, einem Johann Schmied – auf diese Zinzendorferinnen, aus deren Kalender die Tageslosung auf der Stirn der Toten stammt, war er nicht besonders gut zu sprechen. Aber da dürfte es sich um die normalen Gefühle einer aufstrebenden Konkurrenz gegenüber handeln. Der Tatort liegt übrigens fast genau zwischen dem Pfarramt der Herrnhuter und ihrem Missionsgebäude oder wie das heißt.«

»Unitätshaus«, assistierte Miller ihm sofort.

»Meinetwegen. Das Pfarramt liegt keine hundert Meter nördlich vom Tatort, dieses Unitätshaus mindestens zweihundert Meter westlich davon. Wie auch immer: Jedenfalls wusste Schmied von nichts. Er selbst habe bis gegen zehn Uhr abends im Unitätshaus gearbeitet und sei danach ins Bett gegangen, wie die anderen Brüder den Sonntagabend und die Nacht zum Montag verbrachten, konnte er natürlich nicht sagen. Wenn wir davon ausgehen, dass diese Brüder clever genug wären, sich eine Leiche nicht direkt vor die eigene Haustür zu legen, können wir die Angehörigen der Brüdergemeine fürs Erste wohl aus dem Kreis der Verdächtigen ausschließen. Außerdem laufen die uns nicht so schnell weg, notfalls könnten wir da also immer noch nachfassen.«

Er sah in die Runde. Zustimmendes Nicken.

»Außerdem kennen wir jetzt das Betäubungsmittel, mit dem das Opfer außer Gefecht gesetzt wurde – ein recht starkes Mittel, das von Tierärzten angewandt wird, in der Regel bei größeren Tieren, also zum Beispiel an Pferden. Ich schlage vor, dass Kollege Lindner von seinen LKA-Kollegen recherchieren lässt, wo es in den vergangenen Jahren in Baden-Württemberg Einbrüche in Tierarztpraxen gab – ich hoffe, dass wir da was Passendes finden. Falls das nichts ergibt, würden wir uns die Tierärzte hier in der Umgebung vornehmen – und vielleicht sollten die Kripokollegen an den anderen Tatorten dasselbe tun.«

Lindner nickte und machte sich eine entsprechende Notiz.

»Roland, mach du mal weiter – du hast die besten Neuigkeiten«, sagte Roeder zu Schopf und lehnte sich, als der Kollege aufstand und nach vorne kam, in seinem Stuhl ein wenig zurück.

Der Kriminaltechniker schaltete den Beamer ein und tippte ein paar Mal auf dem Laptop herum, bis an der Wand ein Bild der Frauenleiche im Boller Kurpark zu sehen war. Lindner seufzte und massierte sich die Schläfen, die teils durchwachte Nacht in Stuttgart steckte ihm trotz der ausgedehnten Dusche noch in den Knochen.

»Wir haben ja bisher die … sagen wir: akkurate Arbeit unseres Mörders bewundert. Wie er sein Opfer drapiert, wie er darauf geachtet hat, dass möglichst viel von dem auslaufenden Blut auch wirklich in dem kleinen Erdloch landet und so weiter. Tja, sieht so aus, als wäre er nicht in jeder Hinsicht so sorgfältig gewesen.«

Schopf ließ eine kleine Pause, um sich auch wirklich die Aufmerksamkeit aller Anwesenden zu sichern. Hagenbeck verzog das Gesicht ein wenig, offenbar war er schon vorher informiert worden und war nun etwas genervt von Schopfs kleiner Kunstpause.

»Wir konnten am Opfer Genmaterial isolieren, das vom Täter stammen könnte. Es laufen noch einige Analysen, aber schon jetzt können wir sagen: es handelt sich um einen Mann, Mitteleuropäer, vermutlich etwas älter.«

Sonja Reeber machte sich eifrig Notizen.

»Aber davon sollten wir vielleicht noch nichts rausgeben, Sonja«, sagte Roeder zu ihr. Sie nickte nur und schrieb weiter.

»Wir haben auf der Kleidung der Toten Haare gefunden und Hautpartikel, vermutlich Abrieb während des Transports der betäubten Frau zum Tatort – beides von derselben Person. Die Fundstellen der Hautpartikel passen durchweg zu den Stellen, an denen der Täter das Opfer während des Tragens, des Hinlegens und des Drapierens angefasst haben muss.«

»Sie meinen: Er trug keine Handschuhe?«

Lindner konnte kaum glauben, was er da gerade gehört hatte. Schopf zuckte mit den Schultern.

»Oder der Handschuh riss irgendwie ein während des Transports. Es sind nicht viele Hautpartikel, die wir gefunden haben – meine Leute sind ziemlich gründlich gewesen, zum Glück. Es könnte also auch ein Riss im Handschuh genügt haben, und wenn er den erst bemerkte, als er schon wieder auf dem Heimweg war, könnte er das Risiko gescheut haben, noch einmal zum Tatort zurückzukehren und dort womöglich gesehen zu werden.«

Schopf hatte Lindners skeptischen Blick bemerkt und versuchte nun, sich den Erfolg seiner Abteilung nicht kaputtmachen zu lassen.

»Wir haben die DNA natürlich mit allen abgeglichen, die während der Spurensicherung am Tatort zu tun hatten – keine Übereinstimmung, es war also keiner von uns. Und die Wattestäbchen sind ja inzwischen auch wieder sauber.«

Er lachte kurz, es klang etwas aufgesetzt. Ein paar der Anwesenden spürten seine Anspannung und taten ihm den Gefallen und grinsten. Sie alle erinnerten sich nur zu genau daran, dass vor ein paar Jahren DNA-Spuren auf eine unglaubliche Serie an unterschiedlichsten Straftaten hingewiesen hatten – und dabei stammte das Genmaterial von Wattestäbchen, die während des Verpackens verunreinigt worden waren. Da ging es einem Profi wie Schopf natürlich gegen die Ehre, wenn jemand in der Soko andeutete, dass in mühevoller Kleinarbeit gefundene Genspuren womöglich auf einen Unschuldigen und nicht auf den Täter hinweisen könnten.

»Entschuldigen Sie bitte, Herr Schopf«, schob Lindner nach. »Ich habe heute Nacht nicht gut geschlafen, und ich habe Kopfschmerzen. Ich wollte Ihnen und Ihren Kollegen nicht zu nahe treten, und natürlich finde ich es großartig, dass Sie am Opfer fremde Genspuren gefunden haben. Aber …«

»Aber?«

»Irgendwie überrascht es mich, dass der Täter in diesem Punkt so schlampig gewesen sein könnte. Sie stehen mit den Ermittlungen in diesem Mordfall ja noch ganz am Anfang, aber ich habe den Eindruck, dass wir es mit einem sehr genau planenden Täter zu tun haben. Ich habe mir gestern die Akten der drei anderen Mordfälle angesehen, und es sieht tatsächlich ganz danach aus, als würden alle vier Fälle miteinander zusammenhängen. Die Opfer wurden auf dieselbe Weise inszeniert, alle wurden zunächst mit einem Betäubungspfeil außer Gefecht gesetzt, und danach wurde ihnen auf dieselbe Weise die Halsschlagader geöffnet. Und dann hinterlässt er DNA auf dem Opfer …«

Lindner zuckte mit den Schultern.

»Das passt nicht richtig zusammen, finde ich.«

»Wir dürfen doch auch mal Glück haben«, sagte Schopf. »Oft genug steht das Glück auf der Seite der Täter – nun sind wir halt mal dran. Außerdem wurde die Tageslosung auch nicht ordentlich auf die Stirn getackert: Die Metallklammer ist ganz schief und etwas verbogen – als hätte er es sozusagen handwerklich nicht sauber ausgeführt. Warum soll er dann nicht auch geschlampt haben, als es darum ging, Spuren zu vermeiden? Oder, falls der Mord Teil einer Serie ist, wie Sie vermuten: Vielleicht wird er allmählich etwas leichtsinniger? Wenn wir mit der DNA durch sind, können wir mit unterschiedlicher Wahrscheinlichkeit ein Alter, eine Größe und einiges mehr für den Täter vorschlagen. Zusammen mit den Infos, die Sie zu den anderen Fällen haben, müsste das eigentlich dabei helfen können, bisherige Verdächtige auszuschließen oder festzunageln.«

»Sie haben ja recht, und mir wäre nichts lieber als das. Aber …«

Lindner unterbrach sich und schüttelte den Kopf.

»Ach, ich glaube, ich bin einfach mies drauf, weil ich heute früh zu müde bin, tut mir leid, Herr Schopf. Sobald Sie die entsprechenden Daten haben, lasse ich die Infos für die anderen drei Mordfälle checken – vielleicht ist die Serie dann schneller gelöst, als wir alle dachten. Ein Segen wär's auf jeden Fall, wenn wir uns keine Sorgen darum machen müssten, ob der Täter demnächst wieder zuschlägt und wo das der Fall sein könnte.«

»Wie meinen Sie das?«, warf Hagenbeck ein. Er klang im ersten Moment erschrocken, aber schon kurz darauf seufzte er. »Stimmt ja: Warum sollte der Mörder seine Serie einfach so beenden?«

Er sah Lindner fragend an.

»Sie gehen inzwischen fest von einer Mordserie aus, da habe ich Sie richtig verstanden?«

Lindner nickte.

»Und die Merkmale?«

»Wir haben bisher zwei männliche und zwei weibliche Opfer, alle auf dieselbe Art betäubt, inszeniert und getötet.«

Lindner trug die Punkte vor, die ihm an den anderen drei Mordfällen am wichtigsten erschienen. Als er endete, wirkten die meisten Kollegen um ihn herum ziemlich deprimiert.

»Mein Gott«, brummte Roeder, »was haben wir da nur für ein Arschloch da draußen?«

»Ich kann mir bisher nur noch keinen richtigen Reim auf die Tatorte und die Herkunftsorte der Opfer machen. Es gibt Notizen in den Akten, die auf Bezüge zum Pietismus hindeuten – aber ich bin da bisher nicht gut genug im Thema, da muss ich mich erst einlesen. Meine Eltern und ich hatten's nicht so mit der Kirche, wir sind halt an Weihnachten hin, weil sich das so gehörte, und meine Mutter hat einen Losungskalender von der Herrnhuter Brüdergemeine in der Küche hängen – aber das war's auch schon.«

»Ich kann dir vielleicht helfen«, meldete sich Fritz Aichele zu Wort.

Lindner sah ihn staunend an, und der Kollege zuckte mit den Schultern und gönnte sich ein schmerzliches Lächeln.

»Mein Neffe hatte Pietismus als Thema einer GFS, da hab ich ihm geholfen.«

»GFS? Was ist das denn?«

»Die Abkürzung steht für ›Ganze Familie schafft‹«, warf Sonja Reeber ein und lachte bitter. »Nein, Spaß beiseite: Ich weiß gar nicht, wofür die Abkürzung steht – aber das sind Referate, die Schulkinder zu irgendwelchen Themen machen müssen, und da geht es wirklich nur selten ganz ohne Hilfe der Eltern ab. Oder des netten Onkels, natürlich, wenn er sich das antun will.«

Sie zwinkerte Aichele zu und deutete im Sitzen eine kleine Verbeugung an.

»Mach ich so schnell nicht wieder, Frau Reeber, das können Sie mir glauben. Aber dieses eine Mal ging's um die Geschichte des Pietismus in Württemberg – und ich hab diesen ganzen Kram seither nicht mehr aus dem Kopf bekommen. Deine Orte, Stefan, passen haargenau auf einige Persönlichkeiten oder Ereignisse, die für den Pietismus eine Rolle spielen.«

»Dann schieß mal los«, bat ihn Lindner, sah sich gleich danach aber unschlüssig in der Runde um. »Oder sollen wir das nachher im kleinen Kreis machen, damit die anderen schon wieder an die Arbeit können?«

»Nein, nein«, bestimmte Hagenbeck. »Das sollten wir uns wohl alle anhören – wenn es wichtig für unsere Ermittlungen ist, sollten wir da zumindest in groben Zügen auch alle Bescheid wissen. Herr Aichele, bitte.«

»Ich werde mich möglichst kurz fassen. Also, gehen wir mal die Orte durch, die du erwähnt hast. In Korntal gründeten 1819 einige Pietisten ihre Brüdergemeinde; das ›Heilige Korntal‹, wie es viele damals spöttisch nannten, hatte bis 1919 viele Sonderrechte – unter anderem Religionsfreiheit, damals in Württemberg keine Selbstverständlichkeit. Wer dort hinziehen wollte, musste ein Führungszeugnis seines Pfarrers vorlegen, und noch heute ist die Brüdergemeinde rechtlich völlig selbstständig, wenn sie auch eng mit der evangelischen württembergischen Landeskirche verbunden ist. Dass das Korntaler Mordopfer aus dem Kirschenhardthof stammt, passt ebenfalls: Der Sohn des Gründers der Korntaler Brüdergemeinde, Christoph Hoffmann, tat sich Mitte des neunzehnten Jahrhunderts mit Gleichgesinnten zusammen und kaufte den Weiler 1856, um ihn als Sammlungsort für eine geplante Reise nach Jerusalem zu nutzen. Dort gründete er den Deutschen Tempel, der heute noch als Tempelgesellschaft existiert und ab Ende der 1860er-Jahre bis in den Zweiten Weltkrieg hinein im damaligen Palästina sehr aktiv war.«

»Sie wollten sich kurz fassen, Herr Aichele«, merkte Hagenbeck an und wirkte dabei etwas genervt.

»Oh, stimmt – tut mir leid, da ist es wohl ein wenig mit mir durchgegangen. Auf jeden Fall passen Korntal und der Kirschenhardthof auf diese Weise schon mal prima zusammen. Die zweite Leiche lag in Altdorf und stammte aus Jettingen, richtig?«

Lindner nickte.

»In Altdorf wurde Mitte des achtzehnten Jahrhunderts Johann Michael Hahn geboren. Der Bauernsohn machte als begnadeter Prediger auf sich aufmerksam und schrieb wie ein Verrückter erbauende Schriften und Lieder – hunderte, wirklich!«

Roeder murmelte: »Erbauend ... wie schön ...«, und grinste dabei, aber Aichele beachtete ihn gar nicht und redete unbeirrt weiter.

»Außerdem war er wohl ein ziemlicher Dickschädel und bekam wegen seiner eigenständigen religiösen Ansichten viel Ärger mit Kirche und Staat, bis er schließlich nach Sindlingen zog, ein Reichsrittergut, auf das die Landeskirche und Herzog Carl Eugen keinen direkten Zugriff hatten. Sindlingen ist heute ein Ortsteil von Jettingen – ihr müsstet halt noch herausfinden, ob das Mordopfer auch wirklich aus Sindlingen stammte oder von anderswo in Jettingen. Das wäre die Verbindung für den zweiten Mord.«

»Und für den dritten?«, hakte Lindner nach, als Aichele sich zufrieden zurücklehnte und eine Pause machte.

»Tja, Stefan, da hat dir die Notiz, von der du vorhin erzählt hast, eigentlich schon alles Nötige mitgeteilt.«

»Zwerenberg, Pregizer – was bedeutet das?«

»Zwerenberg ist Luftkurort und seit der Gemeindereform Mitte der Siebziger ein Teil von Neuweiler – von daher stammt ja das Opfer. Auch da müsst ihr noch überprüfen, ob die Frau in Zwerenberg lebte. Jedenfalls enden dort, in Zwerenberg, die alljährlichen Lichtmess-Besuche der Pregizer, das ist eine pietistische Vereinigung, die sich immer am 2. Februar in Bad Liebenzell aufmacht, um einige Orte in der Umgebung zu besuchen und am Sonntag darauf zu einem zentralen Treffen zu versammeln. Bad Wildbad als Tatort könnte aus mehreren Gründen passen: Es liegt in unmittelbarer Nachbarschaft von Zwerenberg, und mit Ludwig Hofacker wurde einer der berühmtesten pietistischen Prediger in Wildbad geboren, 1798 war das.«

»Und die Englische Kirche?«

Aichele zuckte mit den Schultern und grinste gutmütig.

»Na ja, Stefan, irgendein Rätsel muss ich dir ja auch noch übrig lassen.«

»Wenn Sie so vertraut mit dem Thema Pietismus sind«, fragte Hagenbeck dazwischen, »können Sie uns dann auch sagen, woher das in Boll gefundene Opfer stammen könnte?«

»Nein, leider nicht. Das kommt ganz drauf an, welche Bezüge der Täter im Sinn hatte. Und da gibt es in Bad Boll ja das eine oder andere – zum Beispiel die Herrnhuter Brüdergemeine, deren Gebäude fast in Sichtweite des Tatorts steht. Oder der gute alte Blumhardt.«

»Blumhardt?«

Hagenbeck sah sich fragend um.

»Den kennt in Boll jeder«, antwortete Lindner und verdrehte dabei ein wenig die Augen. »Blumhardt kaufte 1852 das Kurhaus und richtete dort ein Seelsorgezentrum ein, das er bis zu seinem Tod 1880 leitete. Blumhardt arbeitete zuvor als Pfarrer in Möttlingen, wo er durch angebliche Wunderheilungen ziemlich berühmt geworden war.«

»Wunderheilungen? Respekt!« Hagenbeck gönnte sich ein leichtes Grinsen.

»Und welche örtlichen Bezüge gibt es mit Blick auf diesen Blumhardt? Dieses Möttlingen zum Beispiel? Das gehört heute zu Bad Liebenzell, glaube ich.«

»Blumhardt ist ziemlich viel rumgekommen zu seiner Zeit«, sagte Aichele. »Geboren und aufgewachsen ist er in Stuttgart, studiert hat er in Schöntal im Hohenlohischen, danach war er Vikar in der Nähe von Mühlacker, Missionslehrer in Basel, Pfarrgehilfe wieder in der Nähe von Mühlacker, danach kam er nach Möttlingen und schließlich nach Boll.«

»Na, super«, stöhnte Hagenbeck.

»Und noch weniger können wir eingrenzen, wo ein möglicher fünfter Mord geschehen könnte«, fügte Aichele nach einer kurzen Pause hinzu. »Der Pietismus ist praktisch überall in Württemberg verankert. Überall gab es bekannte Köpfe der Bewegung, und in vielen Gegenden sind die Pietisten noch immer aktiv.«

»Amen!«, brummte Roeder und klappte demonstrativ den Aktenkarton zu, der vor ihm auf dem Tisch lag. »Dann würde ich sagen, wir legen wieder mit unserer Arbeit los – bevor wir hier noch das Beten anfangen.«

* * *

Hagenbeck nahm Lindner und Aichele nach der Besprechung beiseite.

»Herr Lindner, haben Sie denn irgendeine Ahnung, wann wir mit einem weiteren Mord rechnen müssen?«

»Nein, tut mir leid. Aus den Tagen, an denen die bisherigen vier Morde begangen wurden, konnte ich bisher noch kein Muster oder einen bestimmten Rhythmus erkennen. Ich wollte das jetzt gleich noch einmal daraufhin abklopfen, ob womöglich auch die Tattage irgendwie in besonderer Beziehung zum Pietismus stehen.«

Er wandte sich an Aichele.

»Fritz, du hattest vorhin den zweiten Februar erwähnt, an dem in Bad Liebenzell diese Lichtmess-Besuche beginnen. Solche oder ähnliche Termine gibt es ja sicher aufs ganze Jahr verteilt, das müsste sich feststellen lassen.«

»Da kann ich helfen: Bei mir zuhause stapeln sich ein paar Bücher und jede Menge Internetausdrucke zum Thema – die kannst du gerne haben. Am besten fahren wir gleich zu mir, dann hast du das Material schon mal.«

»Prima, aber ich müsste mich von jemandem bringen lassen. Maria hat mich zuletzt immer gefahren, aber die nächste Stunde kommt sie nicht weg – Roeder hatte irgendeinen eiligen Job für sie.«

»Kannst ja dein Fahrrad nehmen«, prustete Aichele los und klatschte ihm auf die Schulter.

»Ha ha!«, brummte Lindner, und Hagenbeck sah die beiden fragend an.

»Kleiner Gag unter Eingeborenen, Roman«, sagte Aichele und wurde wieder ernst. »Kein Problem, Stefan: Du fährst im Streifenwagen mit, ich wollte ohnehin nach Boll raus.«

»Okay, und danach setzt ihr mich am besten gleich daheim ab – da kann ich die Infos in Ruhe durchsehen.«

* * *

Aichele half Lindner noch, die Bücher ins Haus zu tragen, dann fuhr er mit seinem Streifenkollegen davon. Lindner schleppte das Material die Treppe hinauf und in sein Zimmer. Durchs Fenster sah er seinen Wagen neben dem Traktor stehen, die Motorhaube war aufgeklappt, aber niemand war zu sehen.

Nur zwei Hühner staksten langsam umher und hielten Ausschau nach etwas Essbarem – Lindner war überrascht, schließlich hatte ihm seine Mutter noch als Jugendlichem die Ohren langgezogen, wenn er mal die Tür zu dem umzäunten Bereich fürs Federvieh offen gelassen hatte. Er ging nach unten, schlüpfte in seine Gummistiefel und scheuchte die beiden Hühner zurück zu den anderen. Dann drückte er die einen Spaltbreit offen stehende Tür zu und legte den Draht so über den Türholm, dass die Tiere nicht mehr ohne fremde Hilfe aus ihrem Bereich herauskonnten. Der Hahn äugte misstrauisch zu ihm herüber, doch bald fand er es wieder viel interessanter, dass seine Hennen um ihn herumtappten, nach Körnern pickten und sich dann mit ruckenden Köpfen weiterbewegten.

Zurück im Haus, rief er nach seiner Mutter, bekam aber keine Antwort. In der Küche sah er sie schließlich am Tisch sitzen, den Kopf in die Hände gestützt. Vor ihr stand eine Tasse, halbvoll mit inzwischen offenbar kalt gewordenem Kaffee.

»Was ist denn los, Mutter?«

Er setzte sich zu ihr, sie hob den Kopf und sah ihn aus rot unterlaufenen Augen wortlos an.

»Hast du geweint?«

»I? Awa! I doch net!«

Sie wischte sich mit dem Handrücken über die Nase, streifte mit den Fingerspitzen unter ihren Augen entlang und setzte sich etwas gerader hin.

»Trinkst du noch einen Kaffee mit?«, fragte Lindner und stand auf. »Deiner ist kalt geworden.«

»Ja, Bua, dankschee, aber en schtarka, bitte.«

Damit war für die nächsten Minuten genug geredet, und als sich Lindner mit zwei dampfenden Tassen wieder an den Tisch setzte, nickte sie ihm nur dankbar zu, zog ihre Tasse zu sich her und nahm laut schlürfend einen großen Schluck.

»Und, Mutter – was ist nun mit dir?«

»Nix isch«, brummte sie unwillig, »was soll scho sei!«

»Na ja … du sitzt hier in der Küche, bläst Trübsal, und draußen laufen die Hühner frei im Hof umher.«

Sie sprang auf, aber Lindner legte ihr beruhigend die Hand auf den Arm.

»Ich hab sie zurückgescheucht, keine Sorge, und die Tür ist jetzt auch wieder zu.«

Sie ließ sich wieder auf ihren Stuhl sinken.

»Die wären ja auch schön blöd, wenn sie wirklich abhauen würden. Besser verpflegt würden sie nirgends werden – da geht es den Hennen genau wie mir.«

Er lächelte ihr zu, sie grinste schwach zurück, wurde aber gleich wieder ernst.

»Ha, irgendwann wirsch jo mit deira Maria zsammawohna wella, oder?«

Lag da der Hase im Pfeffer? Machte sich seine Mutter Sorgen, dass er bald ausziehen könnte, dass er sich mit Maria eine gemeinsame Wohnung nehmen und sie im elterlichen Bauernhof allein lassen würde? Möglich wäre es schon, aber eigentlich hatte er eher darauf getippt, dass sein Schulfreund Thomas Bruch seiner Mutter eine unangenehme Diagnose gestellt hatte.

»Macht dir das zu schaffen? Ich meine: Hast du Angst, ich ziehe aus und lass dich hier allein mit allem?«

»Angscht? I han koi Angscht – du bisch an erwachsener Ma, do wär's scho au amol Zeit, dass du uff oigene Füß schtohsch, oder dass de meinetwäga von deira oigena Frau bekoche lasch anschtatt von deira Mutter.«

Ein freches Blitzen spielte in den Falten um ihre Augen.

»Ond was hoißt scho: Du lasch mi alloi mit ällem? Schaffa isch scho lang nemme deis, gell? Seit du bei dr Polizei bisch, treib i den Hof ja oinewäg ganz alloi om.«

»Du musst nur was sagen, wenn du Hilfe brauchst.«

»O verheb's! Bis du morgens aus deim Bett schlampersch, ben i scho halba fertig mit meim Dagwerk.«

Sie lachte rau, aber es klang nicht besonders fröhlich, deshalb schluckte Lindner die wütende Erwiderung runter, die ihm auf der Zunge lag, und er fragte noch einmal: »Was ist los mit dir, Mutter?«

»Isch älles okee, Bua.«

Sie wuchtete sich hoch, schlurfte zur Küchenzeile hinüber und trank auf dem Weg dahin ihren Kaffee aus.

»Ach ... ond dei Auto musch wahrscheins doch zom Nickel brenga. I han mol neiguckt, aber von dem neumodischa Zeig lass i glaub lieber die Fenger. Älles Elektrik, do kommsch mit Schraubazieher ond Zang nemme weit. Do lob i mir halt mein Schlepper – wenn's do scheppert, hausch halt wo druff, no lauft's wieder gscheit.«

Damit war sie auch schon aus der Küche gegangen. Lindner hörte, wie sie Jacke und Stiefel anzog und die Tür zum Hof hinter sich zuschlagen ließ. Dann war es still, und Lindner rief in der Autowerkstatt an, damit jemand den Wagen zur Reparatur abholte. Er musste grinsen. »Neumodisch« hatte seinen Kombi Baujahr 1998 schon lange keiner mehr genannt.

Danach ging er in sein Zimmer und breitete die Bücher und Ausdrucke, die ihm Aichele geliehen hatte, auf Bett und Schreibtisch aus und holte noch die Bibel aus dem Regal, die er zur Konfirmation bekommen hatte. Als er sich mit einem der Bücher – auf der Titelseite und in der Inhaltsangabe wurden Biographien und Anekdoten aus dem württembergischen Pietismus versprochen – ans Fenster stellte, fiel ihm auf, dass seine Mutter noch nicht davongefahren war. Sie saß unten im Hof auf dem alten Metallsitz des Traktors und sah schweigend vor sich hin.

Lindner legte das Buch beiseite und öffnete das Fenster.

»Mutter?«

Sie bewegte den Kopf langsam und sah zu ihm herauf.

»Was ist denn los?«

»Nix, nix, Bua, mach dei Fenschter zu, du hosch doch emmer glei älla mögliche Krankheita! Ond i muss no au los.«

Sie nickte ihm zu, startete den Motor und tuckerte gleich darauf mit dem alten Traktor vom Hof. Lindner schaute noch nachdenklich zur Ausfahrt hinunter, als dort die bläulich-graue Abgaswolke schon fast ganz verweht war.

* * *

Die Geschichten in dem Buch, das sich Lindner zuerst herausgesucht hatte, waren flott geschrieben und recht spannend zu lesen. Ab und zu musste er lachen, wenn er mal wieder auf einen besonders eifrigen württembergischen Missionar stieß oder auf Weltuntergangsvorhersagen für das neunzehnte Jahrhundert, die natürlich auch damals schon falsch gewesen waren. Der eine oder andere religiöse Feuerkopf ließ ihn den Kopf schütteln, und die vielfältigen Bezüge zu Städten und Dörfern zwischen Hohenlohe und Nordschwarzwald verblüfften ihn.

Er stieß auch auf den Namen des Grafen Nikolaus Ludwig von Zinzendorf, der in den 1720ern auf seinem Rittergut in der Oberlausitz Glaubensflüchtlinge aus Mähren aufgenommen und sie auf seinem Grund das Dorf Herrnhut hatte gründen lassen. Daraus war die Herrnhuter Brüdergemeine hervorgegangen; und Graf Zinzendorf hatte sich ein paar Jahre später dem Buch zufolge auch das Prinzip der Tageslosungen einfallen lassen, die damals mündlich von Haus zu Haus weitergegeben wurden und heute auflagenstarke Kalender füllten. Auf ihn schienen sich die Zinzendorferinnen zu beziehen – wie auch immer.

Dagegen sah es sehr nach einer Fleißarbeit aus, die Tage, an denen die Morde in Bad Wildbad, Korntal, Altdorf und Bad Boll begangen wurden, mit wichtigen Daten des Pietismus in Verbindung zu bringen. Das Buch enthielt kein entsprechendes Register, also waren die wichtigen Tage – Geburts- und Todestage, Gründungsdaten, Feiertage und Ähnliches – über den ganzen Text verstreut. Um es sich etwas einfach zu machen, suchte er im Ortsregister die Tatorte heraus und las die entsprechenden Passagen mit Blick auf die Daten der bisherigen Morde noch einmal etwas genauer.

Zum zweiten Mord fand er die erste Übereinstimmung: Die Tote war in der Nacht zum Donnerstag, 2. Februar 2012, in Altdorf gestorben – am 2. Februar 1758 kam der von Aichele erwähnte Vielschreiber Johann Michael Hahn in Altdorf zur Welt. Und am 2. Februar begannen die Lichtmess-Besuche der Pregizer. Das konnte natürlich ebenso gut Zufall sein, aber Lindner notierte sich die Übereinstimmungen für alle Fälle.

Nach langem Suchen fand er auch passende Jahrestage für den ersten Mord: Der Tote am Ortsrand von Korntal wurde am Morgen des 2. Dezembers 2011 gefunden – am 2. Dezember 1815 wurde Christoph Hoffmann geboren, der Sohn eines Mitbegründers der Korntaler Brüdergemeinde, Mitbegründer der Tempelgesellschaft und Käufer des Kirschenhardthofs.

Der Mord in Bad Boll schließlich passte zum Todestag von Johann Christoph Blumhardt: Er starb am 25. Februar 1880 in Boll, die Frau wurde in der Nacht zum 25. Februar 2013 im Kurpark gefunden. Lindner stöhnte: Der Bezug zu Blumhardt machte es nicht leichter, die Identität der Toten schnell zu ermitteln – Aichele hatte ja erzählt, dass Blumhardt in einer ganzen Reihe von Orten gelebt, studiert und gearbeitet hatte.

Auf das Datum des dritten Mordes dagegen konnte er sich keinen Reim machen, und irgendwann legte er die Bücher und Computerausdrucke beiseite, ohne dass er hier eine brauchbare Übereinstimmung gefunden hatte. Das Opfer des Wildbader Mordes lag am 18. August 2012 neben der Englischen Kirche – und für diesen Tag fand er keine Geburts- oder Todestage von Persönlichkeiten, die mit dem Pietismus zu tun hatten. Allenfalls der Theologe Jonathan Friedrich Bahnmaier, am 18. August 1841 in Owen unter Teck gestorben, bot eine Parallele an, aber Bahnmaier war dem Internet zufolge als Komponist von Kirchenliedern aufgefallen, nicht dagegen als Pietist.

Lindner machte sich Notizen, dann druckte er eine Kartenskizze von Württemberg aus, markierte die Tatorte und die Herkunftsorte der bisher identifizierten Opfer und schrieb die Todestage daneben. Dann druckte er Jahreskalender von 2011, 2012 und 2013 aus und markierte auch dort die Todestage. All das legte er auf dem Schreibtisch aus, braute sich in der Küche noch einen frischen Kaffee und stand danach wieder in seinem Zimmer, die Tasse in der Hand und die Skizzen und Notizen im Blick.

Die ersten beiden Morde waren an einem Zweiten geschehen – im vierten Tatzeitpunkt war die Zwei durch den Monat Februar ebenfalls vertreten, der dritte fiel dagegen aus der Reihe, außer man bezog die Jahreszahl 2012 mit ein. Außerdem fand Lindner die Zweier-Verbindung auch für die anderen drei Morde als zu weit hergeholt. Das stellte aller Wahrscheinlichkeit nach kein Muster dar.

Zwischen dem ersten und dem zweiten Mord lagen genau zwei Monate, danach dauerte es rund sechseinhalb Monate bis zum dritten und dann weitere gut sechs Monate bis zum vierten Mord.

»Zwei, sechseinhalb, sechs …«

Lindner murmelte die Zahlen leise vor sich hin, aber einen verwertbaren Rhythmus, eine Wiederholung oder auch nur eine Tendenz konnte er darin nicht erkennen. Zwar war zwischen dem ersten und dem zweiten Mord weniger Zeit vergangen als zwischen den folgenden – aber bedeutete das wirklich, dass sie vor Ende August 2013 mit keinem weiteren Verbrechen in dieser Serie rechnen mussten?

Er nahm die Kartenskizze von Württemberg zur Hand, verband alle Tatorte untereinander mit Stift und Lineal. Auf diese Weise ergaben sich eine Art sehr flaches Parallelogramm und ein ziemlich unförmiges Kreuz mit einem überdimensional lang ausfallenden Querbalken – eine nette Spielerei, die ihn aber nicht wirklich weiterbrachte.

Lindner druckte sich einige weitere Exemplare der Karte aus und zeichnete auch die Herkunftsorte der ersten drei Mordopfer ein. Die Morde waren alle im Großraum Stuttgart verübt worden, aber weder waren ausschließlich die an die Landeshauptstadt angrenzenden Landkreise betroffen, noch lagen alle Tatorte im politischen Verband der Region Stuttgart. Die am weitesten voneinander entfernten Stellen waren Bad Wildbad im Westen und Bad Boll im Osten – konnte es eine Bewandnis damit haben, dass beides Kurorte waren?

Und die Orte, aus denen die Mordopfer stammten? Zweimal hatte sie der Täter aus der direkten Nachbarschaft herangekarrt, für den Mord in Korntal allerdings schien ihm die Verbindung zum Kirschenhardthof so wichtig gewesen zu sein, dass er auch eine etwa dreißig Kilometer weite Fahrt mit dem betäubten Opfer in Kauf nahm. Für den Mord in Bad Boll hatte das vor allem eine Folge: Lindner hatte keinen Schimmer, woher die tote Frau im Kurpark stammte. Seine Kollegen hatten kaum sinnvolle Ansatzpunkte, um mit ihrer Suche zu beginnen – also konnte er nur hoffen, dass die Frau nicht allzu abgeschieden gelebt hatte und bald vermisst werden würde.

Nun nahm er die Bibel zur Hand und schlug die Zitate nach, die den Toten auf die Stirn getackert worden waren. Vielleicht lag er falsch damit, dass pietistische Jahrestage eine Rolle spielten – vielleicht offenbarten die ausgewählten Losungen einen Sinn oder Zusammenhang. Es waren immer Bibelpassagen, in denen eine Frau eine wichtige Rolle spielte, und die Texte waren auf den Zetteln altmodischer formuliert als in seiner Bibel. Aber keiner der Sprüche schien irgendwie in Beziehung zum jeweiligen Opfer zu stehen. Er recherchierte zusätzlich im Internet, aber die Informationen, die er auf diese Weise über den Kontext der Passagen erhielt, machten die Auswahl der Texte noch verwirrender. Das Zitat in Korntal etwa war der Ausspruch einer gewissen Ruth, die ihrer Freundin Naemi oder Noomi ihre Liebe gestand – wie sollte das zu einem männlichen Toten passen?

In Altdorf hatte der Losungsspruch gelautet: *»Sie aber sprach: Nicht, mein Bruder, schwäche mich nicht, denn so tut man nicht in Israel; tue nicht eine solche Torheit!«* Die Passage stammte aus dem zweiten Buch Samuel, wo eine gewisse Tamar die drohende Vergewaltigung durch ihren Bruder abwehren will – die Tote in Altdorf war aber nicht vergewaltigt worden.

In Bad Wildbad ging es um Esther, die einem König den Kopf verdrehte, und das Zitat auf der Boller Leiche erzählte von einem Trick, mit dem eine Mutter namens Rebekka ihrem Sohn Jakob den Segen seines Vaters Isaak erschleicht.

Lindner legte eine Pause ein, fläzte sich aufs Bett und schaltete das Handy ein, das er gerne (und früher oft zum Ärger seiner Vorgesetzten) ausmachte, wenn er eine Weile in Ruhe nachdenken wollte. Das Display informierte ihn prompt über mehrere »Anrufe in Abwesenheit«: Maria hatte es zweimal versucht, Aichele einmal, und am fleißigsten war Kortz gewesen – kein Wunder, nach zwei vergeblichen Versuchen gestern Abend hatte er ihn heute früh während der Fahrt von Stuttgart nach Göppingen noch einmal angerufen und ihm die dringende Bitte um Rückruf auf der Mailbox hinterlassen.

Diesmal war Kortz sofort am Apparat.

»Wo haben Sie denn gesteckt?«

Der Kollege klang etwas gereizt.

»Ich musste nachdenken, meine Anrufe von gestern Abend und von heute früh haben sich übrigens erledigt. Ich brauchte dringend Infos zu den Pietismus-Bezügen, die in den Akten mehr angedeutet als erklärt werden – ein Kollege vom Revier konnte mir vieles erklären, und er hat mich obendrein mit jeder Menge Material zum württembergischen Pietismus eingedeckt – damit habe ich mich daheim verkrochen und bin den ganzen Kram durchgegangen. Inzwischen kenne ich die örtlichen Bezüge, auch die Tage, an denen die Morde begangen wurden, scheinen absichtlich gewählt zu sein.«

Er fasste für Kortz die Parallelen zusammen, die ihm aufgefallen waren.

»Leider bringt uns das wenig zu der Frage, woher unser Boller Mordopfer stammt – und wo und wann der Täter ein fünftes Mal zuschlagen könnte.«

»Na ja, Herr Lindner, Sie stehen ja auch erst am Anfang Ihrer Arbeit. Ich schicke Ihnen gleich eine SMS mit den Kontaktdaten der Kripo-Kollegen, die in den drei ersten Mordfällen ermittelt haben. Die wissen schon Bescheid und erwarten Ihren Anruf.«

»Vielen Dank.«

»Wie kommen Sie denn mit Ihrem früheren Kollegen Roeder klar? Ist der immer noch so ehrenpusselig, wenn es um Ihre Befugnisse geht?«

»Ach, es geht schon, mit dem komm ich klar. Und zu den meisten anderen habe ich ohnehin einen ganz guten Kontakt, das passt schon.«

»Gut, dann hoffe ich mal, dass Sie gut vorankommen – halten Sie mich bitte auf dem Laufenden, ja?«

* * *

Lindner hatte gerade aufgelegt, als er einen Kleinlaster in den Hof fahren hörte. Er sah den grellbunt lackierten Abschlepptruck von Herbert Nickel an seinem defekten Kombi vorbeirangieren. Bis er Schuhe und Jacke angezogen hatte und im Freien stand, stand der kleine Lastwagen mit dem Heck schon direkt vor seinem Wagen, und Nickel ließ langsam den Abschlepphaken herunter.

»Hallo, Herbert«, begrüßte Lindner den Mechaniker.

Nickel war ein gemütlicher und gutmütiger Bursche mit Bierbauch und Halbglatze, der jedes Fahrzeug wieder in Schuss bekam – bei dem man allerdings auch auf der Hut sein musste, weil er einem immer gerne noch ein paar zusätzliche Reparaturen aufschwatzte, die nicht zwingend nötig waren.

»Tag, Stefan. Ich soll den Kombi abschleppen, hast du gesagt – was hast du für ein Problem?«

»Ach, die Karre springt nicht mehr an. Bringst du das wieder hin?«

»Klar, ich werd doch nicht meine beste Einnahmequelle versiegen lassen!«

Nickel lachte dröhnend, aber sein Scherz hatte leider einen wahren Kern: Zuletzt war Lindner sein alter Dieselkombi mehr teuer als lieb geworden. Aber immer bekam Nickel den Wagen wieder flott, und die einzelnen Rechnungen waren immer noch gerade so innerhalb des Limits gewesen, das sich Lindner insgeheim für Reparaturen am Kombi gesetzt hatte. In der Summe dann allerdings …

»Mach mal auf, Stefan«, forderte ihn Nickel auf und stellte sich schon vor die Motorhaube, die Lindner nun von innen entriegeln sollte. Lindner ließ sich auf den Sitz gleiten, zog den entsprechenden Hebel, und als er wieder ausstieg, war Nickel schon mit dem halben Oberkörper in den Motorraum getaucht.

»Und? Schon was gefunden?«

Nickel brummte eine undeutliche Antwort, die aber irgendwo zwischen den Schläuchen, Kabeln und Metallteilen vor ihm verhallte. Also steckte Lindner die Hände in die Taschen und wartete darauf, dass der Mechaniker wieder aus dem Motorraum hervorkroch.

Nach ein paar Minuten war es so weit. Nickel schob sich die Schildmütze etwas in den Nacken, kratzte sich mit den ölverschmierten Fingernägeln die Schläfe und wiegte den Kopf nachdenklich hin und her. Das verhieß nichts Gutes.

»Aber du weißt, Herbert: Wenn's zu teuer wird, lass ich die Karre verschrotten.«

»Ja, ich weiß. Aber ich kann dir nur jedesmal wieder sagen: Es wär schade drum.«

»Für dich oder für mich?«

Über Nickels Gesicht zog ein genervtes Lächeln, dann ließ er die Motorhaube wieder zufallen.

»Ich nehm den Kombi mal mit und schau ihn mir gleich heute Abend an. Kann sein, dass du mit ein paar Hundertern schon wieder einen soliden Wagen hast …«

Lindner wollte gerade etwas sagen, aber Nickel ließ sich nicht unterbrechen und redete weiter, während er abwehrend beide Hände hob.

»… aber vielleicht ist es auch nur ein Kabel, das nicht mehr so gut Strom leitet. Wir werden sehen.«

»Und bis wann?«

Nickel zuckte mit den Schultern und befestigte den Abschlepphaken am Kombi.

»Wie gesagt: Ich schau's mir noch heute Abend an, aber ich hab den Hof voll mit eiligen Aufträgen.«

Lindner nickte und machte Anstalten, zurück ins Haus zu gehen.

»Sag mal, Stefan«, fragte ihn Nickel, »wie dringend brauchst du denn ein Auto?«

»Eigentlich schon recht dringend. Ich stecke wieder in Ermittlungen, und das zieht sich diesmal bis rüber in die Pforzheimer Gegend – wenn ich kein Auto habe, muss ich mich fahren lassen. So wahnsinnig praktisch ist das halt auch nicht.«

»Ich hätte dir vielleicht was.«

»Ich kann mir im Moment keinen anderen Wagen leisten. Und ganz ehrlich, Herbert: Deine Gebrauchten sind mir einfach zu teuer.«

»Aber solide sind sie, und durchgecheckt – wenn du von mir ein Auto kaufst, musst du dir wegen der Qualität keine Gedanken machen!«

Der Mechaniker wirkte etwas beleidigt, und Lindner brummte sofort etwas von »Tut mir leid« und »War nicht persönlich gemeint«. Er wusste ja, wie schnell Herbert Nickel etwas gegen seine Schrauberehre ging.

»Ich will dir auch gar kein Auto verkaufen – ich könnte dir eins leihen, bis dein Kombi wieder flott ist.«

»Wäre das teuer?«

»Nein, den Wagen bekommst du kostenlos, musst ihn halt auftanken – das wäre Kundenpflege, sozusagen. Bist ja auch ein treuer Kunde, nicht wahr?«

»Schon, aber …«

»Na ja, und ab und zu kannst du dir ja Notizen machen, wenn dir irgendein Geräusch komisch vorkommt. Block und Stift liegen schon im Wagen. Das ist doch ein Deal, findest du nicht? Ich spar mir eine ausgiebige Testfahrt, und du hast kostenlos einen fahrbaren Untersatz.«

Lindner hatte sich schon gedacht, dass Nickels Angebot einen Haken hatte, und er wollte es gerade ablehnen, als seine Mutter mit dem Traktor zum Hof hereinrumpelte. Sie saß mit ernster Miene am Steuer, auf dem gefederten Metallsitz leicht auf und ab wippend, und ließ den Schlepper direkt hinter dem Kombi ausrollen.

»Grüß Gott, Frau Lindner«, grüßte Nickel artig und deutete dann auf den Traktor. »Lassen Sie mich noch kurz rausfahren? Ich muss Stefans Wagen rüber zu mir in die Werkstatt bringen.«

»Kannsch glei macha, Herbert. I ben glei wieder weg, des dauert koine fenf Minuta.«

Nickel wollte noch zu einer Erwiderung ansetzen, aber Ruth Lindner marschierte schon schnurstracks auf den Hintereingang ihres Hauses los, ohne sich weiter um ihn und seine etwaigen Einwände zu kümmern. Natürlich dauerte es deutlich länger als fünf Minuten, und nachdem der Kombi auf die Ladefläche des Kleinlasters gehievt war, lehnte sich Nickel grinsend gegen seinen Abschleppwagen und steckte sich gemütlich eine Selbstgedrehte an.

»Deine Mutter ist schon ein Original«, sagte er und versuchte vergeblich, den Zigarettenrauch in kleinen Ringen hervorzublasen.

Als er bemerkte, dass Lindner nun ebenfalls grinste, sah er ihn fragend an. Daraufhin äffte Lindner seine angestrengte Miene nach, wie er mit leicht zurückgelegtem Kopf, kreisrund halb geöffnetem Mund und zurückgezogener Zunge den Rauch ausgeatmet und dabei mit den Augen auf das jämmerliche Ergebnis geschielt hatte.

»Hab ich echt so ausgesehen?«

Nickel war fassungslos.

»Im Internet hab ich mir das Video dazu garantiert fünfzig Mal angesehen – diese Trulla von der Ratgeberseite beschrieb das, als wären Rauchringe keine große Sache.«

Herbert Nickel und das Internet, das war eine ganz besondere Beziehung. Er lebte allein, und nicht selten, wenn er nur mal eben in ein paar Foren nach Ersatzteilen oder Tipps für eine besonders knifflige Fehlersuche sehen wollte, blieb er ganz woanders hängen, bestaunte Bilder von sparsam bekleideten weiblichen Promis oder landete auf einschlägigen Seiten, die ihm mangels Lebensgefährtin letztlich auch niemand übel nehmen durfte. Als er Aichele und Lindner aber einmal eine Internetseite mit besonders deutlichen Videosequenzen empfahl, rieten ihm die beiden, so etwas lieber für sich zu behalten – gerade in einem Ort wie Bad Boll war es auch für einen Junggesellen sicher nicht besonders ratsam, mit solchem Wissen hausieren zu gehen. Zumal es ja nicht ausgeschlossen war, dass sich für Nickel doch irgendwann mal die passende Frau fand – der solche Infos dann natürlich aus der Nachbarschaft ganz zufällig zugetragen würden.

»Was machat ihr denn do für en Bledsinn?«

Ruth Lindner war wieder aus dem Haus gekommen und kletterte auf den Traktor, während sie Nickel mit einem tadelnden Blick bedachte. Der Mechaniker schien ein Stück kleiner zu werden, und Lindner bemerkte in seiner Überraschung die Verwandlung seiner Mutter erst mit einiger Verzögerung: Sie hatte ihr bestes Kleid angezogen und sogar ein bisschen Lippenstift aufgelegt. Da tuckerte sie auch schon wieder los mit ihrem alten Schlepper und umrundete die beiden Männer, den Abschleppwagen und den Kombi in flottem Tempo.

»Du hast dich aber schick rausgeputzt«, rief Lindner ihr über den Lärm des Motors hinweg zu. »Wo geht's denn hin?«

»I gang aus, mit'm Eugen.«

»Wie: Du gehst aus?«

»Dr Eugen hot gsagt, dass mr sich viel zu selta was gönnt – ond dass i mir heut amol was Guats do soll. Ond des mach i jetzt! Ade, ihr boide!«

»Und ich?«, fragte Lindner noch, aber seine Mutter war schon weitergefahren und winkte den beiden zu, ohne sich noch nach ihnen umzusehen.

Seine Mutter ging aus? Mit Eugen? Schon wieder ging es um den kauzigen Apfelzüchter Eugen Rösler, mit dem er vor einem Jahr durch die Ermittlungen zu dem Toten auf der Obstwiese bei Eckwälden zu tun gehabt hatte. Die beiden gingen gemeinsam essen! Das Bild von Rösler und seiner Mutter, wie sie in einem gut bürgerlichen Lokal oder im Ristorante bei Wein und Pasta Süßholz raspelten, jagte ihm Schauer über den Rücken.

Irgendetwas war mit seiner Mutter nicht in Ordnung, seit sie sich von Thomas Bruch hatte untersuchen lassen. Lindner spürte ein schlechtes Gewissen, weil er sie ja dazu überredet hatte – aber falls Bruch ihr eine unangenehme Diagnose gegeben hatte, wäre sie auch ohne die Diagnose krank gewesen. Und wenn sie nun Bescheid wusste, worüber auch immer, konnte sie sich darauf einrichten und behandelt werden oder zum Beispiel ihre Ernährung entsprechend umstellen. Er musste mit Bruch reden, war sich aber schon jetzt ziemlich sicher, dass er dabei auf Granit beißen würde: Selbst ihm als seinem alten Schulfreund gegenüber würde er seine ärztliche Schweigepflicht nicht brechen – er konnte in Teufels Küche kommen, wenn ihm Ruth Lindner deswegen Ärger bereitete.

»Und? Kommst du nun mit oder nicht?«

Lindner blickte sich fragend nach Nickel um, der inzwischen in seinen bunten Truck geklettert war und ihm durchs heruntergelassene Fenster erwartungsvoll entgegensah.

»Mitkommen? Wohin?«

»Na, zu mir rüber in die Werkstatt. Dann kannst du das Ersatzauto gleich mitnehmen.«

»Ich … äh …«

In Gedanken noch bei seiner Mutter, gab sich Lindner schließlich einen Ruck und setzte sich neben Nickel in den Abschleppwagen. Der kurvte geschickt aus dem Hof hinaus, und keine drei Minuten später standen sie schon vor dem umgebauten Bauernhaus, vor dessen Scheune auf einem silbern glänzenden Pfahl Herberts ebenso großkotziges wie hässliches Firmenschild angebracht war: grün und rot grundiert und darüber der weiße, übertrieben geschwungene Schriftzug »Nickel Neuwagen und Gebrauchte«, verziert mit unzähligen aufgesprayten Lichteffekten. Hera Braun hatte ihm das gestaltet, eine durchgeknallte Airbrush-Künstlerin aus Neu-Ulm, mit der Herbert mal eine Zeitlang zusammengelebt hatte. Sie hatte viel Talent und keinen Geschmack, und als sie Nickel verließ, nahm sie seinen neu restaurierten Karmann Ghia mit und ließ ihm das Metallschild da. Nickel wäre es umgekehrt lieber gewesen, aber Hera hatte schon immer gewusst, wie sie ihren Herbert um den Finger wickeln konnte – und mit dem Geschmack hatte auch er es nicht so.

»Da steht das kleine Prachtstück«, sagte Nickel gutgelaunt, deutete über die linke Schulter und rangierte den Truck rückwärts zwischen einige mehr oder weniger fahrbereit aussehende Altwagen.

Lindner sah angestrengt in die angegebene Richtung, konnte aber kein Auto erkennen, das sich wirklich als Leihwagen eignete. Einem alten Jeep fehlten die vorderen Radkästen, ein VW-Bus war halb aufgebockt und drohte jeden Moment umzukippen, und auch die anderen Fahrzeuge in dem Durcheinander zwischen Einfahrt und Nachbargrundstück wirkten nicht sehr vertrauenerweckend.

Nickel kümmerte sich nicht weiter um ihn, stellte den Motor ab und schwang sich aus dem Kleinlaster.

»Na, jetzt komm schon, trödel nicht rum, der Wagen hat nur noch drei Monate TÜV.«

Er lachte wieder dröhnend und hielt auf einen dunkelblauen Kleinwagen zu, dessen Lack auf dem Dach bereits stumpf geworden war und der an den Seiten einige tiefe Kratzspuren aufwies.

»Ein Fiesta, Baujahr 1998, steht da wie eine Eins, findest du nicht auch?«

Lächelnd sah er auf den winzigen Fünftürer, der in Lindners Augen noch altmodischer aussah als sein eigener Kombi, obwohl beide aus demselben Jahr stammten.

»Äh … den willst du mir als Ersatzauto andrehen?«

Lindner trat neben Nickel und sah den altersschwachen Kleinwagen ungläubig an.

»Was heißt hier andrehen? Du bekommst den Wagen leihweise, und du musst nichts dafür bezahlen – da könntest du ruhig auch mal danke sagen!«

Nickel klang ehrlich empört, und Lindner entrang sich um des lieben Friedens willen ein »Danke« – der spöttische Tonfall entging dem Mechaniker, und so riss er, sofort wieder zufrieden lächelnd, mit seiner Pranke die Fahrertür auf, die sich nur mit einigem Widerstand und unter lautem Knarzen öffnen ließ, machte einen Diener und deutete mit großer Geste in den Innenraum.

»Kannst dich ruhig reinsetzen, kannst ihn auch probefahren – den Schlüssel habe ich drüben im Büro. Ich schaff jetzt mal deinen Kombi in die Werkstatt.«

Lindner beugte sich vor und drückte probeweise einen Finger ins Sitzpolster. Durchgesessen, natürlich. Und die Innenseite der Fahrertür sah aus, als hätte der Wagen für längere Zeit mit offenen Fenstern im starken Regen gestanden – die Kunststoffabdeckung war verformt, und oben quoll etwas hervor, das wie ein Hartschaumfutter aussah. Überall im Innenraum lagen Bäcker- und Metzgertüten herum, und auf der Rückbank waren Felgen und ein Radkreuz gestapelt.

Er zog sein Handy hervor und wählte Marias Nummer. Sie ging nicht ran, aber auf dem Display sah er, dass eine SMS eingegangen war. Er konnte das ständige Gebimmel nicht leiden und hatte den Signalton für eingehende Nachrichten deshalb auf lautlos gestellt – mit der Folge, dass ihn manche Infos verspätet erreichten. Die SMS stammte von Maria, und sie schaffte es locker, das Limit von 160 Zeichen einzuhalten: »Muss los, seh dich abends, kann dich jemand anders fahren? :* <3«

Hätte Maria ihn nicht einfach anrufen können? Lindner hatte noch nie verstanden, warum man bis zu vier Mal auf einer Zahlentaste herumdrücken sollte, um einen einzigen Buchstaben zu schreiben, anstatt kurz mal ein normales Telefongespräch zu führen. Und dann diese kryptischen Kürzel … Den augenzwinkernden Smiley setzte er selbst ab und zu ein, wenn er in einer Mail die Stimmung ein wenig auflockern wollte – aber Maria war ganz versessen auf all diese »lol« und »4u« und was noch alles. Einmal, als er ihr einen ganzen Abend lang seine Sorgen wegen einer harten Stelle an seinem Oberschenkel ausgebreitet hatte, war sie genervt nach Hause gefahren und hatte ihm von dort eine Textnachricht geschickt, die nur aus »t+ 247« bestand.

Inzwischen wusste er, dass sie ihn damit hatte aufmuntern wollen: Denk positiv, vierundzwanzig Stunden am Tag, sieben Tage die Woche – oder so ähnlich … Anfangs war Maria gar nicht auf die Idee gekommen, dass er ihr Kürzelkauderwelsch womöglich nicht verstehen konnte – bis sie ihm die Nachricht »KO30MISPÄ« schickte und er sie vor dem

Haus stinksauer erwartete, weil sie eigentlich für halb acht verabredet waren und er ihre Mitteilung nicht als »komme 30 Minuten später« verstanden hatte. An diesem Abend bekam er eine Schnellbleiche in SMS-Kürzeln und Emoticons, und am nächsten Morgen hatte er sich eine Liste mit den gebräuchlichsten Abkürzungen und Symbolen ausgedruckt, die er seither meistens bei sich trug. Die beiden Zeichengruppen am Ende der heutigen Mail musste er nicht nachlesen, die kannte er schon auswendig: »:*« stand für Kuss, »<3« für Herz.

Lindner lächelte kurz, dann wurde er wieder ernst: Liebe war schön und gut, aber irgendjemand musste ihn fahren, solange sein Kombi in der Werkstatt war. Oder er musste doch noch …

Er ging langsam um den Fiesta herum, sah durch die verdreckte Heckscheibe, kickte leicht gegen die ölverschmierten Felgen und klopfte ein paar Mal zaghaft aufs Dach.

»Ist ein prima Wagen, was?«

Nickel war unbemerkt neben ihn getreten, klopfte ihm auf die Schulter, strahlte ihn an und hielt ihm den Zündschlüssel des Kleinwagens hin. Lindner nahm ihn, setzte sich ans Steuer und drehte den Schlüssel. Der Motor sprang recht zügig an, klang danach aber etwas schwindsüchtig. Immerhin: Er lief.

»Und dort schreibst du auf, falls dir irgendwas auffällt«, sagte Nickel noch und deutete auf einen karierten Notizblock auf dem Beifahrersitz. Oben auf die erste Seite war mit Bleistift »Öl! Lager! Querlenker?« gekritzelt worden, womit Lindner allerdings nichts anfangen konnte.

»Und das Ding fährt auch wirklich?«

»Klar fährt der. Du wirst sehen: Mit diesem Flitzer bist du richtig flott unterwegs – wahrscheinlich willst du ihn mir hinterher gar nicht mehr zurückgeben.«

Er lachte wieder und sah so aus, als würde er am liebsten selbst gleich eine Runde mit dem Fiesta drehen, trotzdem hatte Lindner kein gutes Gefühl.

* * *

»Also … ich ess immer gern Lasackne«, schwärmte Eugen Rösler mit vollem Mund und stopfte sich gleich noch ein weiteres Stück Pizzabrot zwischen die Zähne. »Oder diese Eisenbahnerpizza, mit den vier Stationen, wart mal …«

Er zog die Speisekarte zu sich her und fuhr mit dem Zeigefinger die Liste der angebotenen Pizzen entlang, fand das Gesuchte aber nicht gleich, verlor die Geduld und schob die Karte wieder von sich.

»I komm scho zrecht, Eugen, danke.«

Ruth Lindner amüsierte sich über Röslers eigenwilliges »Italienisch«. Sie selbst hatte mal zusammen mit ihren Boller Mädle einen VHS-Sprachkurs besucht und sprach und verstand seither genug, um in Italien satt zu werden und etwas gegen den Durst zu tun.

Rösler, der alte Apfelbauer, hatte sein bestes Hemd aus dem Schrank geholt und darüber noch ein ausgebeultes Jackett gezogen. Er war akkurat gescheitelt und fast gründlich rasiert – da sie ihn sonst eher in durchgewetzten Schaffhosen und mit struppigem Resthaar kannte, wusste sie, dass er sich für seine Verhältnisse enorm in Schale geworfen hatte. Und für sie galt ja im Grunde genommen dasselbe.

Die beiden saßen in einer Ecke des Ristorante, die Tischdeko mit Öllampe, Gewürzständer und einer kleinen roten Rose hatten sie längst neben sich auf die Fensterbank geräumt. Überall saßen Pärchen und kleine Gruppen beisammen, die meisten zwischen zwanzig und vierzig Jahre alt, und ab und zu kam jemand herein, ließ sich Kartons mit vorbestellten Pizzen über den Tresen reichen und verschwand wieder.

»Ich finde das übrigens klasse von dir, dass du mit mir heute ausgehst. Du arbeitest zu viel und gönnst dir kaum was – abgesehen von unseren Mostabenden und deinen Treffen mit den Boller Mädle.«

»Ha, gschafft muss halt au sei – des brauch i dir doch gwieß net saga.«

»Nein, natürlich nicht, aber schau: Dann schaffst du und grubelst Tag für Tag, und am Ende springst du in die Kiste und hast gar keinen Spaß gehabt.«

Rösler kam immer mehr in Fahrt, der dunkle Rotwein zeigte Wirkung. Und so fiel ihm gar nicht gleich auf, dass seine Tischdame während der letzten Worte zunehmend ernst wurde.

»Nimm nur mal die Thea. Die kennst du doch, oder? Dorothea Wichern aus Jebenhausen.«

Ruth Lindner nickte. »Die Thea war scho a paar Mol bei meine Boller Mädle mit dabei.«

»Die treibt seit dem Tod ihres Mannes den Bauernhof allein um, hat auch alles im Griff und rennt zwischendurch noch zu ihren Betstunden. Die hat's arg mit dem Glauben, aber gegönnt hat sie sich bisher noch nie was. Ich schau ab und zu nach ihr und helf ihr, und wenn wir dann nach dem Ausmisten noch auf ein Glas in der Stube zusammensitzen, ermahne ich sie immer: Geh mal raus, Thea, mach mal Pause, kümmer dich mal nur um dich.«

Er nahm einen Schluck Rotwein und ließ ein knitzes Lächeln aufblitzen, das Ruth Lindner mit einem fragenden Blick quittierte.

»Und jetzt hat sie endlich auf mich gehört, stell dir vor! Ist Hals über Kopf verschwunden, sie hat nicht mal einen Zettel auf den Küchentisch gelegt, wo sie hin ist. Aber warum auch? Ich hatte ihr so sehr ins Gewissen geredet, seit Tagen schon, dass ich ohnehin jeden Tag zu ihr rausfuhr. Im Stall war alles in Ordnung, und seit sie vor ein paar Jahren auf Mutterkuhhaltung umgestellt hat, muss man die Viecher auch nicht mehr melken – da kann sie sich gut mal eine Auszeit nehmen. Wahrscheinlich liegt sie irgendwo in einem dieser neumodischen Wellnesstempel und lässt sich die Haut mit Duftöl einreiben.«

Rösler grinste breit.

»Ich bin richtig stolz auf mich«, sagte er nach einer kleinen Pause. »Und jetzt sitzt du hier mit mir beim Italiener – du siehst also: Es ist kein Fehler, auf den Eugen zu hören.«

Ruth Lindner lächelte ein wenig, aber nun fiel ihm doch auf, dass sie dabei ziemlich traurig wirkte. Er schenkte ihr Rotwein nach, hielt den leeren Glaskrug hoch und orderte wedelnd Nachschub.

»So, Ruth, und jetzt erzählst du mal. Ich rede und rede und merke gar nicht, dass du Sorgen hast.«

Sie schluckte.

»Auf, Mädle: Was ist los?«

Mittwoch, 27. Februar

»Na, Stefan, hast gestern wohl hungern müssen?«

Fritz Aichele stieß Lindner auf dem Weg zur morgendlichen Soko-Besprechung in die Seite und grinste. Erst erschrak Lindner ein wenig, dann fiel ihm ein, dass der Kollege ja kaum wissen konnte, dass Maria gestern erst spät nach Hause kam – und sie dann so schnell in seinem Zimmer landeten, dass sie glatt das Essen vergaßen und erst kurz vor Mitternacht noch auf ein Butterbrot und ein Glas Wein in die Küche gingen.

»Wie meinst du das?«, fragte er deshalb möglichst ruhig.

»Deine Mutter hat gestern nicht für dich gekocht, nehme ich an. Sie hat auswärts gegessen: Ich hab sie beim Italiener gesehen, mit ihrem Freund Eugen Rösler. Ich hab dort Pizza geholt, da saßen die beiden am Ecktisch und haben sich angeregt unterhalten. Aber sie haben mich, glaube ich, nicht gesehen. Deine Mutter saß halb mit dem Rücken zum Tresen, und Rösler hat ihr ganz konzentriert zugehört. Da bin ich halt wieder raus, ohne sie zu begrüßen – die beiden sahen ganz so aus, als wären sie lieber ungestört.«

Zu allem Überfluss zwinkerte Aichele ihm nun auch noch zu, dann hatten sie schon den Besprechungsraum erreicht, und sie setzten sich auf zwei der wenigen noch freien Stühle. Roeder, der gerade mit der Pressesprecherin darüber sprach, was zum jetzigen Zeitpunkt schon an die Journalisten rausgegeben werden konnte, sah hoch, als Aichele seinen Stuhl geräuschvoll nach vorne rückte. Der Anblick des danebensitzenden Lindners verschlechterte seine Laune sofort, und auf Lindners Kopfnicken hin grüßte er nur knapp mit versteinerter Miene zurück.

Seine Laune war auch fünf Minuten später noch nicht besser, als er mit schneidender Stimme die Besprechung eröffnete.

»Wenn der Kollege vom LKA auch heute an unserer Soko-Besprechung teilnimmt, würde ich vorschlagen, dass er uns gleich aufs Laufende bringt, ob er Neuigkeiten zu unserem Fall zu bieten hat.«

Die Staatsanwaltschaft und die Rechtsmedizin waren heute früh nicht vertreten, und auch einige andere Soko-Mitglieder fehlten, weil sie für Befragungen unterwegs waren.

»Kann ich gerne machen«, antwortete Lindner, ohne auf Roeders gereizten Tonfall einzugehen. »Es gab tatsächlich Einbrüche in Tierarztpraxen, und zwischen Dezember 2010 und November 2011 meldeten Tierärzte in Aalen, Kirchheim/Teck und Heilbronn Ampullen mit dem Betäubungsmittel als gestohlen, das im Boller Opfer festgestellt wurde. Die Spuren des Narkotikums konnten auch in den drei anderen Toten nachgewiesen werden, die jeweilige Soko hatte aber nur Tierärzte in ihrer näheren Umgebung abgeklappert, und die waren von den Einbrüchen nicht betroffen. In Aalen wurden auch ein Blasrohr und mehrere Pfeile gestohlen, mit denen man den Tieren das Betäubungsmittel verpassen kann. Im Moment arbeiten die Kollegen die Akten der Einbrüche durch, ob da womöglich verwertbare Spuren gefunden wurden – vielleicht sogar vom Täter.«

»Gut«, knurrte Roeder, »und hast du noch was?«

»Manches hat mit eurem Fall nicht direkt zu tun, aber wer weiß? Vielleicht hilft es euch ja, wenn ihr auch Details von den anderen Morden kennt. Es geht halt leider wieder um Pietismus – das dürfte einigen hier vielleicht schon ein wenig zum Hals heraushängen.«

Roeder stierte todernst vor sich auf den Tisch, aber manche andere quittierten die Bemerkung mit einem Lächeln. Lindner legte die gefundenen Zusammenhänge dar zwischen den Tagen, an denen die Morde verübt worden waren, und wichtigen Todes- und Geburtstagen von bedeutenden Pietisten.

»Nur auf den 18. August, an dem der Tote in Bad Wildbad gefunden wurde, kann ich mir bisher keinen Reim machen. Aber ich werde heute und morgen mit den Kripokollegen reden, die in den anderen Fällen ermittelt haben – ich hoffe, dass sich dadurch mehr ergibt. Allerdings dürften uns diese Bezüge nicht wirklich helfen, wenn es darum geht, einen möglichen fünften Mord vorherzusagen. Dafür gibt es einfach zu viele Jahres-, Geburts- und Todestage, die sich mit dem Pietismus in Verbindung bringen lassen.«

»Das ist alles?«, fragte Roeder. Lindner zuckte mit den Schultern und nickte.

»Gut, dann wissen wir das auch. Auch der Todeszeitpunkt steht inzwischen fest: Unserem Opfer wurde Montag früh um 1.30 Uhr, plus minus zehn, fünfzehn Minuten, die Halsschlagader geöffnet. Übrigens ist das Vorgehen des Täters nicht mit dem traditionellen Schächten identisch: Da wird das Tier dadurch getötet, dass der Hals quer zur Luftröhre und den Schlagadern so tief eingeschnitten wird, dass Luftröhre und Adern durchtrennt werden – in unserem Fall wurde die Schlagader in Längsrichtung geöffnet, wahrscheinlich, um das Ausbluten zu beschleunigen. Wenigstens sind damit Bezüge zum Islam und zum jüdischen Glauben vom Tisch. Ein paar Minuten muss es aber trotzdem gedauert haben, bis genug Blut ausgelaufen ist, dass das Herz stehen blieb. Zwei bis drei Liter sind in die Grube neben dem Hals geflossen, der Rest war noch in ihrem Körper. Bei der Flüssigkeit in der Grube handelt es sich zweifelsfrei und ausschließlich um Blut der Toten.«

Roeder hatte zwischendurch in seinen Unterlagen geblättert, um alle Details auch wirklich korrekt wiederzugeben. Jetzt klappte er seinen Notizblock wieder zu.

»Was wir dagegen noch immer nicht wissen: Wer ist die Tote im Kurpark? Die Frau war nicht mehr die Jüngste, und den Schwielen auf ihren Knien nach zu urteilen, hat sie regelmäßig gekniet – der Doc meinte, dass er solche Druckstellen schon bei vielen Leuten gesehen hat, die auf ihren Knien beten. Wir hätten damit also ein ziemlich religiöses Mordopfer, vielleicht ja sogar mit einem persönlichen Bezug zu dieser ganzen Pietistengeschichte.«

Er warf Lindner einen kurzen Blick zu.

»Es handelt sich um eine Frau Anfang siebzig, die ihr ganzes Leben lang schwer körperlich gearbeitet hat. Sie hatte mehrere halb verheilte und zwei, drei vernarbte Wunden, meist an Armen, Händen und Beinen, vielleicht Verletzungen in Folge von landwirtschaftlichen Arbeiten – alles schon älter. Hautcreme und Make-up scheint sie nicht benutzt zu haben, die Fingernägel waren nicht besonders gepflegt, das Haar schon ein paar Tage nicht mehr gewaschen, die Kleider waren sauber, aber darunter dürfte es nicht gerade aprilfrisch gerochen haben: Geduscht, gebadet oder auch nur gründlich mit dem Waschlappen abgerieben hat sie sich wohl schon seit ein paar Tagen nicht mehr. Insgesamt scheint sie nicht allzu sehr nach sich gesehen zu haben – aber bis auf ein paar Zipperlein, die durchaus altersgemäß ausfallen, war sie gesund. Sie war kinderlos, trug keinen Ehering und auch sonst keinen Schmuck – aber das kann ihr der Täter auch alles abgenommen haben. Ihrem Mageninhalt nach zu urteilen, hat sie sich recht gesund und eher karg ernährt. Auf Alkohol scheint sie ganz oder weitgehend verzichtet zu haben, zuletzt hat sie jedenfalls keinen getrunken. Auch Spuren von Nikotinmissbrauch hat der Rechtsmediziner nicht festgestellt. Ein Bruch der linken Hand wurde offenbar schlampig behandelt oder nur geschient – der Knochen ist nicht optimal zusammengewachsen, die Frau dürfte in der Bewegung ihrer Finger eingeschränkt gewesen sein. Wir suchen also nach einer Bäuerin mit Kuhstall – DeLaJaune stellte übrigens die steile These auf, dass in ihrem Stall Mutterkuhhaltung betrieben werde.«

Ein paar Anwesende zogen verblüfft die Augenbrauen hoch. Roeder gönnte sich ein leichtes Grinsen.

»Er hat sich die Handinnenflächen der Toten noch einmal gezielt nach Spuren angesehen, die auf das Melken von Kuheutern hindeuten könnten – und er hat wohl nichts Entsprechendes gefunden.«

»Vielleicht hatte sie einen Melkroboter?«, merkte Aichele an. »Oder ihr Mann hat das Melken übernommen?«

»Kann theoretisch natürlich beides sein, aber die Frau war nicht mehr die Jüngste, sie hatte keine Kinder – ich stelle mir eine solche Bäuerin eher auf einem alten Hof vor, der seine besten Zeiten hinter sich hat und den sie bewirtschaftet, solange es noch geht. Und wenn ich mir ihre eher ungepflegte, fast schon etwas verwahrloste Erscheinung vor Augen halte, könnte ich mir gut vorstellen, dass sie schon jahrelang allein lebte – verwitwet vielleicht, oder nie verheiratet. Warum sollte sie also auf ihre alten Tage noch in den Hof investieren und etwas ganz Neues anfangen, wenn doch niemand da ist, dem sie es hinterlassen könnte?«

Roeder war nun ganz in seinem Element. Als Lindner noch Kripobeamter in Göppingen gewesen war, galten er und Roeder als die Kriminalkäpsele vom mittleren Filstal, und stundenlang konnten sie abends nach Dienstschluss zu ein, zwei Glas Bier die Details der bisherigen Erkenntnisse hin und her wenden und sie zu ganz unterschiedlichen Theorien aufreihen. Nicht selten kamen sie dabei auch unwahrscheinlichen Zusammenhängen auf die Spur.

Damals waren beide noch eng miteinander befreundet gewesen, und ihr guter Ruf hatte sich schnell auch in anderen Dienststellen herumgesprochen. Lindner wusste heute noch nicht, ob der damalige Leiter der Kriminalinspektion 1 des Polizeipräsidiums Stuttgart zuerst ihm oder Roeder eine Stelle angeboten hatte. Beide Kollegen hatten dem jeweils anderen gegenüber erst einmal geschwiegen, und Roeder zögerte wohl länger als er – und so wechselte Lindner zur Kripo nach Stuttgart, während Roeder in Göppingen blieb. Das hatte ihre Freundschaft nicht überstanden.

»Ihre Zähne waren in keinem besonders guten Zustand«, referierte Roeder unterdessen weiter, und Lindner verscheuchte die Erinnerungen, um sich ganz auf seine Informationen konzentrieren zu können. »Einige ältere Amalgam-Füllungen hätten wohl nicht mehr lange gehalten, zwei von ihnen waren schon so brüchig, dass sich drum herum bereits Karies gebildet hatte – aber Schmerzen hatte sie deshalb wahrscheinlich noch nicht. Im Unterkiefer trug sie eine Teilprothese, schon ziemlich alt, schon sehr abgenutzt und an einigen Stellen leicht beschädigt – das ist insofern schlecht, weil es bedeuten dürfte, dass sie lange nicht beim Zahnarzt war. Wir haben das Zahnschema natürlich trotzdem machen lassen, der Abgleich mit den Patientenunterlagen aller Zahnärzte hier in der Gegend läuft und wird heute oder morgen auch in den diversen Orten gestartet, die wir ausgehend von dieser Pietismus-Theorie für wahrscheinlicher halten als andere.«

Das klang alles nicht so, als sei ein schneller Fortschritt zu erwarten – und Roeder war wie allen anderen im Raum anzusehen, wie wenig ihm der Gedanke behagte, in einem Mordfall im Nebel zu stochern, dessen Täter irgendwann und irgendwo ein weiteres Mal zuschlagen konnte.

»Die Kollegen haben bisher leider nirgendwo eine Vermisstenanzeige entdeckt, die zu unserer Leiche passt«, fuhr Roeder fort. »Inzwischen hören wir uns auch noch gezielt in den Orten um, die du, Fritz, gestern zu Blumhardts Leben aufgezählt hast – wir haben die Liste vervollständigt und uns gleich gestern drangesetzt, bisher auch das leider ohne Erfolg. In Boll selbst sind gerade vier von uns zu Fuß unterwegs und fragen rum, für Iptingen und Dürrmenz bei Mühlacker, Möttlingen bei Bad Liebenzell, Schöntal in Hohenlohe, für Tübingen, wo er studiert hat, und für Stuttgart helfen uns die dortigen Kollegen. Basel, wo er in der Mission gearbeitet hat, ist vermutlich zu weit weg – unser Täter wird ja wohl kaum eigens ein Opfer aus der Schweiz herangeschafft haben. Zumindest hoffe ich das nicht.«

Er schnaubte.

»Immerhin ergeben die DNA-Spuren, die unsere Kriminaltechniker am Opfer gefunden haben, ein erstes Bild vom Täter: ein Mitteleuropäer Anfang oder Mitte fünfzig, vermutlich braune Augen – und die ebenfalls am Mordopfer gefundenen Haare passen zum Genmaterial. Den Haaren nach zu urteilen, ist der Mörder etwas eitel: Sie weisen eine leichte Dauerwelle auf und wurden – im Original dunkelbraun, aber schon etwas grau – dunkelbraun nachgetönt. Die DNA haben wir schon ans BKA weitergegeben.«

Roeder ließ eine kurze Pause, und Lindner hoffte schon, dass sich in der zentralen DNA-Analysedatei des Bundeskriminalamtes eine Übereinstimmung ergeben hatte. Aber Roeders Miene verriet ihm schon den Misserfolg, noch bevor der Kollege es aussprach.

»Leider keine Übereinstimmung. Also suchen wir auch da die Nadel im Heuhaufen. Auf jeden Fall habt ihr vom LKA jetzt die Daten und könnt sie mit den anderen Mordfällen abgleichen.«

Das war nun kein großes Entgegenkommen Roeders, und das wusste jeder im Raum: Die DNA war, wie bei Kapitalverbrechen üblich, ohnehin im Labor des LKA untersucht worden.

Die Besprechung ging noch eine Weile hin und her, irgendwann war alles gesagt, und die Beamten machten sich wieder an die Arbeit. Lindner sprach noch kurz mit Maria, die auch heute wieder mit einem anderen Kollegen zusammen eingeteilt worden war. Gut möglich, dass ihm Roeder damit eins auswischen wollte, obwohl eigentlich festgelegt war, dass Maria ihm zugeteilt werden sollte, als Verbindung zur Göppinger Kripo und soweit nötig auch als Fahrerin – aber gestern Abend hatte er sich in der Küche mit ihr darauf geeinigt, dass sie einstweilen nicht weiter auf Roeders Widerstand in diesem Punkt reagieren wollten. Abends konnten sie sich ja auch weiterhin mit den neuesten Informationen versorgen.

Maria strich ihm im Weggehen schnell und unauffällig mit den Fingern über den Handrücken und lächelte ihm zu. Dann war sie auch schon auf dem Weg in ihr Büro, wo sie einige Telefonate zu machen hatte, bevor sie mit Kollege Miller zu weiteren Befragungen fahren würde.

Aichele begleitete Lindner zum Parkplatz, und er sah staunend, wie Lindner schnurstracks auf einen blauen Ford Fiesta zuging.

»Springt dein Kombi immer noch nicht an?«, fragte er.

»Nein, steht beim Nickel. Und für die Zeit, bis der Kombi wieder fährt, hat er mir dieses … Schmuckstück zur Verfügung gestellt.«

»Und was will er dafür haben?«

»Nichts.«

»Echt? So kenn ich den Nickel ja gar nicht.«

»Na ja, er hat mir Block und Stift auf den Beifahrersitz gelegt, und wenn mir ein ungewöhnliches Geräusch auffällt, soll ich es für ihn aufschreiben. Ich glaube, er will sich auf diese Weise eine gründliche Probefahrt sparen.«

Aichele lachte.

»Okay, das ist typisch Nickel. Und außerdem ist der Flitzer hier auf jeden Fall praktischer als dein Jugendrad.«

»Ja, ja, spott du nur. Fürs Erste muss die kleine Kiste halt reichen, und Nickel wird ja auch nicht ewig an meinem Kombi rumschrauben müssen. Also, Fritz, mach's gut, ich muss dann mal los.«

Aichele sah ihm zu, wie er krachend den Rückwärtsgang einlegte, aus der Parklücke rangierte und ruckelnd auf die Ausfahrt zufuhr. Ein ungewohntes Auto und ein interessierter Zuschauer: Diese Kombination hatte Lindner schon in der Fahrschule nicht leiden können.

* * *

Der Kleinwagen knackte und klackerte in jeder Kurve, und manchmal, wenn er über eine Bodenwelle oder einen etwas überstehenden Schachtdeckel fuhr, waren metallische Schläge zu hören, die mal von vorne, mal von hinten zu kommen schienen. Lindner nahm sich vor, das für Nickel zu notieren, aber von den unangenehmen Geräuschen abgesehen, ließ sich das Wägelchen verhältnismäßig flott und problemlos fahren.

Auch die Fahrt zu seinem ersten Gesprächspartner in der Polizeidirektion Ludwigsburg verlief überraschend reibungslos, nur in Stuttgart, wo die B 10 zwischen Neckar und Wilhelma durchführte, gab es einen kurzen Stau, der Rest der Strecke brachte es allenfalls zu dichtem Verkehr. Und so erreichte er das Gebäude in der Friedrich-Ebert-Straße, in der die Direktion und die Kripo untergebracht waren, eine Viertelstunde zu früh.

Kriminalhauptkommissar Radegerst hatte trotzdem schon Zeit für ihn und gab am Empfang Bescheid, dass sie dem Kollegen vom LKA das Schiebetor öffnen und ihm einen Parkplatz im Innenhof zuweisen sollten. Lindner hatte den Wagen kaum abgestellt, als ein drahtiger Mann um die fünfzig auf ihn zukam, das weit geschnittene beigefarbene Hemd über die Jeans wehend, und unter vollen, verwuschelten blonden Haaren dominierte ein freundliches Lächeln sein offenes Gesicht.

»Herr Lindner? Ich bin KHK Björn Radegerst, der Leiter der Soko Waldrand – oder besser der Leiter dessen, was von unserer Ermittlungsgruppe noch übrig ist.«

Die beiden begrüßten sich, und Radegerst ging ihm ins Gebäude voraus. In Radegersts Büro hantierte der Kollege erst einmal an einem Kaffeevollautomaten herum, stellte zwei Tassen Espresso auf seinen Besprechungstisch und ließ sich Lindner gegenüber auf einen Stuhl fallen.

»Unser Mord liegt ja nun auch schon mehr als ein Jahr zurück, von den anfangs gut zwanzig Leuten gehören der Ermittlungsgruppe inzwischen nur noch fünf an, ich eingerechnet. Es ist einfach auch sonst zu viel zu tun, und die Polizeireform macht uns zusätzliche Arbeit. Aber was jammer ich hier rum … was wollen Sie denn wissen?«

»Zuerst möchte ich mich bedanken – Ihre Anmerkungen zur Beziehung des Mordes zum Pietismus in Korntal und im Kirschenhardthof waren eine große Hilfe, das hat uns auf eine wichtige Spur gesetzt.«

»Und die wäre?«

»Mein Chef vermutet Zusammenhänge zwischen insgesamt vier Mordfällen, das jüngste Opfer wurde diesen Montag im Kurpark von Bad Boll gefunden.«

»Herr Kortz hat mir gegenüber schon am Telefon so etwas angedeutet, als er die Unterlagen von mir anforderte. Ich hab mich dann sofort drangesetzt und Ihnen diese Pietismus-Bezüge mit dazugelegt. Wenn Sie einen Zusammenhang zwischen den vier Fällen finden, hilft das ganz sicher auch mir und meinen Leuten. Kann ich erfahren, was für eine Rolle der Pietismus in den anderen Mordfällen spielt?«

»Eine Tote wurde im Februar 2012, auf den Tag genau zwei Monate nach Ihrem Mord in Korntal, in Altdorf gefunden, auf einem Grünstreifen, der fast bis in die Ortsmitte reicht. Und Mitte August lag ein Toter im Kurpark in Bad Wildbad, dem Geburtsort des pietistischen Predigers Ludwig Hofacker. Das Altdorfer Opfer stammt aus einem Ort, das einen wichtigen Pietisten hervorgebracht hat. Der Tote in Wildbad wohnte in Zwerenberg, einem Ortsteil von Neuweiler in direkter Nachbarschaft von Wildbad, wo alljährlich die sogenannten Lichtmess-Besuche der Pregizer enden, einer pietistischen Vereinigung. Auch die Todestage passen in zwei Fällen: Der Korntaler Mord fiel auf den 2. Dezember, an dem sich die Geburt von Christoph Hoffmann jährt.«

»Dem Sohn des Korntal-Mitbegründers und Mitbegründer der Tempelgesellschaft, die damals den Kirschenhardthof als Sammlungsort einrichtete.«

»Genau. In diesem Fall sind die Bezüge besonders offensichtlich. Die Tote in Altdorf starb am 2. Februar – dem Geburtstag von Johann Michael Hahn, einem bekannten Pietisten-Prediger aus dem achtzehnten Jahrhundert, der in Altdorf zur Welt kam. Und in Bad Boll wurde das Opfer am 25. Februar getötet – dem 133. Todestag von Johann Christoph Blumhardt, einem durch Wunderheilung berühmt gewordenen Pfarrer, der später im Boller Kurhaus ein Seelsorgezentrum einrichtete. Nur zwei Punkte sind noch offen, was die Bezüge zum Pietismus angeht: Wir wissen noch nicht, woher die in Boll ermordete Frau stammte – die Kollegen in Göppingen suchen noch; und ich kann mir auf das Datum des dritten Mordes, den 18. August, keinen passenden Reim machen.«

»Da wissen Sie über die Pietisten ja inzwischen mehr als ich – haben Sie da eine persönliche Erfahrung, oder …?«

Radegerst brach ab, aber was er vermutete und in diesem Zusammenhang nicht aussprechen wollte, lag auf der Hand.

»Nein«, sagte Lindner, »weder meine Familie noch ich gehören einer pietistischen Gemeinschaft an. Bei mir daheim in Bad Boll residiert zwar die Herrnhuter Brüdergemeine, aber die kannte ich bisher nur dem Namen nach. Ein Kollege vom Boller Revier kennt sich ganz gut aus – notgedrungen, sozusagen. Er hat seinem Neffen mal für ein Schulreferat geholfen, und er hat mich erst mit Infos und dann mit Büchern und Internetausdrucken zum Thema eingedeckt.«

»Dann stimmt es ja doch«, sagte Radegerst und grinste breit.

»Was denn?«

»Na, dass man nicht für die Schule, sondern fürs Leben lernt.«

Er stand auf, um sich noch einen Espresso zu machen.

»Soll ich Ihnen auch noch einen rauslassen?«

»Nein, lieber nicht«, sagte Lindner abwinkend. »Ich hatte heute schon reichlich Kaffee.«

Radegerst kam mit seiner Tasse zurück an den Tisch.

»Haben Sie die Analyse der in Bad Boll gefundenen DNA-Spuren schon bekommen?«, fragte Lindner.

»Ja, ist schon gecheckt. Leider keine Übereinstimmung zu den Spuren, die wir am Tatort gefunden haben.«

»Schade. Haben Sie denn Spuren gefunden, mit denen Sie etwas anfangen konnten?«

»Ja, das steht ja auch im Bericht – aber wir konnten die DNA niemandem konkret zuordnen. Die Analyse weist auf einen blonden Mann mittleren Alters hin. Aber das mit den DNA-Spuren ist immer so eine Sache: Der Mord geschah im Dezember, an den gefundenen Hautschuppen stellte das Labor Hinweise auf einen Sonnenbrand fest – also dürfte der Täter die Proben seit Sommer oder spätestens Frühherbst an sich gehabt haben, und erst am Tatort in Korntal hat er sie verloren. Aus einer Mütze, dem Kragen einer Jacke – da gibt es tausend Möglichkeiten. Aber egal: es war eine Spur, und obendrein kriminaltechnisch eine der wenigen, die ganz konkret mit Verdächtigen abgeglichen werden konnten. Wir hatten eine Zeitlang überlegt, einen großangelegten Reihentest zu machen, aber wo ziehen Sie da eine Grenze? Kommt der Täter aus Korntal, aus der näheren Umgebung, aus dem ganzen Landkreis, aus der Region oder womöglich von ganz woandersher? Da haben wir es lieber gelassen. Wir haben die DNA natürlich durch die BKA-Datenbank gejagt, leider ohne Treffer. Auch die Verwandten des Toten und einige andere seiner Bezugspersonen haben wir gecheckt, selbst Kunden, frühere Kollegen und seinen Chef – von denen war's keiner, das war alles, was wir dabei herausfanden.«

Radegerst sah zerknirscht aus, das Thema schien ihm unangenehm zu sein.

»Wissen Sie, Herr Lindner …«

Er wand sich, trank seinen Espresso aus und sah Lindner noch einen Moment unschlüssig an, bevor er fortfuhr. »Diese ganze DNA-Geschichte … das ist gerade für uns hier kein Ruhmesblatt.«

»Warum das denn?«

»Wir haben da gewissermaßen eine Leiche im Keller. 2009, im August, wurde in Korntal ein Toter gefunden, in einem Wohnhaus im Norden des Ortes, nur ein paar Straßen vom Tatort im Dezember 2011 entfernt. Zuerst sah es nach einem Unfall aus. Der Mann war am 22. August gegen 18.30 Uhr in seiner Wohnung erstickt, offenbar hatte er die Schnapsidee gehabt, im Wohnzimmer zu grillen. Der Tote wies einen ziemlich hohen Blutalkoholwert auf, und das Feuer im Grill hatte schon auf die Vorhänge übergegriffen – durch den Rauch wurde eine Nachbarin aufmerksam und setzte einen Notruf ab. Die Feuerwehr konnte einen größeren Brand verhindern, aber dem Mann war nicht mehr zu helfen. Der Tote lag rücklings auf dem Boden, um ihn herum war alles angekokelt und mit Löschschaum bedeckt. Die Kollegen in der Kriminaltechnik hatten zunächst keine große Hoffnung, nach dem Einsatz der Feuerwehr noch verwertbare Spuren zu finden, aber sie gaben sich alle Mühe – und schließlich sah es danach aus, als hätte sich ihr Eifer ausgezahlt. Neben dem üblichen Grillanzünder fanden sich am und um den Grill noch geringe Spuren eines weiteren Brandbeschleunigers. Das musste nicht zwingend etwas bedeuten, denn ein Mann, der blöd genug ist, im Wohnzimmer zu grillen, kommt womöglich auch auf die dumme Idee, seinem Feuer gleich mit mehreren Substanzen die Sporen zu geben – aber als die Rechtsmedizin obendrein noch eine Verletzung am Hinterkopf des Toten feststellte, die nicht recht zum bloßen Sturz nach hinten passen wollte, gingen wir nicht länger von einem Unfall aus.«

Lindner wartete geduldig. Bisher klang alles noch so, als seien die Ermittlungen damals sehr gründlich geführt geworden und auch sehr erfolgreich gewesen.

»Der Kriminaltechnik gelang noch ein Coup«, fuhr Radegerst fort. »Es wurde trotz der schwierigen Begleitumstände durch den Brand und den Löschschaum am Tatort und an der Leiche selbst DNA-Material isoliert und analysiert, und die beste Spur schienen einige Hautschuppen darzustellen, die auf einen Mann mittleren Alters hindeuteten. Damals war die Analysetechnik noch nicht so weit wie heute, das entwickelt sich ja gerade auf diesem Gebiet rasend schnell – aber trotzdem konnten wir den Altersbereich, die Herkunft aus Mitteleuropa und die Haarfarbe schwarz mit einiger Wahrscheinlichkeit angeben.«

Radegerst seufzte und legte eine kleine Pause ein. Die Geschichte schien ihm an die Nieren zu gehen.

»Wir hatten zwei Verdächtige für den Mord, beide hatten ein Motiv, und beide hatten nur ein eher wackliges Alibi zu bieten. Der eine hatte seit einiger Zeit ein Verhältnis mit der Frau des Toten – die Frau wollte sich von ihrem Mann trennen, hätte bei einer Scheidung aber finanziell schlechter dagestanden, als wenn der Ehemann gestorben wäre und ihr das Vermögen vererbt hätte. Er behauptete, am Todestag seines Nebenbuhlers in seinem Gartenhäuschen zwischen Weilimdorf und Gerlingen gewesen zu sein. Von 16 Uhr bis etwa 20.30 Uhr war er dort mit der Frau des Grillkünstlers. Die beiden hatten es sich dort wohl schon zuvor ab und zu … nun ja: gemütlich gemacht. Die Frau hat das Alibi bestätigt, weitere Zeugen gab es nicht, aber wir konnten ihr und ihrem Freund nicht das Gegenteil beweisen, auch weil das Handy schon um 16 Uhr ausgeschaltet und erst um 20.30 Uhr wieder eingeschaltet wurde – zu diesem Zeitpunkt sah sie mehrere Nachrichten auf ihrer Mailbox, unter anderem einen Anruf von mir mit der Bitte, sie möge sich doch bitte dringend melden. Der zweite Verdächtige war ein Kollege, ein ziemlich grobschlächtiger und jähzorniger Kerl, der häufig samstags mit dem späteren Opfer Fußball schaute – meist mal beim einen, mal beim anderen zuhause. Dabei wurde bei warmem Wetter gelegentlich gegrillt, und das ganze Jahr über immer ordentlich getrunken. Das hat wohl auch der Ehefrau die günstige Gelegenheit fürs Gartenhäusle verschafft. Der 22. August fiel in die Bundesliga-Sommerpause, aber die beiden trafen sich auch ohne Fußballanlass – für diesen Samstag will der Kollege seinem Kumpel jedoch abgesagt haben, angeblich sei seine Frau sauer auf ihn gewesen, weil er an diesen Nachmittagen zu viel getrunken habe. Die Ehefrau wollte davon zwar nichts wissen, aber dass ihr Mann, so wie er es uns gegenüber behauptete, von etwa 17 Uhr bis kurz vor die Tagesschau in seiner Werkstatt im Keller gewerkelt habe, das bestätigte sie – wenn auch mit einer Einschränkung: Soweit sie das mitbekommen habe, sagte sie. Auch da war die Ehe wohl nicht mehr die beste.«

Lindner hätte den Kollegen gerne unterbrochen, aber zum einen war klar, dass sich Radegerst etwas von der Seele reden wollte, zum anderen konnte auch das kleinste Detail dieses Todesfalls etwas mit dem Korntaler Mord zu tun haben – zumal die Tatorte nicht weit voneinander entfernt lagen. Und der Kollege hatte ja auch einen Zusammenhang zwischen beiden Fällen angedeutet, welchen auch immer. Außerdem ließ das Datum 22. August in Lindner irgendwo weit hinten eine Alarmglocke läuten – er kam nur noch nicht drauf, was es mit diesem Tag auf sich hatte. War er darauf während seiner Suche nach wichtigen Todes- oder Geburtsdaten bedeutender Pietisten gestoßen?

»Na ja, um es kurz zu machen«, sagte Radegerst: »Die DNA, die am Tatort gefunden war, passte zu keinem der Verdächtigen – damit waren die beiden Männer fürs Erste aus dem Schneider, und wir standen wieder ganz am Anfang. Da stünden wir noch heute, wenn nicht ein junger Kollege neu zur Soko gestoßen wäre. Wir steckten mit den Ermittlungen in einer Sackgasse, und ich wollte die Gelegenheit nutzen, seinen unbefangenen Blick noch einmal auf all die bisherigen Ergebnisse zu richten. Er hat sich geradezu in seine Aufgabe verbissen, und irgendwann ging er die DNA-Abgleiche durch, mit denen wir routinemäßig Proben von allen an der Arbeit am Tatort Beteiligten mit gefundenen DNA-Spuren abgleichen, um nicht womöglich Fingerabdrücke und DNA-Spuren der beteiligten Kollegen als Spuren zum Täter zu interpretieren. Der junge Kollege ging ziemlich akribisch vor, und er stieß tatsächlich auf eine Ungereimtheit: Wir hatten sechs Beamte der Kriminaltechnik vor Ort, aber nur von fünf Beamten lagen Vergleichsproben vor.«

Er seufzte.

»Sie werden es sich schon denken können: Die DNA des sechsten Beamten passte zu den Spuren, die wir die ganze Zeit über dem Täter zugeschrieben hatten …«

Kein Wunder, dass dem Ludwigsburger Kollegen diese Geschichte so sehr zu schaffen machte.

»Ich glaube, jetzt nehme ich doch noch einen Espresso«, sagte Lindner, und als das Tässchen vor ihm stand, fuhr Radegerst fort.

»Später wurde übrigens der Liebhaber als Täter überführt, er hatte den Wohnungsschlüssel der Frau an sich genommen, war in die Wohnung geschlichen, hatte seinen Widersacher, der gerade ein kleines Ein-Mann-Grillen für den Balkon vorbereitete, von hinten niedergeschlagen und danach die Holzkohle angezündet. Der Brandbeschleuniger sollte das Feuer vom Grill auf die ganze Wohnung übergreifen lassen – der Täter hoffte, dass ein verkohlter Leichnam keine verwertbaren Spuren mehr bieten und der Tod als Unfall durchgehen würde. Der Witwe konnten wir nichts nachweisen, obwohl ich mir ziemlich sicher bin, dass sie ihre Finger da mit drin hatte. Na ja …«

Radegerst zuckte mit den Schultern.

»Jedenfalls gab es einen Riesenwirbel um den vergessenen DNA-Abgleich, die Presse bekam Wind davon, und der Mordfall, in dem wir von Anfang an sehr großen

Druck von oben bekommen hatten, war sowieso eine ganz sensible Kiste.«

Lindner sah ihn fragend an.

»Wie gesagt: Der Mord ereignete sich am 22. August 2009«, erläuterte Radegerst, als er Lindners Miene bemerkte. »An diesem Tag jährte sich die Gründung der Korntaler Brüdergemeinde zum 190. Mal, und unser toter Grillfreund platzte genau in die Feierlichkeiten, die im heiligen Korntal natürlich große Bedeutung hatten.«

Nun wusste Lindner, warum bei ihm die Alarmglocke geläutet hatte: Dieses Datum war ihm natürlich in den Ausdrucken zur Geschichte Korntals ebenfalls begegnet.

»Und wie das halt so ist, wenn von oben Druck gemacht wird: An der Schlamperei mit der nicht abgeglichenen DNA musste jemand eindeutig schuld sein, und derjenige musste unbedingt schnell und öffentlich zur Rechenschaft gezogen werden. Dabei hat's den Kriminaltechniker getroffen. Thorsten Haas ist ein guter Mann, wie ich finde, und er hatte damals gute Chancen, Nachfolger des KT-Leiters zu werden, der kurz vor der Pension stand. Daraus ist dann nichts geworden. Irgendwie wurde es ihm angehängt, dass er sich nicht selbst um den DNA-Abgleich gekümmert hat, und dann ging's ganz schnell. Ein Bauernopfer, wie ich finde – jedenfalls waren danach alle zufrieden, und alle gingen mehr oder weniger zur Tagesordnung über. Haas arbeitet noch in der KT, er ist ja auch beamtet, aber was die Karriere angeht, braucht er sich keine große Hoffnungen mehr zu machen. Ich habe den Eindruck, er hat es inzwischen recht gut weggesteckt – mit zwei, drei Kollegen, die sich damals besonders damit hervorgetan haben, ihn als den Schuldigen hinzustellen, und die sich hinterher ab und zu über ihn lustig gemacht haben, spricht er allerdings nur noch das Nötigste. Einer von ihnen ist jener Kollege, der wenige Monate später neuer Leiter der Kriminaltechnik wurde.«

Radegerst lächelte schmerzlich.

»Manchmal kann es für einen richtig scheiße laufen, oder?«

Lindner nickte.

»Und es kam noch was nach: Als wir den Mord am Waldrand nördlich von Korntal hatten, am 2. Dezember 2011, wurden ebenfalls DNA-Spuren gesichert – und wieder waren Spuren von Haas darunter, dabei war der damals gar nicht an der Spurensicherung beteiligt. Seit dieser Geschichte mit dem toten Griller wurde Haas nicht mehr für Tötungsdelikte eingesetzt, ohnehin hielt ihn sein neuer Chef von allem fern, was irgendwie interessant schien oder ihm Chancen geboten hätte, sich auszuzeichnen. Ziemlich billig eigentlich, einen Kollegen so kleinzuhalten – als hätte er Angst, er könne seinen neuen Vorgesetzten überflügeln. Aber so kleine Geister gibt's halt auch bei uns, was will man machen.«

Lindner kam sein früherer Freund Roeder in den Sinn, und er konnte Radegerst nur recht geben.

»Als Leiter der Soko hatte ich alle Hände voll zu tun, von dem Mordfall nur das Nötigste an die Öffentlichkeit zu geben – von der besonderen Lage des Toten, die so überdeutlich an eine Kreuzigung erinnerte, drang zum Beispiel nichts nach außen. Gott sei Dank nicht, das wäre gerade im Zusammenhang mit dem heiligen Korntal für die Zeitung mit den großen Buchstaben ein Fressen gewesen.«

Er schüttelte sich.

»Und diese neue DNA-Panne konnten wir auch unter dem Deckel halten – im März zuvor war diese Geschichte mit den kontaminierten Wattestäbchen aufgeflogen und das ›Heilbronner Phantom‹ hatte sich deshalb in Luft aufgelöst. Da wollten wir uns nicht auch noch einreihen mit peinlichen Schlagzeilen zu verwechselten Genspuren – zumal wir in diesem Bereich keine zwei Jahre vorher ohnehin schon mal Mist gebaut hatten. Es war ja auch nichts Großes passiert: Diesmal lag der Abgleich mit allen KT-Beamten vor, auch von den unbeteiligten, und wir konnten die falsche Spur damit gleich ausschließen. Haas war eh schon geplagt genug, wir haben ihn also damit in Ruhe gelassen. Nur sein Vorgesetzter hat ein, zwei Tage lang ein bisschen gestichelt, aber dann war das auch vorbei.«

»Und über die gesicherte DNA-Probe hinaus, die auf einen Mann mittleren Alters …«

Lindner sah kurz auf seine Notizen.

»… mit blonden Haaren und einem Sonnenbrand irgendwann vor der Tat hindeuten, haben Sie nichts gefunden, was Sie auf die Spur möglicher Täter brachte?«

Radegerst schüttelte den Kopf.

»In den Akten finden Sie alle Spuren, die wir verfolgt haben – herausgekommen ist nichts Brauchbares. Der Tatort hatte zum Mordopfer keinerlei Beziehung, auch sonst hatte das Opfer weder mit Korntal noch mit dem Pietismus etwas zu tun. Aber da kann Ihnen mein Waiblinger Kollege besser weiterhelfen.«

Radegerst stand auf und holte einen Zettel, den er auf seinem Schreibtisch für das Gespräch mit Lindner bereitgelegt hatte. Name und Durchwahl eines Kommissars namens Alexander Maigerle waren dort zu lesen.

»Alex ist Hobbymusiker wie ich, deshalb habe ich nach wie vor Kontakt zu ihm. Die Soko leitete damals sein Vorgesetzter Klaus Schneider, aber wenn Sie Näheres zu unserem Mordopfer wissen wollen, ist Alex die beste Quelle. Er hat inzwischen … auch privat einen Bezug zu dem Fall von damals.«

Lindner hob fragend eine Augenbraue, aber Radegerst lachte nur.

»Das fragen Sie ihn am besten selbst. Wollen Sie gleich hinfahren? Zur PD Waiblingen brauchen Sie von hier aus keine halbe Stunde, und ich hab mich schon erkundigt, ob Alex da ist – er hat heute nur ein paar Bürojobs zu erledigen und kann sich für Sie Zeit nehmen.«

Er sah kurz auf die Uhr.

»Und wenn Sie nachher gleich losfahren, wäre es am besten. Alex wollte heute etwas früher nach Hause.«

»Prima, vielen Dank. Könnten Sie mir den Kollegen kurz ans Telefon holen? Noch lieber als in Waiblingen würde ich ihn in diesem … Kirschenhardthof sprechen. Diesen Weiler wollte ich mir ohnehin ansehen, das ließe sich doch sicher machen, oder?«

Radegerst grinste.

»Das wird Alex noch lieber sein.«

Er nahm das Telefon ab, ohne seine Bemerkung weiter zu erklären, und tippte eine Nummer mit Waiblinger Vorwahl.

* * *

Die Abzweigung, die neben einem kleinen Waldstück von der Landstraße in den Kirschenhardthof führte, war ziemlich unübersichtlich, und tatsächlich hatte Lindner in seinem ruckelnden Kleinwagen Mühe, rechtzeitig aus dem Weg zu sein, um nicht von einem aus Richtung Burgstall heranflitzenden Transporter gerammt zu werden. An der angegebenen Adresse sah er kurz darauf einen schlanken Mann von etwa Anfang bis Mitte vierzig, der ihn erwartungsvoll heranfahren sah. Lindner hielt an und stieg aus, der andere stellte sich als Kriminaloberkommissar Alexander Maigerle vor.

Sie standen vor einem schönen Einfamilienhaus, zwischen Wohngebäude und Garage führte ein überdachter Gang nach hinten in den Garten.

»Hat hier Herr Herbst gewohnt?«

»Ja, Roland Herbst, zusammen mit seiner Frau und den drei gemeinsamen Kindern.«

Lindner sah sich um. Es war ruhig in dem kleinen Weiler, nur von der Landstraße, die am Ortsrand vorbeiführte, rauschte immer wieder das Geräusch durchfahrender Autos herüber.

»Schön hier. Und Frau Herbst und die Kinder wohnen nach wie vor hier, nehme ich an?«

»Ja, wobei ... sie wohnen *wieder* hier, aber das hat mit der etwas speziellen Vorgeschichte des Mordes an Roland Herbst zu tun. Wollen wir ein paar Schritte gehen? Dann erzähle ich Ihnen davon, und wenn Sie mögen, können Sie danach gerne auch noch mit Frau Herbst selbst sprechen.«

Lindner nickte und folgte dem Kollegen die Straße entlang, langsam weiter der Mitte des Weilers zu.

»Anfang September 2011 wurde in einem Mehrfamilienhaus in Waiblingen eine ältere, allein lebende Frau erschlagen – mit ihrer eigenen Spätzlespresse übrigens.«

Maigerle warf einen kurzen Seitenblick zu Lindner und grinste, der zuckte nur mit den Schultern.

»Ich hatte ungefähr zur selben Zeit mit einem Mann zu tun, der dem ersten Eindruck nach mit Mostäpfeln gesteinigt wurde.«

»Auch nicht schlecht«, antwortete Maigerle und wurde dann wieder ernst. »Die Frau, die in Waiblingen erschlagen wurde, war die Mutter von Roland Herbst, und ich war damals der Beamte, der es ihm und seiner Frau Heidi mitteilte. Und als Kollege Radegerst aus Ludwigsburg im Dezember 2011 wegen des Mordes in Korntal bei uns in Waiblingen anrief, wurde ich mit einigen Kollegen abgestellt, der Soko Ortsrand zuzuarbeiten. Wissen Sie, warum die Ludwigsburger einen so faden Namen für die Soko ausgewählt haben?«

»Herr Radegerst hat mir gegenüber angedeutet, dass sie sich viel Mühe gegeben haben, den Mord vor allem für die Presse so unspektakulär wie möglich wirken zu lassen.«

Maigerle nickte, fast schien er etwas enttäuscht zu sein, dass der Kollege schon richtig vermutet hatte.

»Wie auch immer: Radegerst wollte mit der Witwe sprechen, und ich bin mit ihm hierhergefahren – ich kannte die Herbsts ja schon.«

»Da fällt mir ein, was ich den Ludwigsburger Kollegen noch unbedingt hätte fragen müssen: Woher wusste die Kripo denn, wer das Mordopfer in Korntal war?«

»Papiere hatte der Tote nicht bei sich, aber auf einem Feldweg zwischen Weiler zum Stein und Bittenfeld stand sein Wagen. Dort war natürlich alles drin: Papiere, geschäftliche Unterlagen und ein paar Briefe vom Anwalt seiner Frau – zwischen den beiden lief die Scheidung. Der Wagen fiel am Morgen nach dem Mord einem Landwirt auf, der da durch wollte und dem der geparkte Wagen verdächtig vorkam. Er rief das zuständige Revier an, er hat dort wohl einen Kumpel, und die Kollegen gaben die Info sofort an die Direktion weiter – und so erfuhr Radegerst schon am Vormittag des 2. Dezember von dem Wagen. Die Fotos auf Führerschein und Personalausweis im Wagen waren nicht mehr die neuesten, aber man konnte Roland Herbst darauf trotzdem noch recht gut als den Toten am Waldrand bei Korntal erkennen. Dann lief natürlich das ganze Programm an, und den Spuren nach zu urteilen hat ihm der Täter an diesem Weg aufgelauert, vielleicht hat Herbst eine Pause eingelegt oder der Täter hat ihn gestoppt, womöglich hat er ihm eine Autopanne vorgespielt, dann hat er ihn betäubt und in seinem eigenen Wagen an den Tatort geschafft – und das Auto hat er auf dem Parkplatz zurückgelassen.«

»Okay, gut, dann sind Sie also mit dem Kollegen zu Frau Herbst gefahren. Wie hat sie die Nachricht vom Tod ihres Mannes denn aufgenommen?«

»Sie war natürlich ganz erschrocken, aber das ganz große Elend brach bei ihr deswegen nicht aus – wie gesagt: Die beiden wollten sich scheiden lassen, ihr Mann hatte sie einige Male betrogen, und ein Boulevardblatt hat das im Zusammenhang mit dem Mord an Herbsts Mutter ziemlich übel breitgetreten. Danach sind ganz schön die Fetzen geflogen zwischen den beiden. Immerhin hatte sich der Streit vor dem Tod von Herbst so weit beruhigt, dass er ihr und den Kindern das Haus im Kirschenhardthof überlassen hat, er zog zu einem Kumpel nach Ludwigsburg und wollte sich in den nächsten Wochen eine neue Wohnung suchen. An dem Abend, an dem er ermordet wurde, war er hierhergekommen, um bei seiner Frau ein paar kleine Geschenke zu Nikolaus zu deponieren.«

»Kollege Radegerst hatte recht: Sie wissen wirklich sehr genau über diesen Fall Bescheid.«

Maigerle zuckte mit den Schultern.

»Er sagte, dass Sie inzwischen einen privaten Bezug zu dem Fall hätten«, hakte Lindner nach, als Maigerle nichts weiter dazu sagte. »Was hat er denn damit gemeint?«

Maigerle blieb stehen, steckte die Hände in die Hosentaschen und sah Lindner lange an, bevor er antwortete.

»Um es kurz zu machen: Heidi Herbst und ich sind inzwischen zusammen, die Kinder mögen mich auch, und ich wohne seit ein paar Monaten hier im Kirschenhardthof.«

»In Herbsts Haus?«

Maigerle nickte.

»Interessante Entwicklung«, sagte Lindner.

»Na ja, Heidi hatte mir schon bei unserem ersten Zusammentreffen gut gefallen, aber sie war ja verheiratet. Als dieser schmutzige Zeitungsartikel über die Affäre ihres Mannes erschien, tat sie mir richtig leid – mehr war erst einmal nicht. Dann begleitete ich Björn, also Kollege Radegerst, in den Kirschenhardthof, sah Heidi wieder und … Ich fand sie unglaublich tapfer, damals, und …«

Er lächelte wehmütig.

»Jedenfalls war sie vor allem wegen eines Punkts verzweifelt: Sie wusste nicht, ob sie es auch wirklich schaffen würde, ihren Kindern die Nachricht vom Tod ihres Vaters schonend beizubringen. Wer weiß, vielleicht hat das einen Beschützerinstinkt in mir geweckt. Ich habe ihr angeboten, ihr dabei zu helfen – Hilfe von der Familie wollte sie nicht, und mit den Nachbarn hier im Ort ist sie nicht so dicke. Björn war einverstanden und nahm meinen Dienstwagen für die Rückfahrt, ich wollte mich später von einer Streife zurück nach Waiblingen bringen lassen, und so saß ich mit Heidi zusammen, trank Kaffee und redete. Das mit den Kindern haben wir halbwegs ordentlich über die Bühne gebracht, und am späten Nachmittag habe ich dann die Kollegen gerufen, dass sie mich abholen. Der Streifenwagen hat noch eine Runde mit den Kids gedreht, mit Blaulicht und allem – alles in der Hoffnung, dass es die Kleinen vielleicht ein bisschen ablenken könnte.«

Sie hatten wieder umgedreht und waren nur noch etwa hundert Meter von Heidi Herbsts Haus entfernt. Eine zierliche junge Frau mit schulterlangem, glattem blondem Haar stand vor dem Durchgang zwischen Haus und Garage, die Arme vor der Brust verschränkt, und sah ihnen entgegen.

Maigerle blieb stehen.

»Das ist sie«, sagte er zu Lindner, und ein Lächeln breitete sich auf seinem Gesicht aus. »Am nächsten Tag rief sie mich in der Direktion an und bedankte sich für meine Hilfe. Wir telefonierten in den Tagen danach immer wieder, und irgendwann lud sie mich auf ein Glas Wein zu sich ein.«

»Und jetzt leben Sie mit ihr zusammen«, kürzte Lindner die weitere Entwicklung ab.

»Ja, jetzt lebe ich mit ihr zusammen.«

Maigerle atmete tief durch, dann gab er sich einen Ruck und begleitete Lindner die letzten Meter bis zu Heidi Herbst.

* * *

Das Gespräch mit der Witwe des Korntaler Mordopfers brachte nichts Neues, und nach einer Tasse Kaffee und einem Stück Rührkuchen verabschiedete sich Lindner und fuhr wieder davon. An der Einmündung in die Landesstraße blieb er einen Moment lang stehen und dachte nach.

Roland Herbst war also streng genommen gar kein Mordopfer aus Korntal – auch wenn er dort noch gemeldet war. Konnte ihn sich der Täter nach den Unterlagen des Einwohnermeldeamts ausgesucht haben? Hatte er auf solche Unterlagen Zugriff? Oder hatten die Morde doch nicht so eindeutige Bezüge zum Pietismus, wie er bisher geglaubt hatte?

Aber die aufgetackerte Tageslosung, der speziell ausgewählte Tatort Korntal, zu dem das betäubte Opfer eigens hingefahren wurde? Die anderen Übereinstimmungen, auf die er gestoßen war?

Oder hatte der Täter einfach nur einen Fehler gemacht? So, wie es ihm mit den DNA-Spuren im Kurpark in Bad Boll passiert war? Hatte er vielleicht nur irgendjemandem aufgelauert, der den Kirschenhardthof am Abend des 1. Dezember verließ, in der Überzeugung, dass es sich dabei um einen Anwohner handeln würde? Hatte er sein späteres Opfer dann verfolgt, bis die beiden Fahrzeuge eine Stelle erreicht hatten, die günstig war, um Herbst zu stoppen und zu betäuben und sein Auto stehen zu lassen?

Lindner hatte viele Fragen und die eine oder andere Idee – aber das meiste passte noch nicht richtig zusammen, und schließlich weckte ihn lautes Hupen aus seinen Überlegungen. Hinter ihm stand eine Limousine, und der feiste alte Mann am Steuer hob beide Arme und schien lautstark vor sich hin zu schimpfen. Lindner hob eine Hand zur Entschuldigung und fuhr los.

Die Limousine bog nach links ab, und erst kurz vor Weiler zum Stein tauchte ein anderes Fahrzeug hinter ihm auf: ein schwarzer Kombi. Ein paar Mal blickte Lindner in den Rückspiegel und versuchte sich vorzustellen, wie es an diesem 1. Dezember gewesen sein könnte, als Roland Herbst am letzten Abend seines Lebens vielleicht genau auf dieser Straße von seinem späteren Mörder verfolgt wurde.

Der schwarze Kombi blieb auf der Ortsdurchfahrt von Weiler zum Stein hinter ihm und nahm auch nach dem Kreisel zwischen Weiler und Bittenfeld dieselbe Ausfahrt – was allerdings auch nicht verwunderlich war, denn dieser Weg führte ohne weitere Ampel oder Ortsdurchfahrt zur vierspurigen B14. Und als Lindner die Schnellstraße erreicht hatte, zog der schwarze Kombi zügig an ihm vorbei und war ihm schon bald darauf so weit in Richtung Stuttgart vorausgefahren, dass Lindner ihn nicht mehr sehen konnte.

Dass er den Kombi kurz nach dem Kappelbergtunnel wieder überholte, fiel Lindner wegen des dichten Verkehrs nicht auf. Und der schwarze Kombi folgte ihm danach unbemerkt bis Bad Boll, wo er ein paar Häuser vom Lindner'schen Bauernhof entfernt am Straßenrand stehenblieb.

Der Fahrer rieb sich die randlose Brille am Hemd sauber und merkte sich alles, was er sah. Die drahtige Alte, die auf einem Traktor an ihm vorübertuckerte und um das Haus herumkurvte. Die mollige Frau mit der Lockenmähne und den beiden vollen Einkaufstüten, die sich von einem Streifenwagen vor dem Haus absetzen ließ und von dem Mann mit Küsschen begrüßt wurde, den er vom Kirschenhardthof bis hierher verfolgt hatte.

Polizei. Das war gut. Das war eine schöne Herausforderung.

Der Mann grinste breit, startete den Motor und fuhr die Gruibinger Straße hinauf. Als er kurz vor dem Ortsrand ein Hotel erreichte, fuhr er auf den Parkplatz, nahm sich ein Zimmer und ließ sich ein üppiges frühes Abendessen schmecken.

* * *

Maria hatte dem Geschnetzelten eine deutliche asiatische Note gegeben, aber Ruth Lindner hatte tapfer alles aufgegessen. Danach legte sie die Gabel und die unbenutzten Stäbchen beiseite und lehnte sich in ihrem Stuhl zurück.

»I kann nemme«, stöhnte sie und lächelte dabei. »War gut, Maria, danke, des hot sehr … intressant gschmeckt.«

»Oh: interessant?«, versetzte Maria und lachte. »War's wirklich so schlimm?«

»Noi, aber i bin des halt net so gwöhnt, des Asiatische.«

»Italienisch ist dir lieber?«, fragte Lindner und grinste sie spitzbübisch an.

»Wie moinsch des?«

»Fritz Aichele hat sich gestern beim Italiener Pizza geholt, da hat er dich mit Eugen Rösler am Tisch in der Ecke sitzen sehen.«

»Ja ond? Derf i net au mal ausganga? Dr Eugen hot mir gsagt, i soll mir au amol was gönna. Dr Thea Wichern en Jebahausa hot er's au gsagt, ond die hot sich des glei zu Herza gnomma und isch Hals über Kopf irgendwo en d' Wellness ganga – no werd i doch wenigschdens oimol zom Italiener derfa, oder? Ond i sag dir ois: Schee war's, des mach i wieder amol!«

Sie war ein wenig aufgebraust, aber zum letzten Satz schlich sich schon wieder ein versonnenes Lächeln auf ihr faltiges Gesicht. Lindner lief es eiskalt den Rücken hinunter, wenn er sich vorstellte, wie der alte Rösler und seine Mutter am Ecktisch turtelten, wie sie sich zu Rotwein und Pasta über die privatesten Dinge unterhielten, und wie sie hinterher vielleicht sogar …

»Geht's dir gut, Stefan?«, fragte Maria, der auffiel, dass er etwas blass um die Nase geworden war. »Magst du einen Schnaps?«

»Ich? Äh …«

»Frau Lindner, haben Sie was da?«

Ruth Lindner deutete über die Schulter auf den Küchenschrank mit den Vorräten.

»Do henta fendsch an Obschtler vom Eugen.«

Maria huschte hinüber und kam mit einer angebrochenen Flasche und drei Schnapsgläsern zurück. Lindner erkannte die Flasche: In diesem Obstler hatte seine Mutter in der vergangenen Woche ihren verletzten Daumen gebadet. Spätestens jetzt brauchte er wirklich einen Schnaps. Er schenkte die drei Gläser randvoll und kippte seinen Klaren in einem Schluck hinunter.

»Noi, danke«, sagte Ruth Lindner und schob das Gläschen ein Stück von sich weg. »I mecht koin.«

Lindner sah seine Mutter verblüfft an: Ein Schnäpsle hatte sie noch nie ausgeschlagen, soweit er sich erinnern konnte.

»Was ist mit dir?«

»Ha, Bua, was hosch denn emmer mit mir? Ällaweil frogsch mi, was mit mir isch oder wie's mir goht. Des nervt fei!«

»Du lehnst einen Obstler ab, und dazu sogar noch einen von deinem Freund Rösler? Da stimmt doch was nicht!«

»Lass dr Eugen ausm Spiel, Jonger!«

Der veränderte Tonfall der Mutter war sogar Maria aufgefallen, aber nur Lindner selbst wusste, wie nah am Abgrund er sich befand, wenn er nicht »Bua«, sondern »Jonger« genannt wurde. Früher hatte es immer kurz darauf gescheppert, aber eine schallende Ohrfeige musste er als Erwachsener natürlich nicht mehr befürchten.

Ruth Lindner funkelte ihren Sohn wütend an, dann nahm sie das Schnapsglas doch noch und schüttete sich den Inhalt in den aufgesperrten Mund.

»So! Zfrieda?«

Damit stand sie auf und stampfte zur Küche hinaus. Maria sah verständnislos zwischen der Tür und Lindner hin und her.

»Was war das denn?«, fragte sie schließlich.

Lindner zuckte mit den Schultern.

»Keine Ahnung, aber ich mach mir halt Sorgen um meine Mutter. Seit sie beim Arzt war, ist sie wie ausgewechselt – und ich frage mich, ob die Laborergebnisse womöglich irgendeinen schlimmen Befund erbracht haben.«

»Du meinst, dass sie deshalb so gereizt ist?«

»Kann doch sein, oder? Normalerweise lässt sie sich von mir nicht so leicht provozieren. Und geschnäpselt hat sie bisher auch immer gern. Du solltest mal sehen, wie sie und ihre Freundinnen – die Boller Mädle, wie sie sich nennen – manchmal spätabends aus dem Bürgertreff nach Hause wanken. Ich glaube, die trinken ihre Likörle aus Wassergläsern, damit sie nicht so oft nachschenken müssen.«

Er lachte freudlos.

»Und dann will sie keinen Schnaps, und das nach diesem Essen …«

Maria zog eine Augenbraue hoch.

»Wie meinst du das: nach *diesem* Essen?«

Lindner erschrak. Jetzt musste ihm schnell etwas Nettes einfallen – er hatte keine Lust, es sich innerhalb weniger Minuten gleich mit beiden Frauen zu verderben, die ihm im Moment wichtig waren in seinem Leben.

»Na … äh … weil es für meine Mutter doch so ungewohnt sein muss, mit all den frischen Kräutern, den chinesischen Pilzen, den Sprossen, dem Zitronengras …«

Er stammelte weiter vor sich hin, während er Marias Miene musterte, die allerdings mit jedem seiner Worte ein wenig mehr von lauernd zu lächelnd wechselte. Da hatte er wohl noch einmal Glück gehabt.

»Du und deine Mutter, ihr seid schon zwei Originale.«

Sie stand auf, trug die Flasche und die Gläser zurück, lehnte sich an die Arbeitsplatte und sah Lindner an.

»Und jetzt holst du uns einen vernünftigen Roten aus dem Keller und erzählst mir, was du heute zu unserer Mordserie herausgefunden hast.«

Donnerstag, 28. Februar

Maria und Lindner fuhren am nächsten Morgen getrennt vom Hof. Sie machte sich auf den Weg zur morgendlichen Soko-Besprechung in Göppingen, er hatte sich mit den Kollegen von der Calwer Kripo verabredet, um dort mehr über den Mord in Bad Wildbad zu erfahren. Marias Dienstwagen war schon fast an der nächsten Kreuzung, als Lindner nach einigen Schwierigkeiten mit dem Rückwärtsgang endlich den Fiesta vom Hof gesteuert hatte. Auf dem Gehweg kam ein Mann mit randloser Brille heranspaziert, vermutlich ein Kurgast oder jemand, der sich für ein paar Tage im Badhotel ein Stück weiter oben die Straße einquartiert hatte – Lindner kannte ihn jedenfalls nicht. Er bremste ab und gab dem Fremden ein Zeichen, dass er ihn durchlassen wolle – aber der Mann lächelte ihn nur freundlich an und bedeutete ihm seinerseits mit einer höflichen, etwas gestelzten Geste, dass er selbst warten wolle, bis der Wagen vorbei war. Lindner nickte, gab Gas und fuhr die Gruibinger Straße hinunter. Der Fremde blieb noch auf dem Gehweg stehen und sah Lindner hinterher, dann schaute er sich etwas genauer um.

Auf der A8 ging es recht flott voran, nur manchmal hatte Lindner das Gefühl, der Kleinwagen würde oberhalb von 120, 130 Stundenkilometern nicht besonders gut mit Seitenwind zurechtkommen, also fuhr er langsamer und reihte sich irgendwann auf der rechten Spur ein, wo er bis nach dem Leonberger Dreieck gemütlich zwischen Lastzügen und Sattelschleppern dahinrollte. Danach machte die schöne und kurvige Strecke an Weil der Stadt vorbei, den Hügel hinauf und dann hinunter ins Nagoldtal dem Fiesta etwas zu schaffen, aber Lindner brachte alle Steigungen hinter sich und erreichte das recht moderne Gebäude der Kripo Calw pünktlich.

Bald darauf saß er den beiden Kollegen gegenüber, mit denen er sich verabredet hatte. Er war in einen hellen Besprechungsraum geführt worden, durch dessen Fenster man einen schönen Blick auf ein schlossartiges Gebäude auf der anderen Straßenseite hatte, und vor ihm standen Mineralwasser und eine Kanne Kaffee.

Der ältere seiner Gesprächspartner war Kriminalhauptkommissar Rolf Möhling, den seine von einem schlohweißen Haarkranz eingerahmte Glatze wirken ließ, als stünde er kurz vor der Pensionierung, und unter dessen Hemd sich ein leichter Bauchansatz abzeichnete. Möhling war Leiter der Soko Englische Kirche, die den Mord in Bad Wildbad bearbeitete, und neben ihm saß Kriminaloberkommissar

Horst Maier, Anfang vierzig, drahtig und recht klein gewachsen.

»Die Akten haben Sie ja«, sagte Möhling. »Und viel mehr können wir Ihnen leider gar nicht sagen.«

»Sie hatten in Ihrem Bericht DNA-Spuren erwähnt, die am Tatort gesichert wurden.«

»Ja, aber uns fehlt die Täterin dazu. Wir haben sie natürlich inzwischen auch mit der Genanalyse abgeglichen, die wir von Ihren Kollegen beim LKA bekommen haben – keine Übereinstimmung.«

»Gut, vielen Dank«, sagte Lindner, dann stutzte er. »Haben Sie gerade von einer Täterin gesprochen?«

»Ja, steht auch in den Akten: Wir gehen nach der Analyse davon aus, dass es sich um eine blonde, eher junge Frau handelt, Mitteleuropa, mit einiger Wahrscheinlichkeit blaue Augen.«

»Mist, das ist mir im Bericht gar nicht aufgefallen«, sagte Lindner und holte die Akten aus seiner Tasche, die er neben sich auf den Stuhl gelegt hatte.

»Lassen Sie mal sehen«, wies ihn Möhling an und streckte die Hand aus.

Der Tonfall des Kollegen ging Lindner gegen den Strich, aber er gab ihm die Unterlagen. Möhling blätterte eine Weile, dann reichte er die Aktenmappe zurück über den Tisch und wandte sich an seinen Mitarbeiter.

»Maier, machen Sie doch bitte mal eine Kopie der letzten Ergebnisse unserer DNA-Analyse. Offenbar ist vergessen worden, diesen Bericht den Akten fürs LKA beizufügen.«

Maier lief rot an und flitzte aus dem Zimmer.

»Entschuldigen Sie bitte«, brummte Möhling. »Da hat wohl jemand geschlampt. Das sollte natürlich nicht vorkommen.«

»Dass Ihre Spuren auf eine Täterin hinweisen, irritiert mich ein bisschen – wobei ... auch das beim ersten und vierten Mord der von uns vermuteten Serie gefundene Genmaterial passt nicht zusammen.«

»Man kann ohnehin nie ganz ausschließen, dass DNA, die am Tatort oder womöglich sogar am Opfer gefunden wurde, nicht auf ganz andere Weise dorthin gelangt ist.«

»Die DNA wurde in Wildbad, wenn ich mich recht an Ihren Bericht erinnere, an Stellen gefunden, wie sie typisch wären für jemanden, der das betäubte Opfer ohne Handschuhe angefasst und es transportiert oder noch am Tatort in die endgültige Position gebracht hat.«

Möhling nickte.

»So war es auch in Boll«, sagte Lindner.

»Sind Sie inzwischen völlig davon überzeugt, dass Sie es mit einer Serie zu tun haben?«

»Wir gehen davon aus. Die Opfer waren in allen vier Fällen auf dieselbe bizarre Weise inszeniert.«

»Der Mann lag da wie gekreuzigt, und das direkt neben dieser Kirche. Aber das Opfer war nach allem, was wir wissen, nicht übermäßig religiös, und wir haben auch in seinem persönlichen Umfeld keine besondere Beziehung zur Kirche feststellen können. Zwischen dem Opfer und dem Tatort scheint keine richtige Verbindung zu bestehen, und nichts, wirklich nichts hat uns bisher auf eine Spur gebracht, die den Täterkreis auch nur eingrenzen hilft. Manchmal frage ich mich, ob es den Mann nicht einfach zufällig erwischt hat. Aber was wäre dann ein Motiv?«

Möhling schüttelte den Kopf und wirkte nun sehr nachdenklich. »Da wählt eine Frau – falls unsere DNA-Spur wirklich vom Täter stammt – ein Opfer aus, schafft es über ein paar Kilometer hinweg an einen bestimmten Ort, immer in Gefahr, entdeckt zu werden oder Spuren zu hinterlassen, und dann bringt sie den Mann auf eine Art um, die religiöse Bezüge geradezu übertrieben offen zur Schau stellt.«

»Wir haben auffällige Bezüge zum Pietismus festgestellt«, sagte Lindner, als Möhling in grüblerisches Schweigen verfallen war. Der Leiter der Soko Englische Kirche hob den Kopf und sah Lindner an, als hätte er etwas selten Dämliches gesagt.

»Wie: Pietismus? Bringt Sie diese …«

Möhling tippte sich fahrig an die Stirn.

»Bringt Sie diese aufgetackerte Tageslosung auf diese Idee? So einen Kalender habe ich auch daheim, wenn auch nicht von diesen Zinzendorferinnen. Und natürlich haben wir auch überprüft, ob es zwischen diesem etwas schrägen Frauenclub und dem Opfer irgendeine Verbindung gibt – Fehlanzeige.«

Lindner erläuterte ihm die Bedeutung von Ort und Datum der vier Morde, wenn man alles mit Ereignissen und Persönlichkeiten der pietistischen Glaubensgemeinschaften in Württemberg in Beziehung setzte – nur für den Tag des Wildbader Mordes, den 18. August, konnte er keine Übereinstimmung benennen.

»Und die Englische Kirche?«, fragte Möhling. »Wie passt die da rein?«

»Weiß ich noch nicht.«

»Tolle Theorie!«

Einen Moment lang überlegte Lindner, ob er den Kollegen wegen des brüsken Verhaltens ihm gegenüber maßregeln sollte – da ging die Tür auf und Maier kam herein, zwei Kopien in der Hand.

»Hier, die DNA-Analyse«, sagte er und legte die Blätter auf den Tisch.

Lindner überflog das Schreiben, dann packte er es zusammen mit den anderen Unterlagen in seine Tasche und stand auf.

»Danke, Herr Maier. Dann werde ich Sie mal nicht weiter von Ihrer Arbeit abhalten. Mehr scheine ich im Moment nicht erfahren zu können – und meine … Theorie scheint Ihnen nicht allzu sehr weiterzuhelfen. Guten Tag.«

Damit nickte er Möhling knapp zu, der nun doch etwas irritiert wirkte.

»War das alles?«, fragte er.

»Wieso fragen Sie? Haben Sie noch was für mich?«

Möhling zuckte mit den Schultern.

»Eben«, versetzte Lindner. »Die Akten werden Sie ja gründlich geführt haben, und die DNA-Analyse habe ich jetzt auch. Dann les ich mir das lieber noch einmal in Ruhe durch, anstatt Sie mit meinen Fragen zu belästigen.«

Lindner wandte sich zum Gehen.

»Maier«, brummte Möhling hinter ihm, »begleiten Sie den Kollegen, vielleicht will er sich ja die Englische Kirche ansehen.«

»Mach ich, Chef«, beeilte sich Maier zu versichern und huschte hinter Lindner her auf den Flur hinaus.

* * *

»Nehmen Sie dem Chef bitte nicht übel, dass er zu Ihnen nicht besonders freundlich war.«

Maier sprach es gleich an, noch bevor er sich fertig angeschnallt hatte, und er wirkte wirklich peinlich berührt vom Benehmen seines Vorgesetzten.

»Ach, ist mir gar nicht aufgefallen.«

Kurz sah Maier überrascht zu Lindner hin, dann bemerkte er das säuerliche Grinsen seines Beifahrers und lachte kurz auf.

»Wissen Sie, Herr Lindner, das LKA ist im Moment nicht Möhlings liebste Behörde. Ihre Kollegen haben in den vergangenen eineinhalb Jahren zwei unserer Kripokollegen abgeworben, und ein dritter hat neuerdings ein Angebot auf dem Tisch.«

»Kenn ich, meine Chefs bei der Stuttgarter Kripo waren auch nicht allzu begeistert, als ich ihnen mitteilte, dass ich wechseln werde.«

Der Tod seines Kollegen, der kurz vor der Pensionierung gestanden hatte und der noch einen letzten Mordfall übernehmen musste, weil alle anderen Kollegen krank, in Urlaub oder wie Lindner auf Fortbildung waren, war ihm sofort wieder präsent. Ein Schatten huschte über sein Gesicht, aber bis Maier zu ihm herschaute, hatte er sich bereits wieder im Griff.

»Möhling hat's ohnehin nicht gerne, wenn ihm jemand in die Arbeit pfuscht.«

Er unterbrach sich.

»Oh, Entschuldigung, so war das nicht gemeint.«

»Vermutlich doch, aber das ist schon okay, Herr Maier. Das Gefühl, dass ich anderen in die Arbeit pfusche, wird mir in jüngster Zeit häufiger vermittelt. Daran werde ich mich wohl gewöhnen müssen.«

»Die Kollegen in Böblingen haben uns mal erzählt, dass da sogar ein Bestatter aus Weil der Stadt in einem Mordfall mitermittelt hat, vor vier Jahren war das – ich glaube, den hätte Möhling eigenhändig vom Hof gejagt!«

Maier lachte, überholte einen Kleintransporter, scherte recht knapp vor einem entgegenkommenden Wagen wieder auf die rechte Fahrspur ein und bemerkte gar nicht, dass sich Lindner auf dem Beifahrersitz ein wenig versteifte.

Der Kollege fuhr mit seinem Dienstwagen einen ziemlich heißen Reifen, und so kam schon nach etwa zwanzig Minuten das Ortsschild von Bad Wildbad in Sicht – danach ging es allerdings etwas weniger flott voran.

»Der Tunnel wird gerade renoviert«, erklärte Maier in aufgeräumter Stimmung, »und die Umleitung führt hier lang – dafür läuft es noch ganz gut, finde ich.«

Ein paar Minuten später stellte Maier den Wagen ab. Lindner deutete auf die imposante Kirche, an der sie gerade vorbeigefahren waren.

»Ist das die Englische Kirche? Die sah auf den Tatort-Fotos ganz anders aus – und vor allem deutlich kleiner.«

»Nein«, sagte Maier, »das ist St. Bonifatius, die katholische Kirche. Zur Englischen geht's hier lang.«

Damit wandte er sich ab. Lindner folgte ihm eine Treppe hinunter und einen Weg entlang bis zu einem alten Gemäuer, das zwischen Bäumen auf einer Wiese stand.

»Hier lag der Tote.«

Maier stand zwischen Kirchenschiff und den Bäumen und er deutete auf eine Stelle vor sich im Gras.

»Der Kopf zeigte zur Kirche hin, die Beine zu den Bäumen. Die Joggerin, die den Toten frühmorgens entdeckt hat, kam dort vorbei.«

Er deutete auf einen Spazierweg, der nur ein paar Meter vom Tatort entfernt vorüberführte. Etwa zehn Meter weiter weg verlief ein zweiter Fußweg, dahinter floss die Enz.

»Die hat fast der Schlag getroffen, sie zitterte noch wie Espenlaub, als Möhling und ich hier eintrafen, und hat sich auch von den uniformierten Kollegen nicht beruhigen lassen.«

Lindner stellte sich auf den Flecken Wiese, auf dem gut sechs Monate zuvor die Leiche gelegen hatte, und sah sich nach allen Richtungen um. Schön war's hier, die Wiese breitete sich sanft über ansteigendes Gelände aus, und die Kirche wirkte mit ihren teils rotbraunen, teils graugrünen Mauersteinen sehr malerisch und zwischen den sie umgebenden hohen Bäumen wie geschrumpft.

Die Stelle war geschickt gewählt. Nachts gegen zwei, als der Mord den Unterlagen zufolge begangen worden war, dürfte hier nicht mehr viel los gewesen sein; und der bei Joggern und Radlern vermutlich beliebte Kurpark sorgte dafür, dass die Leiche am Morgen bald gefunden wurde. Dazu die pittoreske Kulisse – Lindner kam immer mehr zu der Überzeugung, dass der Täter mit jedem Mord mehr auf die Beschaffenheit des Tatortes geachtet hatte.

Das erste Opfer lag am Waldrand, noch etwas versteckt. Das zweite Opfer wurde bereits gewissermaßen mitten im Ort gefunden: in einem Grünstreifen, der weit nach Altdorf hineinreicht. Das dritte im Wildbader Kurpark, neben der Englischen Kirche. Und das vierte im Boller Kurpark, sozusagen mit Blick auf das Historische Kurhaus.

Wenn der Täter seiner Linie treu blieb und wenn er weitermachte: Wie spektakulär würde dann der Schauplatz seiner nächsten Inszenierung ausfallen müssen?

»Konnten Sie feststellen, auf welchem Weg der Täter …«

»Wir haben weibliche DNA sichergestellt, Herr Lindner.«

Lindner nickte.

»… oder die Täterin das Opfer zum Tatort geschafft hat?«

»Auf der Wiese führten nur Spuren von der Strecke der Joggerin zum Tatort hin und wieder zurück zum Weg. Die Wege sind asphaltiert, dort verlor sich also unsere Spur. Ich nehme aber an, dass die Täterin denselben Weg nahm wie wir.«

Er deutete in die Richtung, aus der sie gekommen waren.

»Im August 2012 war der Tunnel noch offen, es gab keine Umleitungen, also könnte sie auch als Ortsfremde ohne Weiteres bis hierher gefahren sein – oder bis zur Wegkreuzung dort vorne. Dann ist sie mit dem betäubten Opfer die paar Meter zu Fuß gegangen und hat nur auf dem letzten Wegstück über die Wiese Fußspuren hinterlassen.«

»Das hat niemand gesehen?«

Maier sah ihn belustigt an.

»Nachts um zwei? In Wildbad?«

Lindner schaute sich noch einmal um, aber es fiel ihm nicht mehr auf als beim ersten Mal. Und schließlich ging er mit Maier zurück zu dessen Dienstwagen. Auf der Rückfahrt in Richtung Calw führte die Umleitung durch die Innenstadt. In der König-Karl-Straße gingen mehrere kleine Brücken nach rechts über die neben der Straße fließende Enz, und links hing ein Plakat im Schaufenster einer Buchhandlung – es wurde auf eine Krimilesung hingewiesen, und ein knallroter, schräg aufgeklebter Streifen verkündete in großen Lettern, dass die Veranstaltung ausverkauft war.

* * *

Als er Altdorf erreichte, war am verabredeten Treffpunkt von der Böblinger Kripo noch niemand. Lindner nutzte die Wartezeit, um sich im Dorf eine Brezel zu kaufen und, wieder am Treffpunkt angekommen, im LKA anzurufen. Seinen Vorgesetzten erwischte er beim Mittagessen, aber Kortz hatte offenbar schon genug von Kartoffelbrei, Bratwurst und Rotkraut und hörte Lindner zu, während er seinen halbvollen Teller abräumte.

»Machen Sie sich wegen Möhling keinen Kopf«, sagte Kortz noch, bevor sie das Gespräch beendeten. »Das ist ein ungehobelter Klotz, aber er hat was auf dem Kasten. Mir ist er auch blöd gekommen, als ich ihn das erste Mal angerufen habe – der mag uns nicht, damit kann ich leben. Sie hoffentlich auch.«

Eine silbern lackierte Limousine blieb direkt hinter Lindners Wagen stehen, und eine groß gewachsene, hagere Frau mit raspelkurzen schwarzen Haaren stieg aus.

»Herr Lindner?«, fragte sie und legte, als er nickte, ihren breiten Mund in ein strahlendes Lächeln, schüttelte ihm die Hand, packte dabei fest zu und wies ihm mit sanftem Druck gegen die Schulter den Weg zum Tatort.

»Kommen Sie, da geht's lang«, sagte sie und stellte sich im Gehen vor: »KHK Sarah Rommel, ich arbeite vom ersten Tag an in der Soko Altdorf mit, inzwischen sind wir ein bisschen weniger Leute als zu Anfang, aber wir haben noch immer jede Menge Spuren, denen wir nachgehen müssen – bisher war leider keine darunter, die uns zum Täter geführt hätte.«

Sie gingen quer über eine Wiese bis zur Uferböschung der Würm, die hier noch als kleiner Bach vorbeigluckste. Lindner kannte die Stelle von den Tatort-Fotos.

»Hier lag sie«, bezeichnete Sarah Rommel die genaue Stelle. »Füße hier, Kopf da, und hier war die kleine Grube ausgehoben, in die das ganze Blut lief.«

Sie sah ihn während ihrer Erläuterungen die ganze Zeit aufmerksam an, und als sie keine Reaktion auf die Details erkennen konnte, nickte sie knapp und gönnte sich ein leichtes Lächeln.

»Eine Freundin von mir muss sich in Soko-Besprechungen immer mächtig zusammenreißen, wenn die Tatort-Fotos gezeigt werden – sie hat nicht den stärksten Magen. Sie werden vielleicht sogar mit ihr zu tun bekommen – sie ist bei der Waiblinger Kripo, und aus ihrem Zuständigkeitsbereich kommt die Leiche Ihres ersten Mordes – so hat mir das jedenfalls der Kollege gesagt, mit dem Ihr Vorgesetzter telefoniert hat.«

»Bei den Waiblingern war ich schon gestern, ein KOK Maigerle hat mir Auskunft gegeben.«

»Ach, der Alex, der ist auch okay. Seine Band müssen Sie sich mal anhören, Bluesrock und so – und die spielen immer dieselbe Zugabe, der Song hat irgendeinen Frauennamen als Titel, aber ich komm grad nicht drauf.«

»Schon gut, danke. Hat sich denn zusätzlich zu dem Bericht, der mir vorliegt, noch etwas Neues ergeben?«

»Nein, der ist aktuell. Zuletzt hat sich nicht mehr viel getan. Wir haben die DNA, gehen von einem Mann mittleren Alters aus, Mitteleuropa, braune Augen möglicherweise, und ein paar Haare von ihm haben wir auch gefunden … Recht lang für einen Mann, wobei …«

Sie lachte und fuhr sich mit der Hand langsam über den Schädel.

»Blond, glatt, mit reichlich Spliss. Vielleicht hat sich der Täter die Haare zu schnell zu lang wachsen lassen.«

»Sie haben keine Übereinstimmungen zu Verdächtigen gefunden?«

»Nein, leider nicht. Und auch die DNA, die unsere Kollegen in Bad Boll gefunden haben, stimmt nicht mit unserer überein.«

»Das kann man schon wieder als Übereinstimmung sehen«, brummte Lindner. »Wir haben an den vier Tatorten Genmaterial von drei männlichen und einer weiblichen Person gefunden – und keine passt zu jemandem, der in den jeweiligen Fällen irgendwie verdächtig wäre.«

»Dann suchen Sie eine Bande aus vier scheinbar grundlos zuschlagenden Mördern – oder die DNA stammt in keinem oder nicht in allen Fällen vom Täter.«

Sie sah ihn knitz an.
»Eher Antwort zwei, oder?«
Lindner nickte.
»Und das macht es nicht besser«, fügte er hinzu.
Er sah sich um. Nach Norden hin waren Bäume und Wohnhäuser zu sehen, im Osten zwei Fußballtore und ein Spielplatz. In Richtung Süden lag jenseits der Würm ein Feld, weiter entfernt standen Gartenhütten und Wohnhäuser. Im Westen wurde die Wiese von einer Straße durchschnitten, einige Glas- und Papiercontainer waren dahinter aufgestellt.
»Wissen Sie, welchen Weg der Täter zum Tatort nahm?«
Sarah Rommel deutete nach Westen.
»Er hat wohl dort hinten an der Würmstraße den Wagen abgestellt und ist dann auf der Wiese immer am Ufer entlang bis hierher gegangen. Das ist ein ordentliches Stück, und sein Opfer war nicht besonders leicht: Ilse Pfleiderer, 62, eine kaufmännische Angestellte aus Jettingen – sie hatte gut zehn Kilo Übergewicht. Da musste der Täter also ganz schön schleppen, aber die Würm entlang war er im Dunkeln einigermaßen in Deckung. Wir haben überall rumgefragt, aber es hat ihn niemand gesehen, weder auf dem Hinweg mit dem Opfer, noch auf dem Rückweg ohne. Auch sein geparkter Wagen ist niemandem aufgefallen – aber die Spuren in der Wiese ließen kaum einen Zweifel daran, dass er ihn wirklich dort hinten abgestellt hatte.«
»Gut, also suchen wir nach jemandem, der rund siebzig Kilo über gut hundert Meter tragen kann.«
Er sah die Kollegin an.
»Würden zum Beispiel Sie sich das zutrauen?«
»Ich war's nicht«, versetzte Sarah Rommel grinsend. »Aber im Prinzip: Das würde ich schon hinbekommen, wenn ich unbedingt wollte. Und Sie sehen ja, dass ich nicht gerade ein Muskelprotz bin.«
»Also wäre eine Frau ebenfalls möglich, und von der Konstitution her … nun, sagen wir: Normal kräftig sollte reichen.«

»In den Unterlagen haben Sie sicher gelesen, dass wir wegen des morastigen Bodens direkt an der Würm auch mit Fußspuren ganz gut versorgt wurden: Gummistiefel, Größe 42, normales Profil.«

»Was die Zahl der potenziellen Täter nicht sehr eng einschränkt.«

»Stimmt leider, Herr Lindner, aber immerhin.«

»Von den DNA-Spuren abgesehen: Haben Sie denn jemanden ausfindig machen können, der die Dame hätte ermorden können?«

»Kein Motiv weit und breit. Frau Pfleiderer war bei den meisten beliebt, und wer sie nicht mochte, hatte zumindest keine größeren Probleme mit ihr. Sie lebte allein, hatte keine Kinder, war nie verheiratet, ging alle drei, vier Wochen in die Kirche, war aber nicht unbedingt als besonders fromm bekannt; sie half früher mal bei Gemeindefesten aus, spendete Kuchen, solche Sachen halt. Im Büro fiel sie auch nicht weiter auf, hatte nie Ärger und hielt sich auf Firmenfesten eher zurück. Ein Hobby betrieb sie wohl keines, aber sie muss gern gelesen haben – in ihrem Wohnzimmer, im Flur und im Schlafzimmer ächzen einige Regalmeter unter den vielen Büchern, darunter Klassiker wie Jane Austen ebenso wie Regionalkrimis und Komödien.«

»Hat sie irgendeinen Bezug zum Tatort? Oder zu Altdorf insgesamt? Zu irgendjemandem hier in der direkten Umgebung?«

Sarah Rommel schüttelte den Kopf.

»Nichts. Das war der frustrierendste Teil der Ermittlungen – da klappert man den halben Ort ab, stellt tagelang die immer gleichen Fragen, und dann kommt praktisch nichts dabei heraus. Klar, sie kannte ein paar Leute aus Altdorf – sie wohnte ja selbst gerade mal siebzehn Kilometer entfernt. Aber das sind alte Schulfreundinnen, dazu ein Metzger, bei dem sie alle paar Wochen mal vorbeikam, um Kutteln zu kaufen, und ein Biobauer, der im Direktverkauf Geflügel, Eier und so anbietet. Mehr nicht.«

»Wohnte sie denn in Sindlingen? In den Unterlagen steht als Adresse nur Jettingen und die Franziska-von-Hohenheim-Straße – aber ich kenne mich hier in der Gegend nicht gut genug aus, um das richtig zuordnen zu können.«

»Ja, das ist in Sindlingen, direkt an der Hauptstraße und nahe bei Kirche und Schloss – wobei ›nahe bei‹ in einem winzigen Flecken wie Sindlingen nicht viel heißt. Aber warum fragen Sie?«

»Der Prediger Johann Michael Hahn wurde am 2. Februar 1758 in Altdorf geboren und zog später nach Sindlingen, wo er auch starb.«

»Das passt zum Todestag von Ilse Pfleiderer, zu ihrem Wohnort und zum Tatort – wenn auch sozusagen in umgekehrter Reihenfolge. Hahn, der Pietist, und dazu die aufgetackerte Tageslosung der Zinzendorferinnen, ebenfalls Pietistinnen – so weit ist es klar. Aber was sollte das in der heutigen Zeit mit einem Mord zu tun haben? Wo wäre das Motiv, wo ein möglicher Täter?«

»Keine Ahnung, aber für einen bloßen Zufall mag ich das alles nicht halten – zumal auch die anderen Mordfälle, die ich untersuche, ähnliche Bezüge haben. Und immer dieselbe Inszenierung: mit der ›gekreuzigten‹ und ›geschächteten‹ Leiche.«

»Na, immerhin in diesem letzten Punkt hat unser Täter oder unsere Täterin ganz schön geschlampt. Weder passen Christentum und Schächtung zusammen noch wurde das Opfer wirklich geschächtet: Die Halsschlagader wurde nicht quer, sondern längs aufgeschnitten. Die religiösen Vorschriften sehen in beiden Fällen eigentlich einen Schnitt ohne vorherige Betäubung vor. Und koscher oder ›halal‹ wäre eine Frau von 62 Jahren auch nicht gerade …«

»Gut recherchiert, Kollegin.«

»Na, hören Sie mal«, begehrte sie in gutmütigen Ton auf. »Da legt uns einer eine Frauenleiche an die Würm, legt sie aus wie zu einer Kreuzigung, tackert einen Bibelspruch auf die Stirn – da machen wir uns natürlich auch zu allen möglichen religiösen Anspielungen schlau. Aber auch das hat leider nichts ergeben. Und es hakt auch ein wenig. Nehmen wir mal an, der Täter wollte sein Opfer wirklich schächten und hat es einfach nur falsch angepackt – weil er es nicht besser wusste, weil er es handwerklich nicht konnte oder weil er vor allem Wert darauf legte, dass das Blut einigermaßen vollständig in die kleine Grube neben dem Hals des Opfers abliefe: Da wäre doch gerade ein Hinweis auf den Pietismus ein Witz.«

»Warum das?«

»Die Tierschutzbewegung wurde 1837 von Albert Knapp gegründet, einem Pietisten, der als Pfarrer und Dichter wirkte und der mit Ludwig Hofacker befreundet war, ebenfalls einem bedeutenden Erweckungsprediger.«

Die Kollegin ratterte das wie aus der Pistole geschossen herunter, es klang wie auswendig gelernt.

»Wo haben Sie das denn her?«

Sarah Rommel rollte genervt mit den Augen.

»Ich bekam vom Soko-Chef die Aufgabe, mich in die Themen mit religiösen Bezügen einzulesen. In der Buchhandlung wurde mir zum Beispiel ›Das schwäbische Paradies‹ empfohlen, ein Taschenbuch mit Aufsätzen über Personen und Ereignisse aus der Geschichte des württembergischen Pietismus – liest sich eigentlich ganz flott, ist unterhaltsam geschrieben und sehr anschaulich formuliert, aber das Zeug kriegen Sie nicht mehr aus dem Kopf, sage ich Ihnen!«

»Das Buch kenn ich – hat mir ein Kollege für die Recherchen geliehen.«

Sie schnaubte.

»Und das war nicht das einzige! Aber immerhin können Sie mich jetzt zum Pietismus fragen, was Sie wollen – das meiste dürfte ich Ihnen beantworten können.«

Lindner grinste, dann fiel ihm etwas ein.

»18. August – sagt Ihnen das was?«

»Hm …«

Ihr Blick ging in die Ferne, nach gut einer Minute legte sich ein schiefes Lächeln auf ihr Gesicht.

»Ich hatte doch gerade über Ludwig Hofacker gesprochen.«

Lindner nickte.

»Der war anfangs noch nicht besonders fromm unterwegs. Als Sohn eines Pfarrers hatte er natürlich auch ziemlich früh eine Laufbahn in der Kirche im Blick, aber er muss während seiner Ausbildung in Maulbronn und Schöntal durchaus auch, sagen wir mal: diesseitige Genüsse geschätzt haben. Dann kam er unter den Einfluss einiger pietistischer Eiferer, und am 18. August 1820 – da haben wir Ihr Datum – bekam er in Tübingen einen Sonnenstich ab, strauchelte, stürzte und verletzte sich schwer an einem Blitzableiter. Davon hat er sich zeitlebens nicht mehr ganz erholt, aber der Schicksalsschlag hat ihn als Prediger zur heißen Nummer gemacht. In Stuttgart, wo er eine Zeitlang seinen Vater an der Leonhardskirche vertrat, zog er die Leute so sehr in seinen Bann, dass einige bald darauf stundenlange Fußmärsche auf sich nahmen, nur um Hofacker predigen zu hören.«

Sie schüttelte fassungslos den Kopf.

»Hat Ihnen das irgendwie weitergeholfen?«

»Ja, sehr sogar: Am 18. August 2012 wurde in Bad Wildbad eine Leiche im Kurpark gefunden – bisher das einzige Datum, auf das ich mir mit Blick auf die Pietisten keinen Reim machen konnte.«

»Und Hofacker wurde in Wildbad geboren. Na, dann hab ich mir mein Erweckungstrauma wenigstens nicht völlig vergeblich angelesen.«

»Merken Sie sich die Daten noch ein bisschen«, bat er sie und lächelte sie an. »Kann gut sein, dass ich auf Ihr Detailwissen noch ein paar Mal zurückkommen werde.«

»Kein Problem. Wie gesagt: Bis ich all das Zeug wieder aus dem Kopf bekomme, wird es ohnehin noch ein Weilchen dauern.«

* * *

In der Küche lag ein Notizzettel auf dem Tisch, der erste seit langem, und diesmal war er nicht, wie sonst immer, von seiner Mutter, sondern von Maria. »Bin Pasta holen«, hatte sie hingekritzelt. Lindner sah auf die Uhr und rechnete nach: Kurz nach sechs hatte er von unterwegs aus angerufen, dann müsste Maria in etwa zehn Minuten wieder hier sein.

Er stellte seine Tasche im Flur ab, hängte seine Jacke auf und deckte den Tisch. Tiefe Teller, Salatschüsseln, Besteck, Wein- und Wassergläser für drei Personen, Parmesankäse und Reibe, Mutters selbst angesetztes Chiliöl, Salz und Pfeffer, und dazu noch die gläserne Vase für den kleinen Blumenstrauß, den er unterwegs gekauft hatte.

Lindner sah auf die Uhr, die zehn Minuten waren um. Er schaute in den Hof hinunter. Der Schlepper stand dort, daneben Nickels famoser Leihwagen, der auf der Rückfahrt nach Boll in jeder Kurve bedenklich geknackt und gescheppert hatte. Marias Wagen fehlte. Er schaute zur Straße hin durchs Fenster, auch hier war niemand zu sehen. Maria würde sich wohl etwas verspäten.

Also ging er nach seiner Mutter sehen. Im Bad war sie nicht, auch das Schlafzimmer war leer, und weder in der Waschküche noch auf dem Dachboden konnte er sie entdecken. Er zog seine Jacke noch einmal über, schlüpfte in seine Gummistiefel und stapfte auf den Hof hinaus.

»Mutter?«

Außer dem leisen Gackern der Hühner bekam er keine Antwort. Er lugte in den Schuppen und überlegte sich gerade, wo seine Mutter zu Fuß noch hingegangen sein könnte, als Maria auf den Hof fuhr.

»Na, entdeckst du dein Herz für die Landwirtschaft, oder warum stiefelst du hier herum, anstatt oben auf das Essen zu warten?«

Maria hielt zwei Warmhaltepackungen und einen Salat in der transparenten Plastikbox hoch.

»Jetzt komm schon, bevor unser kleines Dinner noch kalt wird.«

Er folgte ihr nach drinnen, streifte die Stiefel ab und holte sie an der Tür zur Küche ein, wo sie den gedeckten Tisch betrachtete. Dann drehte sie sich um, lehnte sich lächelnd gegen Lindner, hauchte ihm ein »Danke! Du bist ein Schatz!« zu und küsste ihn. Ihm hätte das noch mehr gefallen, wenn ihm nicht mit jeder Sekunde die beiden Nudelgerichte den Bauch etwas mehr aufgeheizt hätten. Bevor es ihm zu arg wurde, schob er Maria ein wenig zurück und quittierte ihren enttäuschten Blick mit einem Fingerzeig auf die Warmhaltepackungen.

»Die Pasta ist ziemlich heiß, da sollte sie lieber in den Bauch rein als auf ihn drauf, meinst du nicht auch?«

Maria lachte, öffnete die Packungen und stellte das Essen auf den Tisch.

»Ein Gedeck kannst du wieder wegnehmen«, sagte sie, legte sich eine Serviette auf den Schoß und manövrierte mit Löffel und Gabel eine halbe Portion Spaghetti mit Krabben in Sahnesoße auf ihren Teller. Dann verteilte sie Salat auf ihre und auf Lindners Schüssel. Er schaufelte sich währenddessen überbackene Rigatoni mit Hackfleischsoße aus der Aluform und legte gleich los.

»Ist Mutter nicht da?«, fragte er mit vollem Mund.

»Nein, war schon weg, als ich kam.«

»Und wo ist sie hin?«

»Weiß ich nicht. Ich bin ja schon froh, dass sie nichts dagegen hat, dass du mir einen Schlüssel fürs Haus gegeben hast – da kann ich nicht auch noch erwarten, dass sie sich bei mir abmeldet.«

»Das mit dem Schlüssel hätte ich schon viel früher machen sollen«, brachte Lindner hervor und grinste Maria an. »Schmeckt gut, was du da geholt hast!«

Maria nickte lächelnd.

»So exotisch isst du ja in aller Regel nicht – die paar Gerichte, die du dir immer und immer wieder bestellst, kann ich mir leicht merken.«

»Apropos merken: Heute habe ich mit einer Kollegin von der Böblinger Kripo gesprochen, Kriminalhauptkommissarin Sarah Rommel. Die hat sich für die Ermittlungen zum Mordfall in Altdorf für die Soko in das Thema Pietismus eingelesen – und jetzt ist die praktisch ein wandelndes Lexikon für diesen Bereich.«

Lindner aß mit großem Appetit und erzählte ohne Hintergedanken, und so entging ihm, dass sich in Marias aufmerksamen Blick noch eine zweite Regung mischte.

»Die hat mich endlich auch drauf gebracht, was es mit dem 18. August auf sich hat – du weißt doch noch? Der Tag, an dem in Bad Wildbad der Tote im Kurpark lag?«

»Ja«, sagte Maria, und ihre Stimme klang ein wenig kühler als vorhin. »Ja, das konnte ich mir merken.«

»Sie konnte mir auswendig sagen, dass Ludwig Hofacker am 18. August 1820 in Tübingen einen Sonnenstich hatte und sich bei einem daraus resultierenden Sturz schwer verletzte – das soll ihm sozusagen den letzten Schub hin zum beseelten Erweckungsprediger gegeben haben, stell dir vor!«

»So, so, stell dir vor.«

»Ja, und jetzt ergibt auch das endlich einen Sinn: Hofacker, geboren in Bad Wildbad, ein wichtiges Datum jährt sich am Todestag des dortigen Mordopfers, und die Pregizer landen mit ihren Lichtmess-Besuchen jeden Februar in Zwerenberg, woher das Mordopfer stammt.«

Lindners Tonfall war geradezu schwärmerisch geworden.

»Ach«, versetzte Maria. »Und das hat dir alles Sarah Rommel verraten? Wie schön.«

»Na ja, das mit den Pregizern wusste ich schon vorher, aber der 18. August … das war wirklich sehr hilfreich.«

Er kaute.

»Die ist einen halben Kopf größer als ich, ganz schlank, eher schon hager, und hat raspelkurze schwarze Haare – und die hat echt was auf dem Kasten.«

Lindner nahm sich nach und achtete nicht darauf, dass Maria mit einer energischen Bewegung etwas Salat aufspießte und dabei so zackig zu Werke ging, dass die Scheibe des hartgekochten Eis, die sie ebenfalls erwischte, dabei zerriss und das Eigelb zurück in die Schüssel bröselte.

»Und was habt ihr Neues herausgefunden?«, fragte er und saß weiterhin tief über seinen Teller gebeugt.

Als keine Antwort kam, hob er den Blick und fing Marias wütenden Blick auf. Die Augen waren zu Schlitzen verengt, und sie kaute mit heftig malmenden Bewegungen.

»Ganz schlank, eher schon hager, raspelkurze schwarze Haare – muss ja eine ganz Tolle sein, deine Sarah Rommel«, zischte Maria schließlich, warf ihr Besteck auf den noch zur Hälfte gefüllten Teller und stapfte aus der Küche. Die zuknallende Tür ließ Lindner noch zusammenzucken, dann schüttelte er den Kopf, grinste wegen Marias Eifersucht – obwohl er ihre Reaktion doch ein wenig übertrieben fand. Er aß erst einmal seine Rigatoni auf, bevor er sich daranmachte, sich wieder mit seiner Freundin zu versöhnen und herauszufinden, was ihr vor seiner harmlosen Bemerkung die Laune verdorben hatte.

Es dauerte lange diesmal, länger als sonst. Maria war ab und zu etwas impulsiv, was ihm in der Regel gut gefiel – aber heute hatte er einen schlechten Tag erwischt. Lindner sah ja noch ein, dass er gegenüber seiner etwas molligen, etwas kleineren Freundin mit ihrer kaum zu bändigenden Wuschelmähne besser nicht von einer sehr schlanken, großgewachsenen und kurzhaarigen Frau geschwärmt hätte – aber für Marias heftige Reaktion hatte Kollege Roeder das Feld bereitet, indem er sich vor dem Mittagessen eine Frechheit geleistet hatte, die sogar für einen Trampel wie ihn bemerkenswert war.

Die Soko hatte etwas später getagt als an den vorangegangenen Tagen, und als alles besprochen war, machten sich die meisten zum Mittagessen auf. Roeder, offenbar gefrustet von den stockenden Ermittlungen und der noch immer ungeklärten Identität des Mordopfers, hatte ein paar bissige Bemerkungen gegenüber Maria gemacht. Meist ging es darum, dass sie doch so einen guten Draht zu Lindner, dem LKA-Mann, habe, und dass der vielleicht heute Abend mit ihr in aller Ruhe neue wichtige Ermittlungsergebnisse besprechen konnte.

»Da lässt du das Essen heute Mittag vielleicht lieber ausfallen, Maria«, hatte Roeder im Hinausgehen noch gesagt. »Es gibt heute ohnehin Krustenbraten, fettes Schweinefleisch, da wird sich Stefan heute Abend sicher was Besseres raussuchen.«

Dabei hatte er Maria auf eine Art angesehen, die wahrscheinlich gar nichts bedeuten sollte – die für sie aber das Fass zum Überlaufen brachte. Sie hatte noch gewartet, bis der Letzte den Raum verlassen hatte, dann hatte sie sich ans Fenster gestellt, bis sie die blöde Anspielung auf ihre füllige Figur einigermaßen verdaut hatte.

Lindner holte den Wein und die Gläser in sein Jugendzimmer herüber, um noch eine Weile ungestört mit Maria reden zu können. Als nach gut einer Stunde der Wein fast geleert war, sah sie sich im Zimmer um und nickte zu der Tapete hin.

»Das solltest du jetzt wirklich mal neu machen«, sagte sie. »Du bist doch keine dreizehn mehr.«

»Tapezieren? Ich?« Lindner hob die linke Hand, drehte sie hin und her und sagte: »Davon hab ich zwei.«

»Versuch's halt mal, das entspannt – und wenn's fertig ist, kannst du stolz drauf sein und jedem erzählen, dass du das ganz allein hinbekommen hast.«

Sie lächelte ihm zu und kniff ihn leicht ins Kinn.

»Na, was ist?«

Lindner zuckte mit den Schultern.

»Ich helf dir auch, die Tapete rauszusuchen.«

Er zögerte kurz, aber da war schon längst entschieden, dass er aus dieser Nummer nicht mehr herauskam.

»Meinetwegen«, sagte er lahm. »Aber das muss nicht gleich heute sein, oder?«

»Demnächst gehen wir einkaufen, und dann krempelst du die Ärmel hoch.«

»Klingt toll«, brummte er und machte dazu eine säuerliche Miene.

»Abgemacht!«, rief Maria und hob ihr Glas. »Darauf trinken wir!«

* * *

Um halb zehn ließ es ihm keine Ruhe mehr, dass seine Mutter noch immer nicht nach Hause gekommen war – und er wusste noch nicht einmal, ob es ihm einfach unangenehm war, dass sie womöglich schon wieder mit Rösler um die Häuser zog, oder ob er sich tatsächlich um seine Mutter sorgte.

Auch die Tote im Boller Kurpark war bisher von niemandem vermisst worden, noch immer war ihre Identität ungeklärt – und vielleicht hätte sich um die tote Frau besser mal früher jemand Sorgen gemacht. Maria war zusehends genervt und betonte ein ums andere Mal, dass seine Mutter erwachsen war und tun und lassen konnte, was sie wollte.

Schließlich sah er das Telefonmenü nach unbeantworteten Anrufen durch, und tatsächlich fand er für halb vier einen Eintrag mit einer Nummer aus dem Boller Ortsnetz. Auf Verdacht schlug er im Telefonbuch den Anschluss von Eugen Rösler nach: Es war die Nummer im Anrufspeicher. Eine Weile rang Lindner mit sich, dann rief er – obwohl ihm Maria dringend davon abriet – Rösler schließlich an.

Es dauerte eine Weile, bis der Apfelbauer ans Telefon ging, und seine schleppende Aussprache verriet, dass er sich wieder eingehend mit Most oder Obstler oder mit beidem beschäftigt hatte.

»Guten Abend, Herr Rösler, Stefan Lindner hier. Ist denn meine Mutter zufällig bei Ihnen?«

»Zufällig? Nein, Bub, wenn sie hier ist, dann ist das nie Zufall.«

Er kicherte ein wenig, eine lange Pause entstand.

»Hallo? Herr Rösler, sind Sie noch da?«

»Ha, wo soll ich denn sonst sein, Bub? Aber deine Mutter ist nicht hier, tut mir leid. Tut mir wirklich leid, ich hätte sie gerne auf ein, zwei Gläsle eingeladen, aber als ich heute Nachmittag bei ihr daheim angerufen habe, ging niemand ran. Wahrscheinlich ist sie mit ihren Boller Mädle unterwegs, oder sie hat …«

Er kicherte wieder.

»Sie hat … was?«

Lindner war nicht nach dem albernen Gegacker eines betrunkenen alten Mannes zumute.

»Ach, im Moment hören die Frauen einfach auf mich, Bub. Was hab ich mir bei der Thea den Mund fusslig geredet, dass sie sich endlich mal was gönnen soll, dass sie ausbrechen soll aus ihrem ständigen Trott – immer nur arbeiten, das ist doch nichts!«

Lindner erinnerte sich, dass auch seine Mutter von einer Thea gesprochen hatte, auch wenn er nicht mehr auf den Nachnamen kam und darauf, wo diese Thea wohnte.

»Und jetzt endlich hat sie meinen Rat angenommen und gönnt sich was, hat sich einfach ausgeklinkt und macht Pause. Ich hab zwar keine Ahnung, wo und wie, aber ich freu mich jetzt erst einmal für sie – und ein bisschen stolz bin ich schon auch. Schließlich hab ich sie erst auf die Idee gebracht.«

»Könnte sie mit dieser Thea unterwegs sein? Ist die hier aus der Gegend?«

»Ha, ich weiß doch gar nicht, wo die Thea ist. Und woher sollte es deine Mutter wissen? Die Thea hat ihren Bauernhof in Jebenhausen von jetzt auf gleich Bauernhof sein lassen und macht sich jetzt irgendwo ein paar schöne Tage. Und vielleicht macht's deine Mutter genauso …«

»Das kann ich mir nicht vorstellen.«

»Weißt, Bub, als Kind kann man nicht immer in die Eltern reinschauen. Die haben auch ein eigenes Privatleben.«

»Ja, gut, schon recht, danke, und entschuldigen Sie bitte die Störung.«

Damit drückte er das Gespräch weg. So weit kam's noch: Er würde sich jetzt sicher nicht Lebensweisheiten von einem betrunkenen Apfelbauern anhören, der wahrscheinlich sein Lebtag nie weiter in der Welt rumkam als bis zum Landwirtschaftlichen Hauptfest auf dem Cannstatter Wasen.

Maria saß vor dem Fernseher und war beleidigt, weil sich Lindner gegen ihren Ratschlag am Telefon zum Affen gemacht hatte. Also setzte er sich noch eine Weile an den Küchentisch, blätterte im Amtsblatt und in den Zeitungen der vergangenen Tage. Das lenkte ihn leidlich ab – mit der Folge, dass ihm die entscheidende Idee erst kurz vor elf kam.

Die Haustür fiel ins Schloss, und auf der Treppe waren unsichere Schritte zu hören. Lindner sprang auf und ging dem Neuankömmling entgegen. Es war seine Mutter, und ihre leicht geröteten Augen und der feste Griff, mit dem sie sich den Handlauf entlang die Treppe hochzog, gaben ihm eine Ahnung, wo sie den Abend verbracht hatte.

»Na, wie war's im Bürgertreff?«

»Gut«, brachte Ruth Lindner hervor und wankte ohne ein weiteres Wort zum Badezimmer.

Normalerweise hätte er sie jetzt in Ruhe gelassen. Nach etlichen Likörchen, die sie und ihre Freundinnen, die legendären Boller Mädle, gerne ungestört im Bürgertreff in der Boller Ortsmitte zu sich nahmen, hatte sie immer ihre liebe Mühe, das Gebiss ins Glas und sich selbst ins Bett zu bekommen. Aber diesmal ließ ihm ein Gedanke keine Ruhe mehr. Das Bad war abgeschlossen, und durch die Tür konnte er hören, dass es seiner Mutter schon mal wohler gewesen war.

»Mutter, darf ich dich was fragen?«

»Ha, Jonger, jetzt lass mir doch wenigschdens uffem Klo mei Ruah! Wenn mi der nette Hotelgast net hoimgfahra hätt, wär i wahrscheins no lang no net dohoim, mit meine woiche Knie.«

»Nur eine Frage. Kennst du die Thea aus Jebenhausen?«

»Freilich kenn i die – aber die war heut Obend net dabei.«

Also war Thea eines der Boller Mädle, was Lindner nicht weiter überraschte: Nicht alle der »Mädle« waren wirklich aus Bad Boll – und ein Mädle war längst keine mehr von ihnen.

»Die hot uff dr Eugen ghört ond lasst's sich jetzt irgendwo guatganga. Des sott i au amol macha!«

»Ja, dein Eugen hat …«

Lindner unterbrach sich im letzten Moment. Von seinem Telefonat mit Eugen Rösler musste sie nun wirklich nichts wissen. Und mit ein bisschen Glück würde sich der Apfelbauer morgen, wenn er wieder nüchtern war, nicht mehr daran erinnern.

»Ja, Mutter, davon hast du schon erzählt. Wie hieß die Thea nochmal?«

»Wichern. Dorothea Wichern aus Jebahausa. Worom willsch des wissa?«

»Nur so.«

Er wappnete sich schon für eine weitere Nachfrage seiner Mutter, die sehr hartnäckig sein konnte, wenn sie eine Antwort nicht zufriedenstellend fand. Aber von drinnen war erst nichts und dann ein leises Schnarchen zu hören. Lindner pochte ein paar Mal gegen die Tür.

»Was isch denn jetzt scho wieder los?«, brummelte es schließlich aus dem Bad.

»Nicht einschlafen, Mutter!« Lindner gab ganz den besorgten Sohn, war insgeheim aber vor allem erleichtert darüber, sich vor der Antwort drücken zu können. »Geh doch lieber ins Bett.«

»Hosch jo recht.«

Sie wuchtete sich hoch, die Wasserspülung war zu hören und danach die üblichen Geräusche einer schlampigen Abendtoilette, schließlich schwang die Tür auf, und seine Mutter schlurfte mit hängenden Lidern in den Flur hinaus.

Lindner bot ihr galant den Arm an, und sie klatschte ihm tadelnd zweimal mit der flachen Hand drauf – obwohl sie ihn gut als Stütze und Orientierungshilfe hätte brauchen können. Irgendwann war sie glücklich ins Bett gesunken, und Lindner schloss leise die Schlafzimmertür. Dann ging er zum Telefon und tippte sich durchs Menü, um eine der abgespeicherten Nummern aufzurufen. Eine knarzende Diele ließ ihn aufblicken. Maria stand vor ihm, sah ihn entgeistert an und tappte dann kopfschüttelnd an ihm vorbei.

»Du willst doch jetzt nicht noch jemanden anrufen, Stefan? Spinnst du? Hast du mal auf die Uhr gesehen? Ach, mach doch, was du willst. Ich geh jetzt schlafen.«

Während des kurzen Monologs hatte Maria weder innegehalten noch war sie stehen geblieben, und nachdem auch hinter ihr die Zimmertür geschlossen war, wählte Lindner die Handynummer von Wolfgang Roeder.

Es klingelte sechsmal, bis sich am anderen Ende jemand meldete.

»Ich bin's, Stefan«, sagte Lindner, danach gab es eine Pause.

»Spinnst du?«, schnappte Roeder schließlich. »Hast du mal auf die Uhr gesehen?«

»Ja, hab ich«, log Lindner.

Es war ihm egal, wie viel Uhr es war.

»Ich habe vielleicht eine Spur zum Boller Mordopfer. Sie ist ja so ungefähr im Alter meiner Mutter.«

»Aber deine Mutter war's nicht, davon darfst du ausgehen. Ich kenn sie ja noch von früher – und ganz nebenbei bemerkt: Es wäre gut für dich, wenn du mehr von ihr hättest.«

»Lass das, und übrigens …«

Ihm war gerade Roeders freche Bemerkung von heute Mittag eingefallen, die Maria so sehr zu schaffen gemacht hatte.

»… solltest du ganz allgemein etwas mehr darüber nachdenken, was du so rausredest!«

»Sag mal, Stefan, hast du was getrunken? Du rufst mich mitten in der Nacht auf meinem Handy an, ich rechne mit dem Schlimmsten, und du willst mich nur einfach mal so ein bisschen beschimpfen? Ich glaube, es hackt!«

Lindner sah ein, dass er sich und Maria gleichzeitig blamieren würde, wenn er noch weiter auf Roeders Bemerkung vor dem Essen rumritt. Besser und vor allem souveräner war es, wenn er so tat, als habe Maria Roeders blödes Geschwätz gar nicht der Mühe wert gefunden, um überhaupt davon zu erzählen. Außerdem hatte er ein konkretes Anliegen.

»Lass bitte Dorothea Wichern checken. Das ist eine ältere Bäuerin aus Jebenhausen, die seit ein paar Tagen spurlos verschwunden ist.«

»Verschwunden?«

Roeder klang plötzlich hellwach.

»Ja, verschwunden.«

»Und woher weißt du das?«

»Das hat mir meine Mutter erzählt, erst vorhin.«

»Ach, ermittelt jetzt eure ganze Familie mit? Und woher weiß deine Mutter das?«

»Sie war heute Abend mit ihren Boller Mädle zusammen, du weißt doch noch: diese älteren Damen, die gerne im Bürgertreff zusammensitzen …«

»… und sich dabei die Likörchen hinter die Binde kippen, stimmt's?«

»Ja«, sagte Lindner spontan und lachte – erst dann merkte er, dass er Roeder voll in die Falle gegangen war.

»Ich fass mal zusammen, Stefan: Deine Mutter kommt angetrunken nach Hause und erzählt dir, dass eine dieser alten Schachteln heute ausnahmsweise nicht mitgesoffen hat – und daraufhin rufst du mich mitten in der Nacht an und behauptest, du wüsstest jetzt, wer unser Mordopfer im Kurpark ist?«

Lindner atmete tief durch, um nicht spontan loszubrüllen.

»Jetzt check doch diese Frau wenigstens mal, Mensch«, sagte er, so beherrscht er konnte. »Das kostet dich einen Anruf! Das wird ja wohl noch drin sein, oder?«

»Das kostet mich einen Anruf – und ein paar Kollegen ihren Schlaf. Und dann klingeln sie die alte Frau in Jebenhausen aus dem Bett, weil sich herausstellt, dass sie heute einfach nur mal Lust hatte, ihr Likörchen allein und zuhause zu trinken.«

Roeder ließ ein höhnisches Lachen hören.

»Die war heute auch nicht zu Hause«, knurrte Lindner, nun schon etwas weniger beherrscht.

»Aha, und das weißt du … von wem?«

»Von Eugen Rösler, diesem Apfelbauern, der zwischen Boll und Bezgenriet einen Aussiedlerhof hat.«

»Der diese Äpfel gezüchtet hat, mit denen wir bei unserem letzten … nun ja: gemeinsamen Mord zu tun hatten?«

»Genau der.«

»Ist das nicht ein … äh … recht enger Freund deiner Mutter?«

»Was soll das jetzt?«

»Aichele oder sein Kollege haben mir das jedenfalls mal erzählt. Und: Ist er?«

»Ja. Und?«

»Trinkt der nicht gern auch mal etwas mehr von seinem Most oder vom Obstler?«

»Jetzt hör schon auf mit dem Getue. Rösler weiß, dass Dorothea Wichern seit ein paar Tagen spurlos verschwunden ist.«

»Aha. Und warum hat er sie dann nicht als vermisst gemeldet?«

Lindner scheute davor zurück, Roeder den Grund zu nennen. Aber es half ja nichts.

»Weil er glaubt, dass sich Frau Wichern eine Auszeit gönnt und es sich irgendwo gutgehen lässt.«

»Da schau her. Das glaube ich nämlich auch – und die Tote im Kurpark sah für mich nicht nach der Teilnehmerin eines Wellnessprogramms aus.«

»Sehr witzig, Wolfgang. Diese Frau aus Jebenhausen ist Bäuerin, das Alter passt, und sie ist lange genug verschwunden, dass sie durchaus euer Mordopfer sein könnte.«

Roeder schwieg.

»Check das, Wolfgang!«

»Oh, eine Anweisung? Vom LKA, von ganz oben, sozusagen? Selbstverständlich check ich das – und sei es nur, damit du mir nicht an den Karren fahren kannst, weil ich einen Hinweis nicht ernst genommen habe. Aber das mach ich ganz sicher nicht mehr heute Nacht. Und jetzt schlaf ich weiter – und du hoffentlich auch!«

Das Gespräch war beendet, und Lindner ging ebenfalls ins Bad, um sich für die Nacht zu richten. Der Ärger über Roeder ließ allmählich nach, und insgeheim konnte er ihm für die ruppige Abfuhr nicht einmal wirklich böse sein – aus dessen Sicht war Thea Wichern sehr wahrscheinlich nicht das Mordopfer, und am nächsten Morgen würde er es ja ohnehin für alle Fälle trotzdem überprüfen lassen. Das war in ein paar Stunden, und bisher hatten zwischen den Morden der Serie immer Monate gelegen. Lindner hoffte, dass der Täter auch weiterhin ähnlich viel Zeit verstreichen ließ. Also würde es auch noch morgen reichen, wenn sie die Identität des Boller Opfers kannten.

Leise schlich er sich in sein Zimmer und kroch ins Bett. Maria lag auf dem Rücken und schnarchte. Er zog sich die Decke bis unters Kinn und drehte sich auf die Seite. Hinter den geschlossenen Lidern zogen Bilder vorbei: die vier bisherigen Leichen in der immer gleichen Inszenierung, die Leiche aus dem Kurpark auf dem Stahltisch der Rechtsmedizin, der barsche Kripomann in Calw, die clevere und sympathische Kripofrau in Böblingen …

Irgendwann kam ihm wieder etwas in den Sinn, das seine Mutter vorhin erwähnt hatte. Es dauerte ein wenig, bis er den Satz wieder beisammen hatte: »Wenn mi der nette Hotelgast net hoimgfahra hätt, wär i wahrscheins no lang no net dohoim, mit meine woiche Knie.« Welcher Hotelgast? Vielleicht der freundliche Fremde, dem er morgens begegnet war, als er im Fiesta vom Hof fahren wollte? Er versuchte sich an das Aussehen des Mannes zu erinnern. Die randlose Brille hatte er bald wieder vor Augen, das Gesicht selbst nicht.

Lindner setzte sich auf und dachte nach. Ob er seine Mutter noch einmal wecken und fragen sollte, was es mit diesem Hotelgast auf sich hatte? Fünf Minuten saß er so da, bis Maria sich regte und aus halb geschlossenen Augen zu ihm hinlinste.

»Schlaf endlich, Stefan«, murmelte sie und drehte ihm den Rücken zu.

Er sah sie an und schob die Decke ein wenig nach oben, damit ihre nackte Schulter gewärmt wurde.

»Danke«, brummte sie, kurz darauf waren nur noch ihre regelmäßigen Atemzüge zu hören.

Lindner wuschelte sich in den Haaren und gähnte lautlos, dann ließ er sich wieder zurücksinken.

»Du siehst Gespenster, Stefan!«, dachte er, schloss die Augen und fiel bald in einen unruhigen Schlaf.

Freitag, 1. März

»Und, was hat er gesagt?«

Maria räumte gerade den Frühstückstisch ab, als Lindner das Gespräch mit Kfz-Mechaniker Nickel beendete.

»Dass ich lieber gar nicht mehr mit dem Fiesta fahren soll. Er holt ihn gleich ab, ich kann bei ihm im Abschleppwagen mitfahren und dann auch meinen Kombi wieder mitnehmen. Der ist wohl repariert.«

»Das ist doch eine gute Nachricht, oder?«, fragte Maria.

Lindner sah skeptisch drein, und sie setzte noch hinzu: »Oder ist die Reparatur arg teuer?«

»Nein, er erwähnte einen Massekontakt, der nicht in Ordnung war – ich hab's nicht ganz verstanden, allzu viel sollte das jedenfalls nicht kosten. Aber Nickel klang ganz erschrocken, als ich ihm die Geräusche am Fiesta beschrieben habe – und jetzt soll ich mit der Karre nicht mal mehr die paar Meter zu seiner Werkstatt fahren … Da frage ich mich natürlich schon, wie sicher ich zuletzt in diesem tollen Leihwagen unterwegs war.«

Als Nickel wenig später mit seinem knallbunten Truck in den Hof fuhr und vor die Kühlerhaube des Fiesta rangierte, sah er tatsächlich etwas besorgt aus. Er leuchtete mit einer Taschenlampe in den linken Radkasten, setzte sich dann in das Auto, nahm den Notizblock zur Hand, den Lindner die ganze Zeit über auf dem Beifahrersitz hatte liegen lassen, und überschrieb das Fragezeichen hinter dem Eintrag »Querlenker« mit einem dicken Ausrufezeichen.

»Und mein Kombi ist wirklich wieder in Ordnung?«

Nickel zuckte zusammen. Er hatte Lindner nicht näher kommen gehört, aber er war sichtlich froh, dass er über den Kombi sprechen und so von dem Zustand des Kleinwagens ablenken konnte.

»Ja, ja, da war nur der Massekontakt zwischen Batterie und Karosserie nicht mehr ganz blank. Das konnte man von außen gar nicht sehen, und ich bin erst draufgekommen, nachdem ich eine Weile im Internet in Schrauberforen unterwegs war. Kleines Kabel, große Wirkung – verstehst du?«

Er stieg aus, lachte gekünstelt und schlug Lindner krachend auf die Schulter.

»Dann nehm ich unseren Kleinen mal an den Haken, und wir fahren rüber zu mir, was?«

Lindner stieg auf der Beifahrerseite ein, und wenig später standen sie vor Nickels Werkstatt.

»Du kannst natürlich gerne auch noch einen anderen Wagen haben, bis ich ganz fertig bin mit deinem Kombi.«

Nickel deutete zu seinem Parkplatz hinüber. An den Jeep waren die vorderen Radkästen inzwischen wieder angebaut worden, und der VW-Bus stand leicht angerostet daneben.

»Wieso? Ich dachte, du bist mit meinem Wagen schon fertig?«

»Ja, er ist repariert und läuft wieder. Aber ich wollte ihn noch kurz saubermachen und raussaugen.«

»Das kann ich auch selber machen. Wo steht er denn?«

»Drin«, sagte Nickel und führte seinen Kunden in die Garage.

Zwischen zwei aufgebockten Limousinen stand Lindners Kombi, auf dem Dach waren einige Schachteln und eine Kiste mit Werkzeug abgestellt. Nickel beeilte sich, alles wegzuräumen.

»Soll ich nicht doch noch kurz durchsaugen?«, fragte er, aber Lindner schüttelte nur den Kopf und streckte die Hand aus.

»Nein, brauchst du nicht, gib mir lieber den Schlüssel. Und die Rechnung schickst du mir?«

»Ach, Rechnung, weißt du ...«

Lindner wusste schon, was jetzt kommen würde. In Nickels Blaumann war immer Platz für ein paar Scheine Schwarzgeld. Doch Nickel überraschte ihn.

»War ja eigentlich gar nichts kaputt. Ich hab das Kabel abgeschraubt, blank geschmirgelt, wieder hingeschraubt – das geht aufs Haus.«

Er grinste unsicher.

»Und deine Zeit, die Recherche im Internet und so?«

»Ach, ich surf doch sowieso ständig im Netz rum und schau mir alle möglichen Seiten an.«

Lindner lächelte, und Nickel wurde prompt ein bisschen rot dabei.

»Außerdem hast du mir mit der ausgiebigen Testfahrt auch geholfen – jetzt weiß ich, was ich am Fiesta alles machen muss.«

Dabei sah er ein wenig bedröppelt aus, und Lindner fuhr nachträglich noch der Schreck in die Glieder: Deshalb also musste er für die Reparatur nichts bezahlen. Und so geldgierig, wie Nickel sonst war … Es dämmerte ihm, dass seine Fahrten mit dem rumpeligen Leihwagen womöglich auch böse hätten enden können. Ob er Nickel erzählen sollte, wohin er mit dem Auto gefahren und dass er damit sogar auf der Autobahn unterwegs gewesen war?

Er ließ es sein, nahm den Schlüssel entgegen und sah, was Nickel unter »Ich wollte ihn nur noch kurz saubermachen« gemeint hatte: Mit dem Staubsauger wäre er da nicht weit gekommen, eine Schaufel hätte eher geholfen. Aber Lindner wollte jetzt weg hier, also klaubte er die leeren Bäcker- und Metzgertüten vom Fahrersitz und warf sie auf die Rückbank, wischte Krümel und Wursthaut vom Sitzpolster, bugsierte seinen Kombi rückwärts aus der Garage und fuhr nach Hause, wo Maria sicher schon ungeduldig auf ihn wartete.

* * *

Lindner und Maria waren an diesem Morgen unter den Ersten, die den Besprechungsraum betraten. Roeder, der ganz vorne saß und eindringlich, aber in gedämpftem Ton auf Sonja Reeber einredete, sah kurz hoch, nickte ihnen ernst zu und redete dann weiter mit der Pressesprecherin. Kurz nach ihnen kam Staatsanwalt Hagenbeck in Begleitung seines Angelfreunds Fritz Aichele. Kriminaltechnikchef Schopf und Aicheles Stellvertreter Marc Weiser saßen schon da. Allmählich füllten sich die Sitzplätze, und Roeder sah mehrmals auf die Uhr und in die Runde, um sicherzugehen, dass auch alle anwesend waren. Allem Anschein nach hatte er etwas Wichtiges zu verkünden.

Schließlich zog eine junge Polizeimeisterin aus dem Innendienst die Tür hinter sich zu und setzte sich zu den anderen. Roeder setzte sich kerzengerade hin, die Hände an ausgestreckten Armen so gegen die Tischkante gedrückt, als wollte er das ganze Mobiliar zur Seite schieben, und räusperte sich.

»Es gibt Neuigkeiten«, begann er. »Gute Neuigkeiten. Und die haben wir unseren beiden Kollegen hier zu verdanken.«

Er deutete auf Maria und Lindner. Maria warf Lindner einen erstaunten Blick zu, der presste die Lippen zusammen.

»Kollege Lindner hat mir am Telefon mitgeteilt, dass er eine Nebenbemerkung aufgeschnappt habe – eigentlich eine Kleinigkeit, die man auch mal überhören kann. Doch genau diese scheinbar unwichtige, nebensächliche Information hat dazu geführt, dass wir jetzt wissen, wer am vergangenen Montag im Boller Kurpark gestorben ist.«

Alle Augen richteten sich auf Roeder, und nur Hagenbeck und Aichele sahen zuvor kurz zu Lindner. Die Frage, warum Roeder seinen ungeliebten Kollegen zwischen den Zeilen lobte, anstatt ihn wie üblich mit einer spitzen Bemerkung anzugehen, stand ihnen überdeutlich ins Gesicht geschrieben. Lindner erklärte es sich damit, dass Roeder tatsächlich nicht schon in der Nacht, sondern erst heute früh nach dem normalen Dienstbeginn die potenzielle Spur hatte verfolgen lassen.

»KK Miller ist heute früh nach Jebenhausen gefahren, wo dem Kollegen Lindner zufolge eine gewisse Dorothea Wichern seit mehreren Tagen spurlos verschwunden ist. Sie wurde nicht als vermisst gemeldet, weil der mit ihr befreundete Apfelbauer Eugen Rösler davon ausging, sie habe sich seinen Ratschlag zu Herzen genommen und sei kurzfristig zu einem Ausflug oder einem Wellnessurlaub oder etwas in der Art aufgebrochen. Herr Rösler, den die meisten von euch vermutlich noch von dem Mordfall auf der Obstwiese bei Eckwälden her kennen, ist außerdem auch mit Kollege Lindners Mutter … gut bekannt.«

Die kleine Pause überhörten die meisten, aber Lindner versteifte sich unwillkürlich ein wenig.

»Sie hat nebenbei erwähnt, wie gut es der Freundin Thea im Moment sicher gehe – und diese kleine Bemerkung hat den Kollegen darauf gebracht, dass Dorothea Wichern womöglich unser Mordopfer sein könnte.«

Er machte eine Handbewegung zu Lindner hin und legte so viel freundliche Anerkennung in seinen flackernden Blick, wie es ihm unter diesen Umständen möglich war. Lindner nickte dankend.

»Gleich heute früh, wie gesagt, sind wir dem Hinweis nachgegangen, und: Bingo!«

Lindner gönnte sich ein böses Grinsen, das er auch beibehielt, als Roeder noch einmal kurz zu ihm hersah. Einen Moment lang war er versucht, den anderen mitzuteilen, wann er Roeder angerufen und wie der zuerst auf seinen jetzt so sehr gelobten Tipp reagiert hatte. Dann begnügte er sich mit dem guten Gefühl, recht gehabt zu haben. Wobei er aufs Rechthaben diesmal lieber verzichtet hätte: Immerhin war Thea Wichern auch mit seiner Mutter befreundet gewesen, und womöglich konnte das bedeuten, dass sie während dieser Mordserie auch noch in Gefahr geriet. Bilder stiegen vor seinem geistigen Auge auf, abstrus und bedrohlich. Er schloss die Lider, massierte sich die Schläfen, ermahnte sich selbst, hier nicht irgendwelchen Hirngespinsten nachzuhängen, und versuchte, sich wieder auf die Besprechung der Soko Wandelhalle zu konzentrieren.

»Und warum hat niemand die Kühe schreien gehört?«

Sonja Reebers Frage war die erste, die Lindner wieder bewusst hörte. Offenbar war eine Diskussion über das Verschwinden von Thea Wichern im Gange und darüber, warum es tagelang niemand bemerkt hatte.

»Mutterkuhhaltung«, warf Fritz Aichele ein. »Bei dem niedrigen Milchpreis, der den Bauern seit einiger Zeit bezahlt wird, lassen viele die Milchwirtschaft bleiben. Dann müssen sie nicht mehr zweimal am Tag ihre Kühe melken und auch keinen teuren Melkroboter kaufen. Wenn man die Kühe einfach kalben und die Kälber saugen lässt, gibt die Kuh so lange Milch, wie es das Kalb braucht – und dann hört das wieder auf. Ganz so wie bei den Menschen, nicht wahr?«

Reeber schnitt eine kleine Grimasse, als wolle sie Aichele die Zunge rausstrecken, lächelte aber dabei.

»Das passt ja auch gut zum Zustand der Hände der Toten«, fuhr Aichele grinsend fort. »Wir haben doch gleich am Montag darüber gesprochen, wie Spuren von Rindermist an ihr Kleid kommen, obwohl ihre Handinnenflächen doch so gar nicht nach regelmäßigem Melken aussehen.«

»Wir haben in ihrem Badezimmer Haare eingesammelt«, meldete sich Harald Miller zu Wort, »die sind schon im Labor, um sicherzugehen, dass wir die Richtige haben. Aktuelle Fotos haben wir nicht gefunden, aber auf den älteren Schnappschüssen, die im Wohnzimmer an der Wand hingen und auf dem Sideboard standen, war eine Frau zu sehen, die wie eine jüngere Version des Boller Opfers aussieht. Außerdem stand eine Stalltür offen, die Wohnung war nicht abgeschlossen, und auf dem Küchentisch war ein Vesper gerichtet. Daneben lag, noch aufgeschlagen, ein Buch mit Psalmen und kommentierten Bibelsprüchen. Alles sah so aus, als wäre sie nur noch kurz vor dem Abendessen in den Stall runtergegangen.«

»Zum Beten?«

Miller und Roeder quittierten Marias Frage mit verständnislosen Blicken.

»Na«, fuhr sie unbeirrt fort, »wir haben doch Spuren von Rindermist auf ihrem Kleid an Stellen gefunden, wo sie auf dem Stallboden kniend hingekommen sein konnten. Da kommt mir am ehesten Beten in den Sinn – vor allem, wenn sie zum Vesper Psalmen und Bibelkommentare liest.«

»Die Spuren könnten auch schon vorher auf ihr Kleid gekommen sein«, wandte Schopf ein. »Vielleicht hat sie in diesem Kleid den Tag über schon Stallarbeit gemacht, ausgemistet, was weiß ich, ich bin ja kein Bauer – und zwischendurch kniet sie sich im Stall hin und … meinetwegen: betet. Abends hat sie dann vielleicht nur noch einmal nach dem Rechten sehen wollen. Vielleicht war sie sich nicht sicher, ob sie das Licht ausgemacht oder die Stalltür verschlossen hat. Oder sie machte aus purer Gewohnheit jeden Abend noch ihre Runde. Da gibt's tausend Möglichkeiten. Und dabei hat sie der Täter beobachtet, hat sie womöglich schon tagelang vorher ausspioniert, bis er wusste, wann sie welche Routine erledigte. Er lauert ihr mit seinem Blasrohr oder dem Betäubungsgewehr im Stall oder nahe der Stalltür auf – und zack!«

»Ja, so wird's gewesen sein«, stimmte ihm Roeder zu. »Aber wer war's, und warum?«

Er sah zu Lindner hin.

»Deine Kollegen in Stuttgart haben heute früh durchgegeben, dass bei den Einbrüchen in die Tierarztpraxen leider keine verwertbaren Spuren gesichert wurden. Haben wenigstens deine Gespräche mit den Kollegen in Calw und Böblingen was ergeben?«

Lindner brachte die Anwesenden aufs Laufende, nur die Details zu seinem Gespräch mit Sarah Rommel fasste er etwas knapper zusammen als gestern Abend. Maria sah stur geradeaus, und als er geendet hatte, nickte Roeder.

»Also passt auch der 18. August zu dieser Pietistentheorie. Wird Zeit, dass wir mal mit diesen ...« Er blätterte in seinen Unterlagen. »... mit diesen Zinzendorferinnen reden, deren Tageslosung der Toten auf die Stirn getackert war.«

»Das habe ich heute ohnehin vor«, sagte Lindner. »Ich würde gerne Kollegin Treidler mitnehmen – und ihr habt ja vermutlich schon genug damit zu tun, die Nachbarschaft von Thea Wichern zu befragen. Vielleicht hat ja doch jemand etwas gesehen, das euch weiterhilft.«

Roeders Mund umspielte ganz kurz ein leichtes Grinsen, aber er verkniff sich jeden Kommentar. Lindner sah ihn ein paar Augenblicke lang forschend an, doch Roeder wurde wieder ernst und nickte nur.

»Geht von mir aus klar. Das ist eh in Stuttgart. Ich kann dir die Adresse geben.«

»Nicht nötig, ich hab sie mir schon rausgesucht – ich hab mir den aktuellen Kalender mit Tageslosungen besorgt, da stand alles Nötige im Impressum.«

* * *

Durch die Lektüre der Bücher und Ausdrucke, die ihm Fritz Aichele gegeben hatte, hatte sich in Lindner ein ziemlich angestaubtes Bild des Pietismus verfestigt. Er hatte vorwiegend von prominenten Pietisten aus dem achtzehnten und neunzehnten Jahrhundert gelesen, von Unfällen und Krankheiten, die dem Leben der handelnden Personen plötzlich eine völlig andere Richtung gaben, und auch die grundsätzliche Überzeugung, man selbst könne nur fleißig und rechtschaffen und gütig sein, alles zum Guten wenden und womöglich das persönliche Glück auf den Weg bringen könne nur Gott, brachte Lindner nicht so recht mit dem üblichen Gang der Dinge im einundzwanzigsten Jahrhundert in Einklang.

Die Zinzendorferinnen schienen allerdings eine recht moderne pietistische Vereinigung zu sein. Ihre Homepage mit der prägnanten Webadresse www.zinzendorferinnen.de und flotten Animationen umriss die Ziele der Vereinigung in kurzen Sätzen, und passend zu der offenbar feministischen Ausrichtung wurden in einem Register von wichtigen Pietisten konsequent nur Frauen benannt, die entweder selbst wichtige Beiträge geleistet hatten oder einen prominenten Pietisten geboren oder geheiratet hatten. Außerdem machte die Internetseite einen recht heiteren Eindruck, die Texte waren nicht ohne Selbstironie und meist auch recht kämpferisch formuliert. Lindner war schon sehr gespannt auf das Zusammentreffen mit Viola Hoog, die im Impressum der Homepage als Ansprechpartnerin genannt war.

Am Telefon hatte sie fröhlich geklungen, aber natürlich auch gespannt, was denn das Landeskriminalamt von ihr wollen konnte – Lindner hatte nur angedeutet, dass es um den Losungskalender ging, den ihre Gruppe herausgab. Sie hatte eine Adresse im Stuttgarter Westen angegeben, und wie erwartet musste Maria den Dienstwagen ein paar Mal durch die Senefelderstraße steuern, bis sie endlich eine Parklücke fanden.

Viola Hoog wohnte in einem schönen, großen, alten Haus, und die Treppe hinauf zum zweiten Stock war schon etwas ausgetreten, ließ aber noch erahnen, dass dieses Gebäude in seinen besten Zeiten ein wahres Schmuckstück gewesen war. Oben schwang die Tür auf, kaum dass sie die letzte Stufe erklommen hatten. Vor ihnen stand eine etwa einssiebzig große Frau Anfang dreißig, die leicht vollschlanke, aber attraktiv geformte Figur in enge Jeans und einen weich fallenden Pulli gekleidet. Aus dunklen Augen musterte sie die beiden Besucher interessiert.

»Frau Hoog, wir haben telefoniert«, sagte Lindner, stellte Maria vor und gab der Frau seine Visitenkarte.

Ihre Frisur wirkte flott und frech, aber etwas aus der Zeit gefallen: Die schwarzen Haare waren an den Seiten auf Kinnlänge geschnitten und so gekämmt, dass sie auf den Wangen wie zwei Pfeile nach vorn zum knallrot geschminkten Mund deuteten. Dicht über den Augenbrauen verlief ein schnurgerade frisierter Pony, was ihre großen, dunklen Augen gut einrahmte. Ein bisschen erinnerte sie ihn an das alte Foto einer Stummfilmdiva.

»Kommen Sie doch rein.«

Sie eilte mit wippenden Schritten den Flur entlang und führte sie in einen geräumigen und sparsam eingerichteten Raum. Ein sonnendurchfluteter Erker ging auf die Straße hinaus und bot gerade genug Platz für vier gepolsterte Stühle und einen kleinen hölzernen Tisch im Bistrostil. Dort rückte sie ihnen zwei der Stühle zurecht. Süße Stückle, zerschnitten in handgerechte Viertel, standen bereit, ebenso Kaffee und Tassen.

»Greifen Sie bitte zu«, sagte Viola Hoog. »Ich lasse das Mittagessen immer ausfallen, abends macht mir Warmes mehr Spaß – da brauche ich zwischendurch etwas Süßes zum Kaffee.«

Maria schenkte sich den dampfenden Kaffee ein, trank ihn schwarz und griff nach einem Stück Streuselschnecke. Lindner gab reichlich Milch und Zucker zu seinem Kaffee und rührte um. Ihre Gastgeberin wartete, aber als er keine Anstalten machte, sich etwas Essbares zu nehmen, nahm sie selbst etwas, biss hinein und schloss genießerisch die Augen.

»Der Bäcker ist klasse, oder?«, fragte sie Maria, der ihr süßes Stückle ebenfalls zu schmecken schien.

Die nickte nur, lächelte und kaute weiter.

»Tut mir leid, wenn ich mich am Telefon etwas … nun ja … geheimnisvoll geben musste«, begann Lindner schließlich. »Wir haben einen ziemlich unangenehmen Grund, mit Ihnen zu reden.«

»Sie haben am Telefon erwähnt, dass es um unseren Losungskalender geht«, sagte Viola Hoog und tupfte sich mit dem Zeigefinger einen Brösel aus dem Mundwinkel. »Haben wir etwa irgendwelche Rechte verletzt? Wurden wir angezeigt?«

Sie beugte sich ein wenig vor.

»Wissen Sie, wir haben unter unseren Glaubensbrüdern nicht nur Freunde.«

Sie lachte.

»Um ehrlich zu sein: Wir haben, glaube ich, unter ihnen fast gar keine Freunde.«

»Nein, mit Ihrem Kalender ist alles in Ordnung. Zumindest weiß ich von nichts anderem. Aber wir haben Blätter aus Ihren Kalendern an Orten gefunden, an denen Verbrechen begangen wurden.«

Viola Hoog sah ihn verblüfft an.

»In Bad Boll wurde eine Frau tot im Kurpark gefunden«, fuhr Lindner fort.

»Ermordet, nehme ich an – Sie sprachen ja gerade von einem Verbrechen.«

»Ja, ermordet. Die Tote trug eine Tageslosung aus Ihrem aktuellen Kalender auf der Stirn.«

»Wie meinen Sie das?«

»Sie hatte hier …« – er deutete auf seine Stirn – »… ein Blatt aus Ihrem aktuellen Kalender.«

»Ja, das hab ich schon verstanden. Aber was meinen Sie mit ›trug auf der Stirn‹ – war das Blatt bloß draufgelegt oder war es irgendwie … festgeklebt oder so?«

»Oder so.«

»Hä?«

»Der Frau wurde das Blatt …«

Lindner räusperte sich, so sehr hatte er gar nicht ins Detail gehen wollen.

»Das Blatt wurde ihr auf die Stirn getackert.«

»Oh.«

Viola Hoog wurde etwas blass.

»Es war jeweils die Losung zum Tag des Mordes«, fügte Lindner hinzu, um irgendetwas zu sagen. Das Gefühl, dass sie mehr mit den Morden zu tun haben könnte, als dass eben von ihr mitveröffentlichte Kalenderblätter am Tatort gefunden wurden, kam ihm in diesem Moment sehr abwegig vor – er hatte das Bedürfnis, der Frau über die unangenehme Situation hinwegzuhelfen. Das ging gründlich schief.

»Wie: jeweils?«

Viola Hoog mochte erschrocken sein, aber sie achtete sehr genau auf Lindners Worte. Er sah Maria an, die bisher stumm neben ihm gesessen und ihre Gastgeberin aufmerksam beobachtet hatte.

»Es gab vier Morde«, sagte Maria nun, »und überall war den Opfern auf dieselbe Weise die jeweils aktuelle Tageslosung aus Ihren Kalendern auf der Stirn befestigt.«

»Vier …«

»Ja, es hat dafür jemand Ihre Losungskalender aus diesem und den beiden vorangegangenen Jahren gekauft. Wir haben in allen vier Fällen die Tage, die Tatorte und auch die Herkunftsorte der Opfer Ereignissen oder Personen zuordnen können, die für die Geschichte des württembergischen Pietismus eine Rolle gespielt haben.«

Viola Hoog sah fragend zwischen Lindner und Maria hin und her.

»Wer macht denn so was?«, brachte sie schließlich hervor.

»Diese Frage beschäftigt uns auch«, antwortete Maria.

Eine Weile saßen alle drei still am Tisch, dann schien Viola Hoog etwas einzufallen, sie hob abwehrend die Hände und schüttelte mit schiefem Grinsen den Kopf. »Sie glauben jetzt aber nicht, dass wir Zinzendorferinnen diese Leute umgebracht haben?«

Sie lachte freudlos auf.

»Wir wollen zwar missionieren, und wir freuen uns über jede Tageslosung, die sich jemand zu Herzen nimmt. Aber wir wollen, dass die Leute Gottes Wort *in* den Kopf bekommen – nicht auf ihn drauf.«

Sie begleitete ihr Wortspiel mit einer entschuldigenden Miene.

»Mein Gott!«, flüsterte sie dann und barg ihr Gesicht in beide Hände.

Nach einer Weile hob sie den Kopf wieder, sah ihre Gäste noch einmal an und stand dann ruckartig auf.

»Jetzt brauch ich was anderes.«

Sie kam mit einer Flasche Nero d'Avola zurück und holte drei bauchige Gläser.

»Sie auch?«

»Ich muss fahren«, lehnte Maria ab, ihre Miene spiegelte ihr Bedauern recht deutlich.

»Nicht im Dienst«, sagte Lindner und fing einen spöttischen Blick von Viola Hoog auf.

»Wissen Sie was?«, sagte Maria nach einer kurzen Pause. »Wir nehmen beide ein Glas, und dazu vielleicht noch ein Wasser?«

Wenig später prosteten sie sich mit dem Rotwein zu, nippten von dem trockenen Tropfen und spülten mit Wasser nach.

»Haben Sie mich oder meine Mitstreiterinnen wirklich im Verdacht, an diesen Morden irgendwie beteiligt zu sein?«

»Um ehrlich zu sein: nein«, gab Lindner zu. »Aber wir müssen alles und jeden überprüfen, der mit diesen Mordfällen in Verbindung steht. Zumal wir in allen vier Fällen noch im Dunkeln tappen. Aber diese Überprüfung ist reine Routine. Wie viele Mitglieder hat Ihr ... Verein denn?«

»Die Zinzendorferinnen bestehen aus zwölf Mitgliederinnen.«

»Eine Anspielung auf die Zahl der Jünger Jesu?«

Sie grinste.

»Nein, auf die Zahl der Kinder von Erdmuthe von Zinzendorf.«

Lindner sah sie mit großen Augen an. In den Berichten über den Grafen Zinzendorf war auch von seiner streitbaren Ehefrau die Rede gewesen, und die Homepage von Viola Hoogs Gruppierung wurde von einem Porträt der Gräfin geziert. Das alles ergab für die feministisch engagierten Zinzendorferinnen natürlich einen Sinn – aber dass sie sogar die Zahl der Kinder als Symbol verwendeten, verblüffte ihn dann doch. Viola Hoog beobachtete seine Reaktion einen Moment lang, dann lachte sie.

»Wenn Sie's nicht weitersagen, kann ich Ihnen ja verraten, dass sich die Zahl unserer Mitglieder rein zufällig ergeben hat – aber wo wir nun schon mal zwölf waren und uns auch in unserem Namen auf die Zinzendorferin bezogen, haben wir den Zufall einfach nicht erwähnt und haben den Bezug zur Anzahl ihrer Kinder hergestellt. Aber was heißt auch schon Zufall: Gott hat ja überall seine Finger im Spiel, nicht wahr?«

Sie wurde wieder ernst und nahm einen Schluck Wein.

»Wenn Sie in den Mordfällen, die Sie erwähnt haben, Bezüge zum Pietismus sehen, müssen Sie sich ja recht gründlich ins Thema eingelesen haben. Ist Ihnen da der Name Zinzendorf denn nicht begegnet?«

»Doch, natürlich, auch von seiner Frau habe ich gelesen. Aber was an ihr fasziniert Sie so sehr, dass Sie Ihre Gruppe nach ihr benannt haben?«

Viola Hoog erzählte ihm noch einmal die Geschichte von Herrnhut, die er schon kannte.

»Und dort«, hakte er schließlich ein, »entstand die Herrnhuter Brüdergemeine, die auch in Bad Boll nicht weit vom Tatort einen Sitz hat – und die auch so einen Losungskalender herausbringt.«

»Na, da wollen wir uns mal nicht mit fremden Federn schmücken«, ergänzte Viola Hoog. »Die Herrnhuter haben ihre Losungskalender schon lange vor uns veröffentlicht, in der ersten Form schon 1731 – und die Idee, den Menschen für jeden Tag einen Bibeltext mitzugeben, geht direkt auf Zinzendorf, den Gründer der Brüdergemeine, zurück. Heute wird für jeden Tag ein Text aus dem Alten Testament ausgelost, die Herrnhuter wählen dann aus dem Neuen Testament ein weiteren Text aus, der im Idealfall einen Bezug zum ersten hat. Diese beiden Texte stehen vorne auf dem Tagesblatt, und auf der Rückseite ist noch ein Gebet oder der Textauszug eines Liedes abgedruckt, dazu Bibelstellen zur Lesung. Wir haben uns auf einen Text auf der Vorder- und ein Gebet oder eine Liedstelle auf der Rückseite beschränkt, aber sonst verfahren wir nach demselben Prinzip, jedenfalls fast.«

Sie zwinkerte Lindner und Maria zu.

»In der Auslosung der Tagestexte schummeln wir ein bisschen: Wir losen aus, und wenn es keinen weiblichen Bezug im Text gibt, dann losen wir halt nochmal.«

Sie grinste.

»Schließlich haben wir uns auf die Fahnen geschrieben, dass wir die Rolle der Frau ausweiten und verbessern wollen – so wie es überall sonst auch gefordert wird, sollte auch in der Kirche mehr Platz für Frauen sein, sollten uns mehr, wichtigere, auch offiziellere Aufgaben überlassen werden. Wenn ich mir überlege, wie sich die Katholiken da anstellen!«

Viola Hoog verdrehte die Augen.

»Und viele pietistische Glaubensgemeinschaften sind keinen Deut besser. Nehmen Sie nur mal die Pregizer.«

Lindner horchte auf. War nun etwas Hilfreiches zum Mord in Bad Wildbad zu erfahren?

»Diese Gruppe kennt kaum einer beim Namen, und es ist in organisatorischer Hinsicht auch nur eine lose Verbindung, sie sind also nicht als Verein eingetragen oder zum Beispiel als Freikirche. Trotzdem gibt es einige Dutzend Gruppen, denen sich zwischen Tübingen, Vaihingen/Enz, dem Nordschwarzwald und dem Rems-Murr-Kreis an die tausend Menschen angehörig fühlen. Denen ist die Familie besonders wertvoll, Scheidung ist praktisch undenkbar, und Mutti bleibt schön brav zu Hause. In den Zusammenkünften der Pregizer machen nur die Männer den Mund auf – nur außerhalb der Treffen, hinter den Kulissen gewissermaßen, sprechen die Frauen das Tischgebet, machen Krankenbesuche und engagieren sich auf alle mögliche Arten für die Gesellschaft.«

Sie schüttelte sich.

»Da würde ich die Krätze bekommen! Ich bin nicht erst dann ein Mensch, wenn sich ein Mann meiner erbarmt, mir ein paar Kinder macht und mich daheim kochen, putzen und beten lässt!«

Lindner wagte einen kurzen Seitenblick. Marias Zustimmung war nicht zu übersehen.

»Und sind alle pietistischen Gemeinschaften so ... traditionsbewusst, was die Rolle der Frau angeht?«

Viola Hoog blitzte Lindner kurz an.

»Wie bitte? Traditionsbewusst? Ich hoffe, Sie meinten ›altmodisch‹!«

»Äh ... ja, natürlich: altmodisch. Verzopft, angestaubt, überkommen.«

Maria und Viola Hoog wechselten kurz einen amüsierten Blick.

»Nein, das ist recht unterschiedlich. In vielen Gemeinschaften sind wir Frauen den Männern nicht gleichgestellt, aber die Herrnhuter zum Beispiel waren da schon immer etwas aufgeschlossener. Die haben da eigentlich eine Art Vorreiterrolle, haben Frauen von Anfang an ein Stimmrecht in den Versammlungen gewährt und ihnen auch Ämter übertragen. Deshalb tut es mir auch immer wieder leid, wenn gerade die Herrnhuter Brüdergemeine ein bisschen sauer auf uns ist.«

»Wie äußert sich das?«

»Ach, die nehmen uns wahrscheinlich übel, dass wir einen eigenen Losungskalender herausgeben – so wahnsinnig viele verkaufen wir bisher noch nicht pro Ausgabe, aber jeder Euro, den wir einnehmen, fehlt natürlich dort. Und wahrscheinlich haben sie irgendwann spitzgekriegt, dass wir manchmal nicht mit dem absoluten Ernst drangehen. Ich hatte Ihnen ja schon erzählt, dass wir eine Auslosung auch schon mal wiederholen, wenn uns das zufällige Ergebnis nicht in den Kram passt.«

Sie machte eine betont ernstes Gesicht.

»Das wäre natürlich bei den Herrnhutern niemals denkbar!«

»Aber ich nehme mal an, zu einem Mordmotiv reicht das nicht.«

»Nein, wo denken Sie hin! Sie dürfen auch nicht vergessen, dass das alles Leute sind, die es mit dem Glauben und der Gottesfurcht wirklich ernst nehmen. Selbst der verklemmteste Furz von denen liebt doch die Schöpfung und würde sich niemals aus böser Absicht an einem Lebewesen vergreifen! Dass sie allerdings mal hinter der Kuh im Stall knien, wenn gerade die Zeit zum Beten günstig erscheint, das kommt durchaus vor.«

Sie grinste, nahm einen Schluck Wein und hielt ihr Glas in die Höhe, als wollte sie einen Toast ausbringen.

»Wir Zinzendorferinnen dagegen wissen diesseitige Genüsse durchaus zu schätzen. Wir gehen zum Lachen nicht in den Keller, zum Beten nicht in den Stall und zum Frommsein nicht zwingend in die Bibelstunde.«

Es klang wie auswendig gelernt.

»Na«, sagte sie und hob keck den Kopf, »war das schön gesagt? Haben wir uns vergangene Woche ausgedacht, ich muss es nur noch über meinen Account posten.«

»Posten?«, fragte Maria. »Wo sind Sie denn aktiv?«

»Überall. Facebook, Twitter, Google plus – wenn Sie heute einen Zettel an die Kirchentür nageln, kriegt das doch keiner mehr mit. Wer geht denn da noch hin, wenn nicht gerade der Familiengottesdienst an Heiligabend ansteht?«

Lindner überlegte, wann er selbst zuletzt in der Kirche war. Außer seiner Konfirmation und der Beerdigung seines Vaters fielen ihm nicht viele Gelegenheiten ein.

»Allerdings habe ich den Verdacht, dass meine ›Friends‹ und ›Followers‹ keinen blassen Dunst haben, was ich meine, wenn ich mich mit den Worten verabschiede: Einen schönen Tag noch und Matthäus 23,10!«

Sie kicherte, nahm noch einen Schluck und schenkte sich nach.

»Mein Vater war evangelischer Pfarrer, und ich habe das ganze Elend mit den leeren Kirchenbänken unterm Jahr mitbekommen. Ich habe mich immer gefragt, wo er nur immer die Kraft hernahm, für die Handvoll Leutchen, die regelmäßig kamen, Sonntag für Sonntag eine neue Predigt zu schreiben, die aktuelle Ereignisse aufgreift und teils in einem flammenden Appell endet. Stellen Sie sich das doch mal vor: Sie leiden darunter, wie die Gesellschaft auseinanderdriftet, wie jeder nur noch den Vorteil für sich selbst im Blick hat, wie immer mehr Menschen hinten runterrutschen – und Sie argumentieren dagegen an, tapfer, wortreich, modern und überschäumend vor guter Absicht. Und vor Ihnen sitzen fünf halb taube Alte, vier bigotte Heuchler, drei aufrichtig Gläubige und zwei Dutzend Konfirmanden, die halt kommen müssen, damit ihre Konfi-Kerze, die sie nur vor dem Gottesdienst anzünden dürfen, am Ende nicht als Einzige noch fast unberührt ist.«

Ein wehmütiges Lächeln zog über ihr Gesicht.

»Papa ist seit einigen Jahren bei seinem Chef, meine Mutter starb schon ein paar Jahre vor ihm – und ich bin fest entschlossen, mein Leben sicherheitshalber schon mal im Diesseits zu genießen.«

Eine kleine Pause entstand. Viola Hoog hing wohl ihren Erinnerungen nach.

»Hat Ihre kleine Gruppe denn Feinde?«, fragte Lindner schließlich.

»Feinde? Nein, so weit würde ich nicht gehen. Wir ärgern ein paar Leute, der eine oder andere wünscht uns insgeheim vermutlich sonst wohin – aber Feinde? Nein, dazu nimmt uns keiner zu ernst. Die einen beten dafür, dass wir auf den rechten Weg zurückfinden. Die Nächsten ballen die Faust in der Tasche, machen aber nichts Schlimmeres, als uns zu ignorieren. Und die Dritten stufen uns als Spinner ein, als Clowns – damit haben sie nicht mal ganz Unrecht. Wir wollen provozieren, wir tun das mit den heutigen Mitteln, und ich weiß noch gar nicht so recht, ob wir damit irgendeinen Erfolg haben.«

»Wirtschaftlichen Erfolg?«

»Ach, wirtschaftlich ist das schon ganz okay. Vielleicht findet der eine oder die andere auch unsere ziemlich altmodische Textform irgendwie schick, Retro ist ja in ... Ich hab von meinen Großeltern die Bibel bekommen, die ihnen damals zur Trauung überreicht wurde – ein richtig dicker Schinken, und stellenweise recht schwer zu lesen mit seiner Frakturschrift und den verquasten Formulierungen. Aber es läuft! Wir haben im vergangenen Jahr fast achttausend Kalender verkauft, der 2013er ging schon zehntausendmal weg – aber ob das auch etwas verändert? Das mit der Rolle der Frauen ist uns schon ein ernsthaftes Anliegen, aber dass wir uns den Pietismus als Schlachtfeld ausgesucht haben, war nicht zwingend. Ich bin gläubig, verstehen Sie mich nicht falsch, aber als glaubensfeste Pietistin bin ich eigentlich eine Fehlbesetzung. Ich hab mir alles draufgeschafft, was nötig ist. Ich lasse auch gerne Gäste bei mir wohnen, lade oft zum Essen ein und versuche immer, ein offenes Ohr und eine offene Tür für jeden zu haben, der es gerade braucht. Da kann ich es wahrscheinlich mit jedem Pregizer aufnehmen – und deren Gastfreundlichkeit ist nun wirklich legendär. Aber unsere Zinzendorferinnen-Aktion ist eher als Provokation angelegt, wir wollen ein Stachel im Fleisch der pietistischen Bewegung sein.«

Sie grinste wieder.

»Bisher klappt das gar nicht so schlecht.«

»Sie wollten mir vorhin den Hintergrund Ihres Namens erklären – wenn Sie sich auf Graf Zinzendorf als den Gründer der Herrnhuter Brüdergemeine berufen, dann hätten Sie sich als Provokation doch auch ... sagen wir: Fraunhuter Schwesterngemeine nennen können.«

Viola Hoog lachte lauthals.

»Auch nicht schlecht, Herr Lindner. Das werde ich den anderen beim nächsten Treffen erzählen. Doch ›Herrnhut‹ meint natürlich ›in der Obhut des Herrn‹ – das wäre also ein unpassendes Wortspiel gewesen. Als würde ich ›*man* tut dies und das‹ durch ›*frau* tut dies und das‹ ersetzen. Trotzdem: nicht schlecht! Aber wir beziehen uns nicht auf Herrn Zinzendorf, sondern wie gesagt auf seine Frau: Erdmuthe Dorothea von Zinzendorf, 1700 als Gräfin Reuß zu Ebersdorf geboren, seit 1723 mit Zinzendorf verheiratet und 1756 gestorben. Sie muss ein ziemlicher Sturkopf gewesen sein, streitlustig und eigenständiger als damals für Frauen üblich. Sie kümmerte sich um die Finanzen des Zinzendorf'schen Ritterguts und der Brüdergemeine, betrieb ein Waisenhaus und vieles mehr. Der Graf wurde aus Sachsen ausgewiesen und war jahrelang als Prediger in Europa und in Übersee, was der Ehe nicht gutgetan hat – nach seiner Rückkehr lebten Nikolaus und Erdmuthe weiterhin getrennt. Er hatte mehr oder weniger heimlich eine Affäre mit einer jüngeren Frau, und Erdmuthe hat Kirchenlieder geschrieben und die Veröffentlichung der Tageslosungen betreut.«

»Wenn man das so zusammengefasst hört, klingt es nicht gerade nach einer Geschichte mit Happy End.«

»Das mit dem glücklichen Ende ist im Leben ja immer so eine Sache. Ich versuche mir da das zum Vorbild zu nehmen, was ich mir über einige der pietistischen Gemeinschaften angelesen habe: dass man am Ende des Lebens nicht stirbt, sondern ›heimgeht‹, wie sie das zum Beispiel in Korntal nennen. Tote werden in ihrer Alltagskleidung in einen weißen Sarg mit rotem Kreuz gelegt, und ein Begräbnis soll eher die Freude feiern, dass der Heimgegangene nun bei seinem Herrn Jesus ist.«

Sie sah Lindner an.

»Klingt gut, nicht?«

Lindner nickte.

»Mich hat's trotzdem schier zerrissen, als meine Eltern starben. Oder vor zwei Jahren, als zwei meiner Freunde von einem Geisterfahrer auf der A 81 abgeschossen wurden. Da wollte irgendwie keine rechte Freude aufkommen ...«

Sie trank ihr Glas aus und lehnte sich mit feuchten Augen zurück.

»Gut, Frau Hoog«, sagte Lindner und stand auf. »Ich lasse Ihnen meine Visitenkarte hier. Mailen Sie mir doch bitte die Liste Ihrer Mitglieder mit Anschrift, Telefon und Mailadresse – wir müssen mit allen reden, und wir sollten wissen, wo Sie und Ihre Mitstreiterinnen an den Tagen waren, an denen die Morde verübt wurden.«

Sie sah irritiert zu ihm auf und erhob sich dann ebenfalls.

»Aber wie gesagt, Frau Hoog«, beeilte er sich anzufügen, »das ist alles Routine, wir müssen das jeden fragen, der mit den Morden in Verbindung zu bringen ist – und sei es auch noch so vage.«

Sie zuckte mit den Schultern und begleitete Maria und Lindner hinaus. Als die Tür hinter ihnen zugedrückt wurde, blieben sie im Treppenhaus stehen und sahen sich an. In Viola Hoogs Wohnung wurde der CD-Spieler gestartet, der Verstärker weit aufgedreht, und dann dröhnte der AC/DC-Klassiker »Highway to Hell« durchs Haus. Lindner nahm Marias Hand und drückte sie. Dann gingen sie langsam die Stufen hinunter.

* * *

Die Fahrt zurück wurde eine sehr wortkarge Angelegenheit. Maria sah nachdenklich zum Fenster hinaus, und auch Lindner ging das zwiespältige Gespräch mit Viola Hoog nicht aus dem Kopf. In Boll fuhr er einen kleinen Umweg, hielt vor der Metzgerei an und kam mit einer prall gefüllten Tüte wieder heraus.

»Ich hab die Meterwurst und ein paar andere gerauchte genommen«, sagte er, als Maria sich neugierig zu der Tüte auf dem Rücksitz umdrehte. »Ich brauch jetzt was Deftiges, und meine Mutter hat sicher auch schon wieder Appetit.«

Doch Ruth Lindner war nicht zu Hause. Auf dem Küchentisch lag ein Zettel: »Ben zom Dokter, es kann halber oise werda!«

Inzwischen war es halb vier, und wenn der Zettel noch hier lag, war sie seit ihrem Weggang nicht wieder zurückgekommen. Sofort machte er sich wieder Sorgen um die Gesundheit seiner Mutter, doch zugleich ärgerte er sich darüber, schob den Gedanken beiseite und deckte den Tisch für zwei. Sie ließen sich das Vesper schmecken, tranken Saftschorle dazu und unterhielten sich. Nach einer Weile ließ Maria eine Pause entstehen und sah Lindner lange an.

»Was ist los?«, fragte er.

»Das sollte ich *dich* fragen. Ist es wegen deiner Mutter?«

Er zuckte mit den Schultern.

»Was, glaubst du, könnte Dr. Bruch gefunden haben?«

Er zuckte mit den Schultern.

»Sie sagt mir nichts darüber«, murmelte er, »und tut so, als sei nichts, aber irgendetwas macht ihr zu schaffen. Sehr sogar.«

Ein zweiter Gedanke ging ihm durch den Kopf, und auch der bereitete ihm Unbehagen.

»Na ja, und außerdem …«

Er presste die Lippen aufeinander, eigentlich hatte er darüber gar nicht reden wollen.

»Wieso? Was denn außerdem?«

Lindner wand sich. Er wusste, dass Maria seine Überlegungen als Hirngespinst abtun würde, aber jetzt musste er ihr schon alles sagen.

»Mir geht im Moment eine Bemerkung meiner Mutter nicht mehr aus dem Kopf. Sie kam doch gestern Abend betrunken aus dem Bürgertreff zurück.«

Maria nickte.

»Du hast dich gestern so aufgeregt, als ich Rösler anrief und ihn fragte, ob meine Mutter bei ihm sei.«

»Allerdings. Deine Mutter ist schließlich eine erwachsene Frau, da kann sie gut mal einen Abend lang weggehen, ohne dir haarklein zu sagen, was sie vorhat. Meiner Meinung nach hast du dich Rösler gegenüber lächerlich gemacht.«

»Das ist mir egal. Ich hab mir Sorgen gemacht.«

Maria schnitt sich noch etwas gerauchte Wurst ab und stopfte sich das Stück in den Mund. Lindner musste lächeln: Sie kaute immer etwas energischer, wenn sie schlechter Laune war. Das sah sehr hübsch aus bei ihr – und hatte den Vorteil, dass sie ihm mit vollem Mund nicht so gut die Leviten lesen konnte.

»Du warst auch sauer, als ich später am Abend Roeder anrief und ihm meinen Verdacht mitteilte, dass Thea Wichern unser Mordopfer sein könnte. Und? Ist sie's?«

Eine rhetorische Frage.

»Na, siehst du!«, fügte er nach einer kurzen Pause hinzu.

Maria hatte den Mund wieder leer.

»Aber deine Mutter ist gestern Abend wieder heil nach Hause gekommen, was in ihrem Zustand und in ihrem Alter durchaus eine Leistung war.«

Sie grinste.

»Mutter hat mir erzählt, dass ein Fremder sie gefahren hat, und sie hat vermutet, dass es ein Hotelgast war.«

»Ja und?«

»Na, und jetzt ist sie nicht da, obwohl sie schon vor drei Stunden wieder zurück sein wollte. Das hat sie jedenfalls auf diesen Zettel gekritzelt. Da mach ich mir halt Sorgen.«

»Ich kann mich nur wiederholen, Stefan: Du siehst Gespenster.«

»War ja klar, dass das jetzt wieder kommt. Aber irgendwie hat sich der Mörder auch an Thea Wichern rangemacht, oder er hat sie lange beobachtet und ist dann zum Stall geschlichen, um sie zu betäuben, in den Kurpark zu schaffen und dort …«

Maria sah ihn einen Moment lang fassungslos an, dann trug sie ihren Teller zur Spüle. Kurz blieb sie dort stehen, dann wandte sie sich um und sah Lindner mit schlecht beherrschtem Zorn an.

»Soll das jetzt so weitergehen, bis dieser Mörder gefasst ist? Du hast Angst um deine Mutter, vielleicht bald auch um mich – und sobald wir uns mal eine Stunde lang nicht melden, telefonierst du hinter uns her wie eine Glucke hinter ihrem Kindergartenkind?«

»Du brauchst das gar nicht so lächerlich zu machen – was, wenn dieser Mörder mitbekommen hat, dass sich das LKA eingeschaltet hat, dass mein Chef und ich diese Bezüge zum Pietismus für das verbindende Element halten? Was, wenn er sich dadurch endlich einmal ernst genommen fühlt – und verstanden, wenn du so willst? Dass der Typ einen Knall hat, liegt ja auf der Hand. Es wäre also durchaus möglich, dass er für seine Morde und ihre Details auch Anerkennung haben möchte. Warum sollte er also diesmal nicht im Umfeld des LKA-Ermittlers bleiben – also in meinem?«

»Weil er das bisher auch nicht gemacht hat.«

»Er könnte das Ganze als eine Art Spiel auffassen – und ich wäre dann möglicherweise sein Gegenspieler.«

»Aber Bad Boll hat er als Bezug zu Blumhardt ja schon ›verbraucht‹ – warum sollte er dann deine Mutter als nächstes Opfer nehmen?«

»Das weiß ich nicht.«

»Oder mich? Was hat Göppingen mit dem Pietismus zu schaffen?«

»Irgendetwas findet sich da auf jeden Fall.«

»Genau – so wie für fast jeden anderen Ort in Württemberg. Mensch, Stefan, lass dich doch nicht verrückt machen. Du brauchst Abstand, lass uns ausgehen, was essen, ins Kino – irgendetwas, das dich ablenkt.«

»Ich will mich nicht ablenken, ich will diesen verdammten Mörder finden.«

Maria sah ihn besorgt an, dann legte sie ihre Finger unter sein Kinn und hob sein Gesicht ein wenig an.

»Bist du sicher, Stefan, dass du diese Geschichte ganz verarbeitet hast?«

»Was meinst du?«

»Den Tod deines Kollegen.«

»Was soll das denn jetzt?«

»Schau: Du warst so lange krankgeschrieben, seit dein Kollege ums Leben kam – vielleicht …« Sie zögerte etwas. »Vielleicht bist du doch noch nicht so weit.«

Lindners Miene verdüsterte sich.

»Vielleicht solltest du noch einmal eine Pause einlegen, bis du … na ja … wieder etwas stabiler bist.«

Sie hatte leise gesprochen und ihrer Stimme einen einfühlsamen Tonfall verliehen, und natürlich meinte sie es nur gut mit ihm – doch Lindner konnte trotzdem nicht verhindern, dass Wut in ihm aufstieg.

Sollte das jetzt immer so weitergehen? Wann immer er eine etwas gewagtere Theorie ausbreitete, wann immer er über die Hintergründe einer Tat grübelte und sich auch mal ein Stück weit von gewagten Schlussfolgerungen treiben ließ … immer dann würde diese Geschichte wieder auf den Tisch kommen? Und wenn das sogar Maria tat: Würde sich einer wie Roeder die Chance entgehen lassen, ihn mit solchen Äußerungen zu demütigen?

»Du hältst mich immer noch für … für …«

Lindner suchte nach einem passenden Wort.

»… für bekloppt?«, brachte er schließlich hervor und bereute es fast im selben Augenblick.

Maria sah ihn verblüfft an, er war etwas laut geworden und aufgesprungen. Dann schüttelte sie traurig den Kopf und ging an ihm vorbei zum Flur hinaus.

»Ich fahr jetzt heim, vielleicht brauchen wir beide mal eine Pause.«

Er hörte das Geräusch, wie Maria die Jacke vom Haken nahm und in ihre Schuhe schlüpfte, er hörte ihre Schritte auf der Treppe und den Klang der zuschlagenden Tür. Erst blieb er sitzen und starrte trotzig auf die Tischplatte, dann stand er auf, ging zum Fenster und sah zu, wie Maria im Dienstwagen davonbrauste.

Dass sie ihn aber auch nicht verstand …

Lindner räumte den Tisch vollends frei, holte sich die Tageszeitung und setzte sich zum Lesen. Draußen fuhr ein Kombi, der eine Zeitlang ein paar Meter neben dem Lindner'schen Bauernhaus am Straßenrand geparkt hatte, an und fuhr zügig die Gruibinger Straße hinunter, hinter Maria her.

* * *

»Gehen wir ein Stück«, schlug Johann Schmied vor und deutete den Badwasen entlang, einen asphaltierten Weg, der ein paar Meter neben der Durchgangsstraße herführte.

Lindner war alles recht. Er hatte nicht damit gerechnet, dass er noch am selben Tag jemanden von der Herrnhuter Brüdergemeine würde sprechen können. Schmied hatte am Telefon zwar überrascht darauf verwiesen, dass die Polizei wegen des Verbrechens im Kurpark doch schon da gewesen sei, war aber trotzdem bereit, sich für Lindner eine halbe Stunde Zeit zu nehmen.

Die beiden Männer gingen gemessenen Schrittes nebeneinander her, und aus den Augenwinkeln musterte Lindner seinen Gesprächspartner verstohlen. Schmied schien völlig in sich zu ruhen, obwohl er vorhin noch davon erzählt hatte, dass heute eine Besprechung die andere jage und er auch gleich nachher wieder zurück an die Arbeit müsse. Nach ein paar Metern wandte Schmied ihm den Kopf zu, und Lindner hob den Blick schnell etwas höher.

»Haben Sie die Kollektoren dort oben auf dem Dach schon lange?«

Fast das ganze große Dach des Unitätshauses war mit Sonnenkollektoren bedeckt. Um Schmieds Mund spielte ein dünnes Lächeln.

»Auch die Sonnenkraft ist eine Gabe Gottes. Es wäre nicht gut, sie zu verschwenden.«

Sie gingen einige Schritte.

»Aber deshalb wollten Sie mich sicher nicht sprechen. Erklären Sie mir doch bitte zuerst einmal, warum die Polizei gleich zweimal mit mir sprechen möchte. Schon am Montag kamen ein Herr ...«

Er nestelte zwei Visitenkarten aus seiner Tasche hervor.

»... ein Herr Roeder und ein Herr Miller zu mir, beide von der Kriminalpolizei Göppingen. Das war zeitlich obendrein recht ungünstig: Ich wollte dringend zur Chorprobe ins Kurhaus.«

Schmied seufzte und zupfte sich den Mantel ein wenig zurecht.

»Und wie kann ich Ihnen helfen?«

»Ich bin vom Landeskriminalamt, und wir befürchten, dass es Zusammenhänge gibt zwischen dem Mord hier in Bad Boll und drei weiteren Verbrechen im Großraum Stuttgart.«

»Ach?«

»Allzu viele Details kann ich Ihnen leider nicht verraten. Ermittlungstaktische Gründe.«

Lindner legte ein entschuldigendes Lächeln auf.

»So drückte sich Ihr Göppinger Kollege auch schon aus.«

»Kriminalhauptkommissar Roeder leitet die Sonderkommission, die im hiesigen Fall ermittelt – und ich versuche,

Gemeinsamkeiten der vier Mordfälle zu finden, um den Kollegen bei der Kripo möglichst Ansatzpunkte für ihre weitere Arbeit bieten zu können.«

»Es ist schön, wenn Institutionen so gut zusammenarbeiten«, lobte Schmied und nickte anerkennend.

Lindner ging lieber nicht ins Detail und ließ ihm seine gute Meinung.

»Wir sind auch stets bemüht«, fuhr Schmied fort, »mit den Angehörigen anderer Glaubensgemeinschaften und Religionen zusammenzuarbeiten. Das klappt mal besser und mal etwas weniger gut.«

Er lächelte Lindner an und zuckte nun seinerseits wie entschuldigend mit den Schultern.

»Mit den Zinzendorferinnen klappt es etwas weniger gut, nehme ich an?«

Schmied zuckte zusammen, blieb stehen und sah Lindner forschend an.

»Warum sagen Sie das? Auch Ihr Kollege hat mich schon auf diese ... Gruppierung angesprochen, wollte mir aber nicht verraten, warum.«

»Ich darf Ihnen das nicht ...«

»Ach, papperlapapp!«, fiel ihm Schmied ins Wort. »Ich soll Ihnen ja auch alles frei von der Seele weg erzählen – da finde ich es nur angemessen, dass Sie mich verstehen lassen, warum Sie mir Fragen nach diesen Frauen stellen.«

Erst zögerte Lindner, aber dann beschloss er, die Information wenigstens in einer etwas abgemilderten Form preiszugeben – zumal er heute Mittag in diesem Punkt Viola Hoog schon die ganze Wahrheit verraten hatte.

»Die Tote in Boll hatte eine Tageslosung bei sich. Und die drei anderen Mordopfer ebenfalls.«

»Eine Tages...!?«

Schmied wirkte ehrlich bestürzt.

»Aber doch nicht aus unserem Kalender? Ah ... nun verstehe ich: Die Losungen stammten aus dem Kalender dieser ... Gruppe. Richtig?«

Lindner nickte. Schmied musste sehr schlecht auf die Zinzendorferinnen zu sprechen sein, wenn er so sorgsam vermied, auch nur den Namen in den Mund zu nehmen. Nun atmete er tief durch, schien sich zu sammeln und spazierte weiter, die Hände tief in den Taschen vergraben.

»Sind Sie jetzt erleichtert?«, fragte Lindner, der sich ebenfalls wieder in Bewegung gesetzt hatte. »Ich meine: Weil die Losungen nicht aus einem Ihrer Kalender stammen?«

Schmied zuckte mit den Schultern.

»Ein Mord oder sogar mehrere«, sagte er nach einer Weile, »sind natürlich nichts, womit man gerne in Verbindung gebracht wird – auf welche Art auch immer.«

»Nun gibt es eine Verbindung zu den Zinzendorferinnen, die Sie offensichtlich nicht mögen und die Ihnen mit Ihrem Kalender Konkurrenz machen – das müsste Ihnen eigentlich ganz gelegen kommen.«

Lindner behielt den anderen während seiner Bemerkung genau im Blick. Er wollte ihn provozieren, um ihn vielleicht mit Blick auf die Gruppe um Viola Hoog aus der Reserve zu locken – doch mehr als ein mitleidiges Lächeln rief Lindners Attacke nicht hervor.

»Ach, Herr Lindner, wenn Sie damit andeuten wollen, dass irgendjemand in der Brüdergemeine einen Grund hätte, an diesen Morden beteiligt zu sein oder auch nur, meinetwegen, hinterher den Opfern eine Tageslosung beizulegen, woher auch immer er von den Mordopfern wissen sollte …«

Schmied schüttelte den Kopf und lächelte weiter.

»Aber in diese Richtung ging Ihre Bemerkung sicher nicht – vor allem hier in Bad Boll hätten wir so etwas ja wohl kaum direkt vor unserer Haustür veranstaltet, das wird Ihnen und auch Ihrem Kollegen klar sein. Sonst hätten sicher intensivere Ermittlungen in unsere Richtung stattgefunden.«

Er wirkte nun fast ein wenig amüsiert, wurde dann aber wieder ernst.

»Und dann ist eine solche Losung, aus welchem Kalender sie auch stammen mag, doch immer auch Gottes Wort. Und

Gottes Wort sollte am Schauplatz eines solchen Verbrechens allenfalls zum Trost, zur Stütze und, ja, vielleicht auch zum Öffnen eines neuen Blickwinkels auf das Ende eines irdischen Lebens dienen – ich habe Sie aber so verstanden, dass der Mörder diese Losung eher als Provokation an der Leiche befestigt hatte.«

Lindner nickte.

»Und dann hatten Sie noch die Konkurrenzsituation angesprochen. Wissen Sie: Unsere Losungskalender sind, wenn ich das mal so unbescheiden sagen darf, Klassiker – und wenn nun auch Frau Hoog einmal im Jahr einen Abreißkalender mit Bibelstellen veröffentlicht, die allesamt mit Frauen und ihrer Rolle im Glauben zu tun haben, dann hat das für uns in wirtschaftlicher Hinsicht nicht allzu große Folgen.«

»Sie kennen den Kalender also?«

»Natürlich kenne ich ihn, ich lasse mir jedes Jahr einen schicken und blättere ihn auch gerne durch – im Grunde genommen finde ich es gut und obendrein in Teilen amüsant, was sich Frau Hoog so alles einfallen lässt, nur …«

»Nur?«

Er presste die Lippen zusammen.

»Ich will es mal so sagen: Sie vergreift sich ab und zu in der Wahl ihrer Mittel.«

»Zum Beispiel?«

»Darüber möchte ich nur ungern sprechen.«

»Und warum?«

»Meiner Ansicht nach nimmt Frau Hoog den Glauben zu wenig ernst – sie macht sich damit über all jene lustig, die ihr Leben der Aufgabe geweiht haben, anderen das Wort Gottes nahezubringen.«

»Schöne Worte, Herr Schmied, aber ich nehme an, Sie haben konkrete Erfahrungen mit den Zinzendorferinnen gemacht – Ihre Abneigung scheint nicht bloß theologischen Erwägungen zu entspringen.«

»Ach, schon der Umstand, dass sie sich die ›Zinzendorferinnen‹ nennen, ist purer Hohn!«

Er war etwas lauter geworden und fuchtelte mit der linken Hand in der Luft herum, bevor er sich wieder unter Kontrolle hatte, die Hand zurück in die Tasche schob und sich räusperte.

»Nikolaus Ludwig Graf von …«

»Ich kenne die Geschichte, Herr Schmied, vielen Dank. Graf Zinzendorf hat die Herrnhuter Brüdergemeine gegründet.«

»So ist es, und auch die Losungen gehen auf ihn zurück. Seine Frau Erdmuthe hatte wichtige Aufgaben innerhalb der Brüdergemeine inne, und sie hat sich sehr um die Losungskalender verdient gemacht. Und ausgerechnet nach ihr benennen sich diese … diese …« Er suchte noch nach einem Wort, das ihm stark genug erschien, doch dann sagte er einfach nur: »Frauen.«

»Sie sind nicht verheiratet?«

»Doch, natürlich, was hat das denn damit zu tun? Ich bin glücklich, sehr glücklich verheiratet, wir haben vier Kinder, und die Familie ist etwas Heiliges für uns. Aber allein, weil meine Frau nicht berufstätig ist, macht sie das doch nicht zu einem Heimchen am Herd! Meine Frau ist ein eigenständiger Mensch, die beileibe nicht immer meiner Meinung ist – und auch dafür liebe ich sie! Ich habe keine Ahnung, welches Bild Frau Hoog von uns hat, aber es ist ein falsches!«

Er war sichtlich bemüht, nicht wieder laut zu werden, aber er sprach sehr eindringlich, und an seiner Schläfe begann eine Ader ein wenig hervorzutreten, und darin pochte es.

»Nur weil meine Frau sehr wohl emanzipiert ist und meinungsstark – übrigens durchaus in der Tradition von Erdmuthe von Zinzendorf! – und weil sie ihren eigenen Kopf hat, rennt sie doch nicht durch die Straße und reißt sich …«

Er brach mitten im Satz ab. Lindner sah zu ihm hin. Schmied sah aus, als widerte ihn das Thema an.

»Was genau haben die Zinzendorferinnen so Schlimmes getan, Herr Schmied? Wenn ich nachher nach Hause gehe, kann ich mir die Infos auch über das Internet holen – ich nehme an, es wurde in der Zeitung darüber berichtet.«

»Darüber nicht, Gott sei Dank. Über viele Aktionen schon, über diese eine nicht. Wir konnten diesen unwürdigen Auftritt im letzten Moment verhindern.«

Lindner sah ihn an und wartete, und irgendwann zuckte Schmied mit den Schultern.

»Meinetwegen, Sie wollten es so. Aber ich gehe selbstverständlich davon aus, dass Sie das nicht an die große Glocke hängen – sonst hätte Frau Hoog ihr fragwürdiges Ziel nachträglich doch noch erreicht.«

»Ich ermittle. Es ist nicht meine Aufgabe, Reporter mit spektakulären Geschichten zu versorgen.«

Schmied nickte, machte ein paar Schritte, dann blieb er wieder stehen.

»Es war im August 2010. Ich habe Ihnen vorhin schon erzählt, dass wir sehr daran interessiert sind, auch mit anderen religiösen Organisationen zusammenzuarbeiten. Das gilt für Gespräche mit Muslimen, Mitmenschen jüdischen Glaubens, Hindus – aber natürlich auch für andere pietistische Gemeinschaften. Da mir das ganz persönlich ein Herzensanliegen ist, habe ich viele Kontakte etwa auch zur Korntaler Brüdergemeinde. In Korntal wird alljährlich das Gründungsjubiläum am 22. August begangen. Im Jahr zuvor war an genau diesem Tag ein Mord in Korntal geschehen, schreckliche Geschichte, aber zum Glück haben sich Polizei und Staatsanwalt viel Mühe gegeben, dass durch ihre Ermittlungen die Feierstunden nicht beeinträchtigt wurden. Im Jahr darauf war ich also erneut in Korntal und ging noch ein wenig mit Freunden spazieren – da sah ich auf der anderen Straßenseite in einiger Entfernung mehrere Frauen kommen, alle hatten Taschen bei sich und Frau Hoog ging vorneweg. Ich kannte sie vom Sehen, und ich hatte schon einige ihrer Provokationen als Beobachter miterlebt. Und wie sie so auf den Saalplatz zuhielt, wo die Brüdergemeinde ihre Diakonie und ihr Gemeindezentrum hat, habe ich natürlich sofort befürchtet, dass diese Gruppe die Feierlichkeiten stören wollte. Ich bin den Frauen – die zu sehr mit sich selbst beschäftigt waren, um uns zu bemerken – mit meinen Freunden gefolgt, und tatsächlich haben sie sich kurz vor dem Saalplatz zwischen zwei Häusern verborgen. Wir sind näher hin, und als wir gesehen haben, dass sie ein paar Transparente ausgerollt hatten und sich …«

Er räusperte sich.

»… und sich obenrum … also … freigemacht hatten, haben wir sie in diesem kleinen Innenhof eingekreist und daran gehindert, zum Saalplatz weiterzugehen.«

»Und was ist dann passiert?«

»Nichts, Gott sei Dank. Wir haben die Polizei gerufen, die Frauen haben sich wieder bedeckt, und dann wurden sie gebeten, sich zu entfernen und die Feierstunde nicht zu stören. Aber stellen Sie sich doch nur vor, was das für ein Aufstand gewesen wäre: Da rennen kreischende, halbnackte Frauen auf den Saalplatz, während eigentlich die Zeit für eine ernste Feierlichkeit gekommen ist! Das wäre für die Presse natürlich ein Fressen gewesen!«

Lindner musste sich sehr anstrengen, ein Grinsen zu unterdrücken. Schmied wandte sich um und machte sich langsam wieder auf den Rückweg.

»Und welche anderen … Provokationen der Zinzendorferinnen haben Sie zuvor beobachtet, wie Sie gerade sagten?«, fragte Lindner nach den ersten Schritten.

»Ach … Flugblätter, illegal aufgehängte Plakate, Graffiti auf Gebäuden.«

»Mit welchem Inhalt?«

»Meistens verfremdete christliche Symbole.«

»Zum Beispiel?«

»Besonders gern bildeten sie Jesus am Kreuz ab, und oben war dem Kreuz ein großer Kreis aufgesetzt, damit es das Symbol für ›weiblich‹ ergibt. Auch Fotomontagen, die mit dem berühmten Abendmahlmotiv spielten und Jesus statt mit den Jüngern wohl mit Maria Magdalena und den gemeinsamen Kindern zeigten. Solche Geschmacklosigkeiten eben.«

»Hat Frau Hoog deswegen Ärger bekommen?«

»Das Übliche: Sie wurde angezeigt, mal musste sie bezahlen, mal verlief die Sache im Sand – es ist ja nicht immer alles, was man eigentlich sicher weiß, auch gerichtsverwertbar zu beweisen.«

»Ist niemand auch mal handgreiflich geworden?«

Schmied sah ihn irritiert an.

»Wir sind friedliebende Leute«, sagte er dann. »Wobei …«

Er dachte nach, sprach aber nicht weiter.

»Ihnen ist gerade etwas eingefallen, das nicht so friedfertig war?«

»Ja, schon, aber …«

»Bitte, Herr Schmied!«

»Frau Hoog hat ihre Gruppe vor ein paar Jahren gegründet, und sie haben sofort losgezündelt. Das ging einigen Gläubigen wohl zu weit, und es gab gewissermaßen eine Gegenbewegung. Sie nennen sich ›Republik Gottes‹ – wie Graf Zinzendorf die Herrnhuter Brüdergemeine anfangs selbst auch bezeichnete – und haben sich Aktionen gegen Frau Hoog und ihre Mitstreiterinnen ausgedacht.«

»Aktionen?«

»Ich weiß nicht von allem, aber sie sind wohl besonders im Internet aktiv, haben angeblich auch schon einmal Frau Hoogs Seite angegriffen. Und sie hat wohl auch mal Anzeige gegen die Leute erstattet, weil eines Morgens die Luft aus ihren Autoreifen gelassen war, als sie bei einer ihrer Mitstreiterinnen über Nacht geblieben war. Das muss damals in Markgröningen gewesen sein, etwa ein halbes Jahr nach dem Zwischenfall in Korntal. Sie hat mich angerufen und am Telefon beschimpft, und sie hat mir unterstellt, dass ich hinter diesem ›Anschlag‹, wie sie es nannte, stecke. Ich verwahrte mich gegen den ungeheuren Vorwurf und teilte ihr mit, dass inzwischen eine Gruppierung namens ›Republik Gottes‹ Aktionen gegen sie und ihre Mitstreiterinnen veranstalte – daraufhin hat sie einige Mitglieder der Gruppe ausfindig gemacht und Anzeige gegen sie erstattet. Wissen Sie: Im Grunde genommen ist Frau Hoog ein armes, fehlgeleitetes Mädchen, aber im Gespräch mit mir war sie selbst den vernünftigsten Worten nicht zugänglich.«

Er zuckte mit den Schultern.

»Was kam bei der Anzeige heraus?«

»Das wissen Ihre Kollegen, die damals ermittelt haben, natürlich besser. Aber soweit ich das über meine Freunde in Korntal mitbekommen habe, wurde kein Schuldiger ermittelt. Die haben sogar die Spurensicherung kommen lassen, aber ohne Erfolg.«

»Aber Sie gehen insgeheim davon aus, dass diese ›Republik Gottes‹ dahintersteckte?«

»Dazu möchte ich nichts sagen. Es wurde ermittelt, und es kam nichts dabei heraus. Das muss reichen.«

»Und wer steckt hinter dieser Vereinigung?«

Schmied schwieg.

»Sie kennen die Leute doch! Und immerhin ist es denkbar, dass diese Leute in irgendeiner Form mit den Morden in Verbindung stehen, in denen ich ermittle!«

Es war Schmied deutlich anzusehen, dass es in ihm arbeitete.

»Ich kenne keinen von ihnen persönlich, und ich finde es auch grundfalsch, sich mit solchen Aktionen letztlich auf dasselbe Niveau zu begeben, das ich an Frau Hoog so sehr kritisiere.«

Es war offensichtlich, dass Schmied mehr wusste, als er preisgeben wollte.

»Herr Schmied, Sie wissen, wie ich Kontakt zu dieser Gruppe bekommen kann – und Sie sagen es mir jetzt bitte!«

Inzwischen hatten sie fast wieder das Unitätshaus erreicht. Schmied ging wortlos den kleinen Weg entlang, der zum Haupteingang führte, und drehte sich schließlich noch einmal zu Lindner um.

»Kommen Sie mit, ich schreibe Ihnen im Büro auf, wie Sie an diese Leute herankommen.«

* * *

»Mutter?«

Lindner hatte von außen kein Licht im Haus gesehen, obwohl es schon dämmerte. Nun schaltete er überall die Beleuchtung an und streifte durch alle Räume. Ob seine Mutter in der Zwischenzeit hier gewesen war? In der Küche war sie nicht, das Wohnzimmer war ebenfalls leer, und im Flur war nur das Blinken des Anrufbeantworters zu sehen.

Er drückte den Wiedergabeknopf. Es war nur ein kurzes Räuspern zu hören, dann wurde aufgelegt. Lindner ließ sich die Nummer des Anrufers anzeigen – es war Maria. Sofort rief er zurück, aber am anderen Ende ging niemand ran und der Anrufbeantworter war nicht angeschaltet, also legte er wieder auf.

»Stefan?«

Die Stimme von Ruth Lindner klang gedämpft.

»Wie erstickt«, schoss es Lindner durch den Kopf, und er sah sich nach allen Seiten um, aber niemand war zu sehen.

»Stefan!«

Der Ruf kam aus dem Schlafzimmer. Lindner eilte sofort hinüber, riss die Tür auf und – sah seine Mutter schlaftrunken im Bett liegen, die Decke halb über den Kopf gezogen.

»Mutter! Was ist mit dir?«

Sie schob die Decke ein bisschen nach unten. Lindner war erschüttert: Es war erst später Nachmittag, und seine Mutter war offenbar schon mit einem ordentlichen Rausch ins Bett gegangen. Erst blieb er stumm und erstarrt stehen, dann ging er die letzten beiden Schritte und setzte sich zu seiner Mutter an den Bettrand.

»Jetzt erzählst du mir endlich, was mit dir los ist, Mutter!«

»I will schlofa, Stefan. Brengsch mir no a Glas Wasser?«

Sie öffnete den Mund, leckte sich mit der Zunge über die faltigen Lippen und grinste ein wenig.

»I han en Brand, glaub i.«

Damit ließ sie sich wieder auf das Kissen sinken.

»Mutter, du erzählst mir jetzt sofort, was los ist!«

Sie grinste ihn an, dann entspannten sich ihre Züge.

»Mutter? Mutter!«

Er sah sie noch verblüfft an, dann beseitigte leises Schnarchen jeden Zweifel: Ruth Lindner war wieder eingeschlafen.

Er stand auf, schloss leise die Tür hinter sich, ging eine Zeitlang im Flur auf und ab und zermartete sich das Hirn, was wohl mit seiner Mutter in letzter Zeit los war. Dann nahm er das Telefon und wählte die Handynummer von Thomas Bruch. Ziemlich sicher hatte die Verwandlung seiner Mutter mit den Laborergebnissen zu tun, die er am vergangenen Montag mit ihr durchgesprochen hatte. Bruch meldete sich nach dem fünften Klingeln, im Hintergrund hörte Lindner Lachen und Gespräche.

»Hallo, Stefan!«, sagte Bruch in bester Stimmung. »Wo steckst du denn?«

Lindner dachte kurz nach, dann fiel ihm ein, dass er eigentlich für heute mit den anderen zum Binokeln in seinem alten Stammlokal, dem Hirschen in der Boller Ortsmitte, verabredet war. Eigentlich ein Glücksfall: Bei einem Bier würde sich sein Schulfreund vielleicht eher erwärmen lassen, ihm entgegen der ärztlichen Schweigepflicht etwas über die gesundheitliche Probleme seiner Mutter zu erzählen.

»Ich wollte nur kurz Bescheid geben, dass es etwas später wird«, log er schnell. »Ich gehe in ein paar Minuten los. Halt mir einen Platz frei!«

Im Hirschen war es voll wie meistens, und am Stammtisch linsten gerade Bruch, Fritz Aichele und zwei andere Kumpel hinter ihren Karten hervor. Bruch und Aichele waren bester Laune, die anderen beiden hatten allem Anschein nach ein miserables Blatt. Lindner klopfte kurz auf die Tischplatte, setzte sich auf einen freien Stuhl und winkte der Wirtin Chiara zu. Die stand gleich darauf neben ihm und hatte ihrem altvertrauten Stammgast bereits ein Hefeweizen mitgebracht.

»Magst du auch was essen?«

Lindner sah auf die Tageskarte, bestellte Linsen mit Spätzle und prostete den anderen am Tisch zu.

Drei Stunden später war im Gastraum deutlich weniger los, und Fritz Aichele verabschiedete sich brummelnd. Nun saßen Bruch und Lindner allein am Stammtisch.

»Noch ein Weizen, Thomas?«

»Nein, lieber nicht. Ich hab Wochenenddienst.«

»Dann eine Cola oder einen Kaffee? Ich geb dir einen aus!«

Bruch sah Lindner an.

»Nicht dass du sonst geizig wärst … aber du willst doch was von mir, oder?«

Lindner wand sich.

»Okay. Eine Cola wär vielleicht nicht schlecht.«

Lindner bestellte das Getränk, und dazu noch einen Obstler für sich selbst. Die Linsen lagen ihm im Magen wie Wackersteine.

»So, und jetzt raus mit der Sprache«, sagte Bruch. »Was kostet mich das jetzt?«

»Eine Info«, gab Lindner zu und grinste dabei unsicher.

Bruch hob die Augenbrauen, dann verzog er das Gesicht.

»Es geht um deine Mutter, oder?«

»Ja. Seit sie vergangenen Montag bei dir in der Praxis war, ist sie wie ausgewechselt – die ganze Woche über habe ich mir schon Sorgen gemacht. Weißt du: Sie nervt mich zwar mit ihrer Art, mich auf die Schippe zu nehmen, aber sie war immer so voller Lebenslust, wollte ständig was unternehmen, hatte immer etwas vor – und die letzten Tage saß sie meistens rum und ließ den Kopf hängen. Das kenne ich so nicht von ihr. Und heute Abend komme ich heim, und sie liegt betrunken im Bett und grinst mich selig an, als sie zwischendurch kurz aufwacht. Da stimmt doch was nicht!«

Bruch lachte.

»Echt? Die hat sich heute einen hinter die Binde gegossen?«

Er lachte lauter und wischte sich die Tränen aus den Augenwinkeln.

»Deine Mutter ist schon eine Marke, ehrlich.«

»Und? Hat's jetzt mit den Laborwerten zu tun oder nicht?«

»Stefan, du weißt doch, dass ich …«

»Ja, ärztliche Schweigepflicht und so, schon klar. Aber jetzt mal unter uns alten Schulfreunden – schließlich geht es um meine Mutter. Was hat sie?«

»Nichts«, sagte Bruch knapp und grinste.

Lindner sah ihn überrascht an.

»Wie – nichts? Sie ist gesund?«

»Ja, natürlich hat sie das eine oder andere Zipperlein, ihrem Alter entsprechend, aber sie ist im Prinzip kerngesund.«

»Gut«, seufzte Lindner. »Das ist gut. Nur … was hat ihr dann die ganze Woche über die Laune verhagelt? Ich hatte gehofft, dass ich von dir den Grund erfahre. Hm, dann muss es irgendetwas anderes sein.«

»Nein, nein, es sind schon die Laborwerte, die ihr zu schaffen gemacht haben.«

»Wie jetzt? Ich dachte, sie ist gesund.«

Bruch zögerte noch etwas, dann gab er sich einen Ruck.

»Jetzt ist es auch schon egal, und über eine Krankheit, die meine Patientin *nicht* hat, kann ich eigentlich schon mit dir reden. Aber sag ihr nichts davon, ja?«

Lindner verstand kein Wort, aber er nickte artig.

»Deine Mutter war am Montag bei mir und wir haben die Laborergebnisse durchgesprochen. Blut und Urin waren untersucht worden, und einige der Werte deuteten darauf hin, dass sie eine Pankreatitis haben könnte.«

»Was ist das?«

»Stefan, du enttäuschst mich sehr.« Bruch grinste. »Da kommst du ständig mit dem Medizinlexikon unter dem Arm in meine Praxis und jammerst mir vor, an welcher schlimmen Krankheit du leidest, und dann kennst du diesen Begriff nicht?«

»Hör mal! Ich war schon seit Monaten nicht mehr bei dir.«

»Stimmt, jetzt wo du's sagst … Maria scheint dir gutzutun, was?«

Er stieß ihn leicht in die Seite.

»Nicht heute Abend. Wir haben uns gestritten, sie ist nach Göppingen heimgefahren.«

»Oh, tut mir leid. Aber das renkt sich wieder ein, du wirst sehen.«

»Hoffen wir's. Und was ist jetzt diese Pankreatitis?«

»Das ist eine Entzündung der Bauchspeicheldrüse, die durch erhöhte Werte bestimmter Enzyme nachgewiesen werden kann – das wird nicht im normalen Bluttest geprüft. Einige Werte, die standardmäßig erhoben werden, können aber ebenfalls auf eine Pankreatitis hinweisen, Blutzucker und Blutfett zum Beispiel. Die Ergebnisse deiner Mutter ließen den Verdacht einer Entzündung zu. Nun ist sie recht mager, ihr Bauch war am Montag ein wenig gebläht, und dass sie am Alkohol nicht spart, weiß ich ja auch – das sind alles Punkte, die zu einer Pankreatitis passen würden. Ein paar andere Symptome haben gefehlt, aber ich wollte sichergehen, habe ihr noch einmal Blut abgenommen und das zusammen mit Urin- und Stuhlproben ins Labor geschickt, um alles gezielt auf eine Pankreatitis hin untersuchen zu lassen. Sie wollte natürlich wissen, welche Krankheit sie womöglich hat – ich hab's ihr so schonend wie möglich beigebracht, habe sie auch darauf hingewiesen, dass es bisher nur einen Verdacht gibt, dass manches auch dagegen spricht und dass ich nur auf Nummer sicher gehen will. Aber sie ist dann ziemlich nachdenklich rausgegangen.«

»Und was würde eine Pankreatitis bedeuten?«

»Je nach Verlaufsform und Schweregrad kann man sich davon komplett erholen – oder man stirbt daran. Und wenn es eine chronische Pankreatitis ist, heißt es: keinen Alkohol mehr und Schluss mit den Zigarren.«

Nun konnte sich Lindner erklären, was seiner Mutter in den vergangenen Tagen so zu schaffen gemacht hatte.

»Aber die Ergebnisse der zweiten Untersuchung waren sehr erfreulich«, fuhr Bruch fort. »Sie hat keine Pankreatitis, und sogar die Werte für Blutfett und Blutzucker waren weniger erhöht als am Montag – vermutlich hat sie in den Tagen vor der ersten Blutentnahme einfach ein bisschen gesündigt. Und der Blähbauch kam wahrscheinlich doch vom Sauerkraut, das es am Tag zuvor gab.«

Bruch grinste noch breiter.

»Aber dass sie die Entwarnung gleich mit einem Besäufnis feiert ...«

Er lachte und schüttelte den Kopf.

* * *

Lindner ging leise die Treppe hoch, obwohl seine Mutter in den nächsten Stunden nicht einmal ein kleineres Erdbeben würde aufwecken können. Der Obstler hatte seinen Magen gewärmt, aber die Linsen ließen noch immer nicht locker. Er erinnerte sich an Bruchs Behauptung, Wasser sei in solchen Fällen besser als jeder Schnaps, und so schnappte er sich ein Glas, eine Flasche sauren Sprudel und ging in sein Zimmer. Dort fuhr er den PC hoch und suchte im Internet nach Information zur »Republik Gottes«, von der Johann Schmied erzählt hatte.

Er wurde bald fündig. Die meisten Verweise nannten Einträge auf Facebook und Twitter, eine normale Homepage schien diese Organisation nicht zu haben. Aber das Anliegen der »Republik Gottes« wurde auch so schnell deutlich: Ebendiesen Zinzendorferinnen solle das Handwerk gelegt werden, damit sie nicht länger das Ansehen von Gottes Wort und von all jenen in den Schmutz ziehen könnten, die sich als Diener Gottes engagierten.

Lindner überflog das Statement, das sich unter dem Menüpunkt »Unsere Ziele« aufrufen ließ: ein übles Pamphlet, das zwischen wohlklingenden Formulierungen wie *»Wir sind alle Diener im Weinberg Gottes«*, *»Gott im Herzen bedeutet den Himmel auf Erden«* und *»Seine Liebe trägt uns alle«* derbe Schmähungen, unglaubliche Bosheiten und eifernde Hetze enthielt – und alle hatten sie die Zinzendorferinnen im Visier.

Unter der Navigationsleiste waren Symbole zu sehen, die zu den gängigen sozialen Netzen führten, demnach hatten diese pietistischen Hitzköpfe schon eine große Zahl von »Freunden«, »Followers« und sonstigen Befürwortern – es war erschreckend, wie viele Internetnutzer inzwischen schon »I like« für diesen Schwachsinn geklickt hatten, der möglicherweise bereits ein Aufruf zur Straftat war. Lindner würde das an die zuständigen Kollegen im LKA weitergeben, doch zunächst wollte er wissen, wer hinter der Seite steckte – und mit wem er ein ernstes Gespräch über die »Republik Gottes«, die Zinzendorferinnen und das zu führen hatte, was alles miteinander und womöglich auch mit den vier Mordfällen zu tun hatte, in denen er ermittelte.

Im Impressum war eine Mailadresse angegeben, die ihn nicht weiterbrachte, und darüber hinaus eine Postfachadresse in Stuttgart – aber das brachte ihm im Moment auch nichts. Das war ein Fall für Computercracks, und sein Vorgesetzter Kortz würde wissen, wer sich darum kümmern konnte, die Identität des Homepage-Machers herauszufinden.

Er griff nach dem Handy und hatte Kortz' Nummer schon fast aufgerufen, als ihm einfiel, dass es für ein Telefonat doch schon etwas zu spät war. Also legte er den Apparat wieder beiseite und schickte Kortz stattdessen eine Mail mit den Kontaktdaten zur »Republik Gottes«, die ihm Schmied gegeben hatte. Dazu kopierte er einige Verweise auf Facebook in den Text und schickte die Mail ab.

Dann startete er noch kurz ein Solitärspiel am PC, um ruhiger zu werden. Aber es lief nicht gut, nach fünfzehn Minuten hatte er einen miserablen Wert erreicht und war kein bisschen ruhiger geworden. Es machte »pling«, und der Eingang einer Mail wurde angezeigt: Kortz war ebenfalls noch am Rechner und bot an, für den nächsten Tag einen Termin für einen Besuch beim Ansprechpartner der »Republik Gottes« zu verabreden und mit Lindner zusammen hinzugehen.

Lindner fuhr den PC herunter und ging ins Schlafzimmer seiner Mutter hinüber. Er öffnete die Tür ganz langsam und spähte durch den Spalt in den kalten, dunklen Raum: Ruth Lindner lag auf dem Rücken, schnarchte, als ob sie sich damit ihre Rente verdiente, und sah dabei sehr entspannt aus.

Eine Weile sah er auf die alte Frau hinunter, richtete seinen Blick auf die grau gewordenen Haare, die Runzeln auf ihrer Haut und die faltigen Lippen, die sich im Rhythmus ihrer Atemzüge öffneten und halb schlossen. Er sah die kleinen Haarbüschel, die ihr aus manchen Stellen der Oberlippe wuchsen, er sah die durchstochenen Ohrläppchen, an denen sie schon lange keinen Schmuck mehr getragen hatte.

Dann zog er leise, ganz leise die Tür wieder hinter sich zu und ging lächelnd in sein eigenes Zimmer hinüber.

* * *

Nicht allzu weit entfernt saß ein anderer Mann noch immer an seinem Rechner und recherchierte Orte und Daten. Schließlich hatte er eine Verbindung beisammen, die er für ausreichend hielt. Die Regeln machte er ja selbst, aber es hätte ihn trotzdem geärgert, wenn er sie für die nächste Aktion hätte brechen müssen. Das Opfer, das er sich ausgesucht hatte, wäre eine solche Abweichung eigentlich wert gewesen – aber so passte doch alles, wie er es sich vorstellte, und das war natürlich noch besser.

Er druckte noch einige Infos zu Friedrich Christoph Oetinger, geboren in Göppingen, und Georg Konrad Rieger, geboren am 7. März 1687 in Cannstatt, aus, zur Sicherheit auch noch eine Seite über Christian Gottlob Pregizer, geboren am 18. März 1751 in Stuttgart. Doch zwei Wochen lang wollte er nicht mehr warten, dieser LKA-Ermittler konnte jeden Tag auf die richtige Spur kommen, und die paar Tage, die ihm bis zum siebten beziehungsweise bis zum Abend des sechsten März noch blieben, sollten für die übrigen Vorbereitungen allemal ausreichen. Das Wichtigste hatte er beisammen, bald würde er genug über das nächste Opfer wissen, um sich eine passende Gelegenheit zu schaffen.

Und den defekten Tacker konnte er gleich morgen im nächsten Baumarkt ersetzen.

Samstag, 2. März

»Könnte ich kurz etwas sagen?«, begann Lindner, als alle saßen. »Ich muss gleich wieder los, und vorher würde ich euch gerne noch die neuesten Infos mitteilen.«

Roeder, der auch diese Sitzung der Soko leitete, machte eine übertrieben großzügige Geste und gönnte sich ein höhnisches Grinsen. Lindner musste sich sehr beherrschen, das Gehabe des Kollegen nicht zu kommentieren.

»Vielen Dank«, sagte er stattdessen und deutete im Sitzen eine Verbeugung an. Einige in der Runde grinsten, und Roeder machte ein genervtes Gesicht. »Ich habe gestern mit Johann Schmied von der Herrnhuter Brüdergemeine gesprochen.«

»Haben Miller und ich gleich am Montag gemacht«, fiel Roeder ihm ins Wort. »Das hättest du dir sparen können, Millers Bericht ist in den Unterlagen. Schmied wusste nichts, der kann uns nicht weiterhelfen.«

Lindner ließ eine kleine Pause, reagierte sonst aber nicht auf Roeders Einwurf, sondern brachte die Kollegen aufs Laufende, erzählte von den Aktionen der Zinzendorferinnen – und von der Gegenorganisation »Republik Gottes«, die Viola Hoog und ihren Mitstreiterinnen Schwierigkeiten bereiten wollte. Roeder wurden ein paar erstaunte Blicke zugeworfen, aber der blickte inzwischen nur noch finster vor sich auf den Tisch. Maria verfolgte lächelnd, wie Lindner Oberwasser bekam.

»Meine Kollegen beim LKA haben inzwischen ermittelt, wer in dieser Gruppierung das Sagen hat, ein gewisser Finn Ruckdaschel. Zusammen mit Herrn Kortz, meinem Vorgesetzten, werde ich diesen Typen nachher bei ihm zuhause in Schwäbisch Gmünd treffen.«

Maria warf ihm einen überraschten Blick zu, ihre Miene verriet Enttäuschung. Lindner bemühte sich, sie nicht anzusehen – nach ihrem energischen Abgang gestern wollte er ihr nicht die Genugtuung geben, schon wieder bei ihr um Versöhnung zu betteln. Da war ihm der Vorschlag seines Chefs gerade recht gekommen, ihn in Boll abzuholen und nach Gmünd zu begleiten.

Lindner stand auf, klopfte zum Abschied kurz auf die Tischplatte und eilte hinaus. Kaum hatte er die Tür des Besprechungsraums hinter sich geschlossen, tat es ihm schon wieder leid, wie er sich Maria gegenüber verhalten hatte.

Dann kam ihm die rettende Idee. Er sah auf die Uhr: Das sollte noch zu schaffen sein, bevor ihn Kortz in Boll abholte.

* * *

Der Baumarkt hatte umgebaut und erweitert, seit Lindner das letzte Mal hier gewesen war. Auf dem Parkplatz war der Teufel los, es dauerte ein wenig, bis sich ganz hinten auf dem Gelände ein freier Parkplatz fand, der nicht durch schräg abgestellte Kleinwagen teilweise blockiert war. Ein stetiger Strom von Männern und Frauen ergoss sich in den Baumarkt und wieder heraus, und Lindner musste sehr vorsichtig sein, um in dem Gewimmel mit seinem Einkaufswagen niemandem in die Hacken zu fahren.

Eine Weile irrte er ratlos umher, bis er von ferne ein Schild entdeckte, das auf die Abteilung hindeutete, nach der er suchte. Und tatsächlich stapelten sich dort in den Regalen Tapetenrollen, Farbeimer, Pinsel und alles andere, was man – soweit Lindner das wusste – zum Tapezieren benötigte. Er stellte sich an den Infoschalter der Abteilung, aber als nach fünf Minuten noch immer niemand gekommen war, verschaffte er sich selbst einen Überblick über die verfügbaren Materialien.

Die gemusterten Tapeten gefielen ihm nicht, und so wählte er die billigste Rauhfaser, die er finden konnte. Farbe würde er später kaufen, vielleicht sogar zusammen mit Maria, wenn sie sich bis dahin hoffentlich wieder versöhnt hatten. Er stellte einen Eimer Kleister auf den Einkaufswagen, dazu wählte er noch eine Bürste zum Auftragen des Leims, eine breite Gummirolle zum Andrücken der Tapete, eine kleine Rolle aus Hartplastik zum Festdrücken der Kanten, einen Kratzer für die alte Tapete samt einer Lösung, die dem Etikett zufolge das Entfernen von Tapeten aller Art zum Kinderspiel machte. Schließlich packte er sich noch eine Klarsichtfolie zum Abdecken von Boden und Möbeln obendrauf und steuerte die Kasse an.

In der Werkzeugabteilung kam ein Mann mit randloser Brille auf den Mittelgang zugeschlendert, einen Tacker und ein Paar Gummistiefel in der Hand. Im letzten Moment bemerkte er Lindner, trat einen Schritt zur Seite, wandte sich ab und studierte sehr interessiert die Auswahl an Bohrmaschinen. Aus den Augenwinkeln behielt er Lindner im Blick, der von alldem nichts mitbekam und vollauf damit beschäftigt war, seinen Einkauf ohne größere Zwischenfälle zur nächsten Kasse zu bugsieren. Erst als Lindner den geleerten Einkaufswagen wieder zurück in die Schlange stellte und kurz darauf mit dem Kombi vom Parkplatz fuhr, atmete der Mann mit der randlosen Brille auf und ging ebenfalls zur Kasse, um den Tacker und die Stiefel zu bezahlen.

* * *

Noch hatte Lindner eine gute Stunde Zeit, bis Kortz ihn abholen würde. Also las er die Gebrauchsanweisung des Tapetenlösers durch und rührte, weil das alles keinen sehr komplizierten Eindruck machte, einen Teil des Pulvers in einen Eimer mit Wasser. Auch die anderen Utensilien hatte er in sein Zimmer gebracht. Nun rückte er den Schreibtisch etwas von der Wand ab und legte Klarsichtfolie aus. Danach begann er das Mittel mit der Kleisterbürste auf der Tapete zu verteilen, holte aus der Küche Mutters alten Spätzlesschaber und machte sich daran, die erste Tapetenbahn von der Wand zu lösen.

Eine halbe Stunde später wusste Lindner, dass die beschönigende Beschreibung auf der Packung wenig mit der Wirklichkeit zu tun hatte, eine weitere Viertelstunde später kratzte und schabte er noch immer an derselben Bahn herum, die nun immerhin in Fetzen von der Wand hing. Kortz kam ihm wie gerufen: Er hatte keine Lust mehr, die Handgelenke taten ihm schon weh wegen der ungewohnten Anstrengung, und sein Zimmer sah nicht unbedingt schöner aus als zuvor. In der Wand klafften zwei kleine Dellen, wo Lindner mit dem Schaber allzu energisch zu Werke gegangen war, und die gelösten Tapetenfetzen hingen sehr unansehnlich von der Wand, wie ramponierte Girlanden nach einer wilden Party.

»Wie sehen Sie denn aus?«, fragte Kortz, als sein Mitarbeiter ihm die Tür öffnete.

»Das ist nur Tapetenlöser«, sagte Lindner und machte eine wegwerfende Geste in Richtung seiner Hose.

Kortz lachte und deutete auf Lindners Schopf, wo auch einiges von dem Mittel gelandet war. Über den Augenbrauen hatten sich außerdem kleine Tapetenfetzen in den Haaren verfangen.

»Bin gleich wieder da«, sagte Lindner und flitzte ins Bad.

Auf dem Weg nach Schwäbisch Gmünd, wo Finn Ruckdaschel in der Stuifenstraße gemeldet war, erzählte Kortz, was die Kollegen bisher über ihren Gesprächspartner herausgefunden hatten. Viel war es nicht. Ruckdaschel arbeitete freiberuflich als Programmierer, er war ein paar Mal wegen kleinerer Delikte aufgefallen: Mal hatte er bekifft am Steuer gesessen, mal in einer Gmünder Kneipe randaliert – zuletzt war gegen ihn und zwei andere Aktivisten der »Republik Gottes« Anzeige erstattet worden wegen der platten Reifen an Viola Hoogs Auto, aber die Ermittlungen hatten nichts Verwertbares ergeben.

Ruckdaschel wohnte im zweiten Stock eines etwas älteren Gebäudes. Im Treppenhaus roch es nach Kartoffeln und kaltem Zigarettenrauch, und die Mischung wurde nicht besser, als Ruckdaschels Tür aufschwang.

Vor ihnen stand ein schlanker Mann Mitte zwanzig, die Haare kunstvoll verwuschelt und mit Gel fixiert, eine Brille mit großen Gläsern und schwarzem Rahmen saß auf der spitzen Nase, darunter legte ein Dreitagebart dunkle Schatten um die markanten Kieferknochen. Der Mann sah mit seiner ausgebeulten Jogginghose und dem viel zu weiten und an manchen Stellen schon durchgewetzten Kapuzenshirt nicht so aus, als erwartete er Besuch.

»Ach, stimmt ja«, sagte er mit aufgesetzter Lässigkeit, »die Kripo hat sich ja angekündigt.«

Damit drehte er sich um und schlurfte in seine Wohnung zurück. Lindner und Kortz folgten ihm und mussten dabei achtgeben, nicht auf herumliegende Socken, Briefe oder Schuhe zu treten. Die Wohnung sah ziemlich vermüllt aus, aber es gab auf Fensterbänken und in Regalen einige leere Stellen, auf denen weniger Staub sichtbar war als auf den Gegenständen, die direkt daneben lagen. Ganz offensichtlich hatte sich Ruckdaschel doch für ihren Besuch gewappnet und ein paar Sachen verschwinden lassen, die nicht für ihre Augen bestimmt waren. Dem Umriss der hellen Ränder nach zu urteilen, hatte er vor allem Pflanztöpfe verschwinden lassen – vermutlich zog er in der Wohnung Cannabis, hoffentlich nur für den Eigenverbrauch.

Ruckdaschel fläzte sich auf einen Stuhl und bot den beiden Kommissaren mit höhnischem Grinsen und großer Geste Platz an. Kortz war sichtlich genervt von dem coolen Getue, und er setzte ihm ein Ende.

»Die Arbeit hätten Sie sich nicht extra machen müssen«, sagte er, zeigte zu einer der leeren Stellen im Regal hinüber und setzte sich. »An Rauschmitteln sind wir heute nicht interessiert. Wir ermitteln in einem Mordfall.«

Der junge Mann erstarrte, setzte sich etwas aufrechter hin und blickte unruhig zwischen seinen Besuchern hin und her.

»Außerdem sind wir nicht von der Kripo«, fuhr Kortz fort und schnippte seine Visitenkarte vor ihm auf den Tisch. »Landeskriminalamt. Mein Name ist Kortz, das ist mein Kollege Lindner, und wir möchten Sie gerne zu den Aktionen befragen, die Sie mit Ihrer ›Republik Gottes‹ anzetteln.«

»Ich hab nichts gemacht.«

»Das sagen meine Kinder auch immer«, versetzte Kortz und grinste. Dann wurde er wieder ernst: »Aber die hetzen auch nicht im Internet gegen eine pietistische Glaubensgemeinschaft.«

Ruckdaschel entspannte sich ein wenig.

»Ach, darum geht's schon wieder. Diese alte Geschichte mit den Reifen – das ist lange her und erledigt. Diese Tussi wollte mir nur was anhängen, mir konnte keiner was beweisen.«

»Das haben Sie völlig richtig formuliert.«

Der junge Mann schaute irritiert drein.

»Man konnte Ihnen nichts nachweisen«, erklärte Kortz. »Das heißt ja noch nicht unbedingt, dass Sie wirklich nichts damit zu tun hatten. Und so lange ist es auch noch nicht her – diese Geschichte mit den Reifen war im Februar 2011, also vor nur etwas mehr als zwei Jahren.«

»Pff«, machte Ruckdaschel. »Ich habe beruflich mit dem Internet zu tun, da sind zwei Jahre eine Ewigkeit.«

»Haben Sie gerade genug Aufträge?«

»Das passt schon.«

»Leider bleibt Ihnen noch genügend Zeit, um nebenbei diese üble Hetze gegen die Zinzendorferinnen ins Netz zu stellen.«

»Das ist mir eine Herzensangelegenheit. Diese Schlampen ziehen Gottes Wort in den Dreck. Dagegen muss man vorgehen, und das mache ich mit meinen Mitteln.«

»Und was sind Ihre Mittel im Einzelnen?«

Ruckdaschel deutete auf den Laptop auf dem Sofa.

»Nicht vielleicht auch ein Tacker, ein Spaten?«

»Hä?«

Kortz hatte es auf gut Glück mal versucht, aber Ruckdaschel schien wirklich keine Ahnung davon zu haben, was der Beamte meinte.

Plötzlich hallte ein Ton durch die Wohnung, den Lindner vom Hochfahren von Marias Computer kannte, ein voller, nicht genau zu definierender Akkord – nur deutlich lauter. Ruckdaschel stand auf und ging in den Flur hinaus, kurz darauf kam er mit einer älteren Frau zurück, die mit einem gütigen Ernst in die Runde blickte, der ihn an den dicken Pfarrer erinnerte, der ihm im Konfirmationsunterricht unfassbar öde Stunden beschert hatte.

»Friede«, sagte die Frau sanft und trat an den Tisch.

Sie nickte den beiden Beamten zu, setzte sich neben Ruckdaschel auf einen freien Stuhl und schien gespannt, was nun käme.

»Meine Mutter Marlene«, stellte Ruckdaschel die Frau vor.

Er setzte sich wieder auf seinen Platz und wirkte nun ein wenig angespannt.

»Mein Junge hat mir erzählt, dass die Polizei sich für ihn interessiert. Ich konnte nicht früher kommen, ich hatte noch einen Trauerbesuch zu machen. Darf ich fragen, worum es geht?«

Kortz zögerte kurz.

»Um Mord, Frau Ruckdaschel«, sagte er dann und musterte sie dabei aufmerksam.

Ein kurzes Zucken war in ihren Augenwinkeln zu sehen, und ihre Kiefern mahlten, dann hatte sie sich wieder im Griff.

»Und was könnte mein Sohn damit zu tun haben?«

»Das wissen wir nicht. Jedenfalls gibt es Bezüge zwischen dem Verbrechen und dem Losungskalender der Zinzendorferinnen.«

Marlene Ruckdaschel versteifte sich, dann wandte sie den Kopf ein wenig zur Seite, spitzte den Mund und tat so, als würde sie ausspeien.

»Sie mögen die Zinzendorferinnen nicht, nehme ich an?«

»Huren sind das, diese Gruppe ist eine Geißel!«

Sie unterbrach ihren plötzlichen Ausbruch, legte ein dünnes Lächeln auf und redete leiser weiter.

»Oder verirrte Seelen, wenn Sie so wollen.«

»Was haben Sie gegen die Zinzendorferinnen?«

»Mir wäre es lieb, wenn Sie den Namen dieser … dieser Gruppe in meiner Gegenwart nicht mehr nennen würden. Solche Leute wollen uns Rechtgläubige mit ihrem Schmutz nur zur Weißglut bringen, und dabei ziehen sie die Bibel und all die Herrlichkeit, die Gott unserem jämmerlichen diesseitigen Dasein verleiht, in den Dreck. Das darf es nicht geben.«

»Wir haben gerade mit Ihrem Sohn darüber gesprochen. Er sieht das genau wie Sie.«

»Natürlich.«

Sie nickte und tätschelte ihrem Sohn die Hand. Der wirkte peinlich berührt und sah zu den Beamten hin, ob sie die Geste der Mutter bemerkt hätten.

»Sie haben gesagt: Das darf es nicht geben. Die Zinzendorferinnen ...«

»Ich habe Sie gebeten, diesen Namen ...«

Kortz hob abwehrend eine Hand, ließ sich aber nicht unterbrechen.

»... sollen also von der Bildfläche verschwinden, wenn ich es mal so plump ausdrücken darf. Und was tun Sie dafür, dass es so kommt?«

»Ich bete.«

»Mehr nicht?«

»Das bewirkt mehr, als Sie denken.«

»Und Ihr Sohn?«

»Betet auch.«

Sie wandte sich ihm zu.

»Du betest doch noch, Finn, oder?«

»Klar, Mama«, versicherte er.

»Aber außer seinen Gebeten soll auch das Internet seinen Beitrag leisten«, fügte Kortz hinzu.

»Von diesem neumodischen Kram verstehe ich nichts«, sagte sie.

»Ihr Sohn umso mehr, er verdient sein Geld damit.«

Sie lachte heiser auf.

»Nun ja, mehr oder weniger. Sie sehen ja ...«

Ihre Geste umfasste den ganzen Raum und seine billige Einrichtung.

»Zum Glück muss er keine Miete bezahlen, das Haus gehört uns.«

»Herr Ruckdaschel«, meldete sich Lindner zu Wort. »Was genau haben Sie zuletzt gegen die Zinzendorferinnen unternommen?«

Marlene Ruckdaschel verzog den Mund, sagte aber nichts.

»Wir versuchen gerade, über Facebook einen Shitstorm loszutreten, sieht ganz gut aus, bisher machen ein paar Dutzend Leute mit und posten Beiträge in ganz unterschiedlichen Foren. Die teilen wir dann auf unserer Facebook-Seite – und so geht das immer weiter.«

»Was ist ein … Shitstorm, Junge?«

»Eine Kampagne, mit der wir diese Viola Hoog unter Druck setzen wollen.«

»Nehmen Sie den Begriff ruhig wörtlich«, korrigierte Kortz: »Da wird online eine Menge Scheiße über jemanden ausgeleert, Beschimpfungen, Beleidigungen, üble Hetze … Übrigens, Herr Ruckdaschel, wir lassen bereits prüfen, was davon strafrechtlich relevant ist. Sie werden von den zuständigen Kollegen gegebenenfalls noch hören.«

»Das wird genauso im Sand verlaufen wie diese Reifengeschichte«, prahlte Ruckdaschel, aber sein Blick war nicht halb so selbstsicher, wie sein Ton klingen sollte.

»Welche Reifengeschichte?«

Marlene Ruckdaschel fixierte ihren Sohn, der unter ihrem strengen Blick prompt ein wenig in sich zusammensank.

»Ach, das erzähl ich dir ein andermal.«

Sie sah ihn noch einen Moment lang forschend an, dann wandte sie sich an Kortz und Lindner.

»Was konkret soll mein Sohn denn nun mit diesem Mord zu tun haben, von dem Sie gesprochen haben?«

»In Bad Boll wurde eine Tote gefunden, ermordet, ausgeblutet, auf die Wiese gelegt wie für eine Kreuzigung vorbereitet – und auf ihrer Stirn befand sich die aktuelle Tageslosung aus dem 2013er-Kalender der Zinzendorferinnen. Offensichtlicher kann man ja wohl kaum versuchen, dieser Gruppe zu schaden, oder? Und da kommt natürlich schon der Verdacht auf, Ihr Sohn und seine Gruppierung ›Republik Gottes‹ könnten etwas damit zu tun haben.«

Die letzten beiden Sätze gingen ein wenig unter. Marlene Ruckdaschel war bleich geworden, hatte sich schnell die Finger vor den Mund gehalten, aber dann doch nicht verhindern können, dass sie sich übergab – wenigstens schaffte sie es durch eine leichte Drehung des Oberkörpers gerade noch, dass der Tisch verschont wurde.

Finn Ruckdaschel saß da wie vom Donner gerührt, seine Mutter setzte sich wieder gerade hin, kramte ein Taschentuch hervor und tupfte sich den Mund sauber.

»Entschuldigen Sie«, murmelte sie und räusperte sich ein paar Mal.

Lindner und Kortz erhoben sich.

»Wir gehen dann mal lieber. Für einige Tage in den vergangenen zwei Jahren werden wir überprüfen müssen, wo Sie sich jeweils aufgehalten haben, Herr Ruckdaschel. Dazu werden Sie unsere Kollegen vom hiesigen Revier befragen, halten Sie sich bitte verfügbar.«

* * *

Auf der Rückfahrt von Schwäbisch Gmünd holte Lindner das Handy hervor und wählte Marias Handynummer. Es ging niemand ran, und als nach dem fünften Klingeln die Ansage der Mailbox begann, drückte er die Verbindung wieder weg.

»Wo soll ich Sie jetzt rauslassen? In Göppingen oder in Boll?«

Lindner stutzte. Er hatte nur einmal eher nebenbei erwähnt, dass er mit Maria befreundet war – und das hatte sich sein Chef sofort gemerkt?

»Boll, leider.«

Er grinste.

»Sie ist nicht rangegangen.«

»Probleme?«

»Ach, wird schon wieder.«

Mehr wurde nicht mehr geredet, und als Kortz auf der Gruibinger Straße wendete und in Richtung Autobahn davonfuhr, freute sich Lindner schon, sich mit einer Tasse Kaffee und einem guten Buch für ein, zwei Stunden ins Bett zu legen. Für den heutigen Samstag stand kein Termin mehr an, und er wollte sich eine kleine Pause von den Ermittlungen und davon gönnen, dass seine Gedanken ständig um diese skurrilen Mordfälle kreisten.

Hatte sich nicht auch Maria bei ihm beschwert, dass er gar nicht mehr abschalten konnte?

Er brühte sich in der Küche einen Kaffee, zog aus dem Wohnzimmerregal einen Politthriller aus den Siebzigern und tappte lächelnd in sein Zimmer. Als er die Tür öffnete und die zerfetzten Tapeten sah, löste sich seine gute Laune in Luft auf. Ein, zwei Minuten lang dachte er ernsthaft daran, mit dem Ablösen der Tapeten weiterzumachen – dann entschied er sich dagegen und trollte sich aufs Sofa, wo er die nächste Stunde fast wie geplant mit Buch und Kaffee verbrachte.

Gegen fünf kam Ruth Lindner mit dem Schlepper zurück, und auf dem Weg in die Küche hörte sie leises Schnarchen aus dem Wohnzimmer. Ihr Sohn lag auf dem Sofa, ein Buch über dem Gesicht und neben sich eine leere Tasse. Sie ging leise wieder hinaus, aber von ihrem scheppernden Werkeln am Spülbecken wurde er nach ein paar Minuten denn doch wach und kam herübergeschlurft.

»Na, Mutter«, begann er und rieb sich die Augen, »geht's dir wieder besser?«

»Mir goht's blendend, Bua.«

Sie stellte die letzte Schüssel tropfnass kopfüber auf die Spüle, ließ sich die leere Tasse geben, spülte sie aus und lächelte dabei ihren Sohn an.

»Freut mich zu hören«, sagte Lindner und überlegte, wie er das Gespräch auf ihre vermeintliche Krankheit lenken konnte, ohne zu verraten, dass ihm Bruch schon alles erzählt hatte.

»I muss mit dir schwätza, Bua«, sagte sie schließlich, trocknete sich die Hände an der Schürze ab und setzte sich an den Küchentisch.

Er setzte sich zu ihr.

»I war doch letschta Mondich beim Dokter.«

Lindner beherrschte sich. Sie kam ganz von allein auf das gewünschte Thema zu sprechen, da wollte er seine Mutter mit einem zufriedenen Grinsen nicht stutzig machen.

»I han Blut ond Urin abgäba, ond em Labor hen se ällerhand gfonda. Dei Schulfreind hot gmoint, i häb vielleicht … Des Wort breng i nemme zsamma, aber irgendäbbas Gfährlichs mit der Bauchspoicheldrüse.«

»Pankreatitis«, sagte Lindner spontan, biss sich aber dann sofort auf die Unterlippe.

»Was du ällas woisch, Bua …«

Sie schüttelte den Kopf, es sah aus, als habe sie vor seinem medizinischen Laienwissen wirklich Respekt.

»Hosch des en deim Lexiko gläsa?«

Lindner nickte, froh, dass sie nicht genauer nachfasste.

»Dr Dokter hot gmoint, mr müsst nommol Blut ond Urin ond Schtuhl ondersucha, ob's vielleicht doch nix Schlemms isch. Aber falls i des … ha, du woisch scho … tatsächlich hätt, no müsst i meine Schtompa sei lassa, ond Moscht ond Likörle wäret no au nemme so guat.«

Sie wiegte betrübt ihr Haupt, aber dann drang schon wieder ein knitzes Lächeln durch.

»Ond geschtern sen die neie Ergebnis aus em Labor komma: Ällas okee, i muss mir koine Sorga macha – ond i kann weiter raucha ond drenka, wie's mir schmeckt!«

»Und das mit dem Trinken hast du dann gestern gleich ordentlich durchgezogen, gell?«

Sie grinste noch breiter.

»Ha, zwoi Schtompa han i scho au drzua graucht!«

Sie lachte, klatschte in die Hände und stand auf.

»Ond jetzat hau i zwoi Schweinebauch en d' Pfann, mach Brotkartoffla drzua, ond no drenkat mir a Bier ond en Obschtler – als kloina Ausgleich do drfür, dass du dir Sorga gmacht hosch, was mit deira alta Muttr los isch.«

Sie boxte ihm spielerisch gegen die Schulter.

»Hosch doch, gell?«

»Ja, hab ich, Mutter, und ich bin froh, dass alles in Ordnung ist.«

Er stand ebenfalls auf, nahm sie in den Arm und drückte sie.

»Schee!«

»Ja, schön«, sagte er und hielt sie an beiden Schultern. »Nur das mit dem Schweinebauch wird nichts – ich wollte noch rüber in den Hirschen und dort mit den anderen vom Stammtisch was essen.«

Sie zuckte mit den Schultern.

»Der Bauch schmeckt mir au alloi – ond wenn de hoimkommsch, kannsch jo mol en dr Kühlschrank neigucka, vielleicht hosch dann Appetit uff a Schtückle Floisch zom Gutnachtviertele.«

»Vielleicht.«

»Am meischte Sorga han i mir wäga derra Krankheit übrigens gmacht, nochdem i en dei medizinischs Lexiko neiguckt han. Des isch a Deifelszeig, Bua, schmeiß des lieber weg!«

»Gute Idee, könnte ich wirklich machen. Ich hab da schon länger nicht mehr reingeschaut.«

»Des Schaffa tut dir guat.«

Lindner nickte.

»Ond d' Maria fei au.«

Sie lächelte ihn an, und Lindner lächelte wehmütig zurück.

»Worom gohsch heit net mit dr Maria aus? Hen ihr Streit ghett?«

»Ja, so ein bisschen …«

»Musch se halt arufa!«

»Hab ich vorhin, sie war nicht daheim.«

»Probiersch's halt nommol.«

»Morgen, okay?«

Er drückte ihr noch einen Kuss auf die faltige Wange, schlüpfte in Schuhe und Jacke und machte sich auf den Weg in den Hirschen.

Erst als er sich zum Frühstück niedersetzte, fiel ihm der Zettel auf, den seine Mutter schon gestern Abend auf den Küchentisch gelegt haben musste. »Maria hot agrufa, sollsch de melda, war kurz noch de achte.«

Er war am Vorabend sehr spät und sehr müde aus dem Hirschen zurückgekommen und sofort ins Bett gefallen. Nun rieb er sich die pochenden Schläfen, trank Kaffee und strich sich dick Butter auf den Hefezopf. Bis zur heutigen Morgenbesprechung der Soko Wandelhalle hatte er noch gut eine Stunde Zeit, da durfte Maria schon wach sein. Er wählte ihre Nummer, aber sie ging nicht ran. Diesmal hinterließ er eine kurze Nachricht auf der Mailbox, erst dann legte er mit einem »Wir sehen uns ja gleich in der Besprechung« auf.

* * *

Das Klingeln schreckte den Mann auf, der die Eingangstür mit Hilfe einer Kreditkarte geöffnet hatte und sich nun in der Wohnung umsah. Er hatte die mollige Frau mit den Wuschelhaaren weggehen sehen und danach extra noch fünf Minuten länger gewartet, um auch ganz sicher nicht von ihr überrascht zu werden. Im Treppenhaus hatte er darauf geachtet, dass ihn niemand hörte oder sah, dann war er schnell in einen Ganzkörperanzug geschlüpft und hatte Einmalhandschuhe übergezogen. Nun ging es darum, etwas mehr über ihre Lebensumstände und ihre Gewohnheiten zu erfahren. Soweit er bisher wusste, würde sie in den nächsten zwei Stunden nicht zurückkommen – die Soko Wandelhalle hatte Morgenbesprechung.

Soko Wandelhalle …

Ein schmerzliches Lächeln huschte über sein Gesicht. Was für ein nichtssagender Name für ein so kunstvoll inszeniertes Verbrechen!

Er hörte die Männerstimme sagen: »Wir sehen uns ja gleich in der Besprechung«, dann wurde aufgelegt. Hatte er also richtig gelegen mit seiner Vermutung, was das Ziel dieser Polizistin betraf. Sein Lächeln wurde breiter. Das würde sein Meisterstück werden. Und spätestens dann mussten alle erkennen, mit welcher Sorgfalt und mit welcher Klugheit er seine Mission erfüllte.

Er schob die randlose Brille ein wenig zurecht und machte sich wieder an die Arbeit.

* * *

Die Soko-Besprechung war heute überraschend früh zu Ende.

Roeder hatte kurz zusammengefasst, was sich an Neuem ergeben hatte. Es waren einige Infos, aber keine brachte sie auf eine neue Spur – im Gegenteil: Sie konnten einige mögliche Verdächtige von ihrer Liste streichen.

Alle zwölf Mitglieder der Zinzendorferinnen hatten für den Boller Mord Alibis, zwei der Frauen konnten für die fragliche Zeit keine Zeugen benennen, allerdings hatte sich eine von ihnen kurz nach Mitternacht in Ebay eingeloggt und bis etwa halb zwei, dem Todeszeitpunkt von Thea Wichern, auf einige Artikel geboten. Ihren Ebay-Account hatte sie den Kollegen bereitwillig gezeigt, um 0.55 Uhr und um 1.27 Uhr hatte sie zwei Artikel ersteigert. Derzeit stand noch die Bestätigung aus, dass bei Ebay für diese Zugriffe wirklich die IP-Adresse verzeichnet war, die zu ihrem Internetzugang daheim in Markgröningen passte – aber selbst, wenn sie von unterwegs aufs Internet zugegriffen hätte, war es doch sehr unwahrscheinlich, dass sie online Krimskrams ersteigerte und nebenbei eine Frau ermordete, sie sorgfältig drapierte und der Toten eine Tageslosung auf die Stirn tackerte. Und die andere »Zinzendorferin« gab an, in einem Stuttgarter Kino in der Nachtvorstellung gesessen zu haben, und konnte korrekt angeben, dass das angekündigte französische Drama versehentlich nicht in der Originalfassung, sondern in der deutsch synchronisierten Version gezeigt worden war.

Auch die Knallköpfe von der »Republik Gottes« schienen aus dem Schneider. Ruckdaschel selbst hatte nach eigener Aussage von Sonntag auf Montag die ganze Nacht hindurch »World of Warcraft« gespielt und war dabei regelmäßig aktiv gewesen. Auch hier lief noch die Überprüfung von IP-Adresse und Zugangszeit, aber der Mann war ein schwindsüchtig wirkendes Bürschchen, dem kaum zuzutrauen war, eine betäubte Frau im Boller Kurpark auch nur ein paar Meter weit zu tragen. Sein wichtigster Mitstreiter wohnte, wie sich herausstellte, nur ein paar Häuser von Viola Hoog entfernt, und der war wohl vor einiger Zeit mal bei ihr abgeblitzt – seither war er mit Feuer und Flamme dabei, wann immer sich Ruckdaschel irgendeine Boshaftigkeit gegen die Zinzendorferinnen ausdachte, und er war es auch, der das Stuttgarter Postfach der »Republik Gottes« eingerichtet hatte und regelmäßig leerte. In der Nacht des Boller Mordes jedenfalls hatte er abends bei seinen Eltern in Heilbronn gefeiert und war bis zum nächsten Tag geblieben.

Das dritte Mitglied (und das letzte, das ihnen bekannt war) hatte vor einer Kirche in Stuttgart-Feuerbach an einer Mahnwache gegen die gleichgeschlechtliche Ehe teilgenommen, und kurz nach eins hatte der junge Mann mehrmals per Handy im Studio eines lokalen Radiosenders angerufen, um sich den bekanntesten Song einer christlichen Popband zu wünschen – bis sich die Assistentin genervt seine Nummer notierte und die weiteren Anrufe nicht mehr annahm.

Als alle den Besprechungsraum verließen, kam Lindner endlich dazu, die ersten Worte mit Maria zu wechseln. Er war etwas spät dran gewesen, und Roeders genervter Blick sorgte dafür, dass er sich wortlos auf einen freien Stuhl ganz hinten setzte.

»Hallo, Maria«, begann er etwas unsicher. »Ich hab leider erst heute früh erfahren, dass du gestern angerufen hast. Ich war im Hirschen und kam recht spät heim.«

»Kein Problem«, sagte sie leichthin. »Deine Mutter war ziemlich gut drauf, als ich sie gestern am Telefon hatte. Ist wieder alles in Ordnung bei euch?«

»Ja. Sie hatte sich tatsächlich die ganze Woche über Sorgen gemacht wegen der Laborwerte – aber eine zweite Untersuchung hat ergeben, dass sie kerngesund ist.«

»Gut.«

»Außerdem hat sie nach dir gefragt. Sie hat sich gewundert, dass ich gestern Abend nicht mit dir weggegangen bin, und sie hat gefragt, ob wir uns gestritten hätten.«

»Und? Was hast du gesagt?«

»Ja, hab ich gesagt, ein bisschen gestritten hätten wir schon …«

Er lächelte Maria an.

»Und jetzt versöhnen wir uns wieder?«

Sie sah ihn kurz streng an, dann hellte sich ihre Miene auf und sie nickte.

»Aber …«

Ihr Zeigefinger ging nach oben.

»Aber du lädtst mich jetzt schick zum Essen ein.«

Montag, 4. März

Einem schönen Abend folgte ein frustrierender Morgen. Maria war ohne ihn zur Besprechung der Soko Wandelhalle gefahren, Lindner wollte noch einmal die Akten nach Ansatzpunkten für weitere Ermittlungen durchsehen und die Kollegen in Ludwigsburg, Calw und Böblingen anrufen, ob sich etwas Neues ergeben habe.

Der Vormittag zog sich wie Kaugummi, seine Mutter machte zu Mittag Pfannkuchen, und als er nach dem Essen aufstand und mit hängendem Kopf zurück ins Wohnzimmer ging, rief sie ihm noch hinterher, dass sie Bätscher vorbereitet habe, die er sich zur Kaffeezeit frisch und warm aus dem Backofen schmecken lassen konnte. Doch die Aussicht auf sein Lieblingsgebäck hob seine Laune nur vorübergehend.

Schließlich hatte er alle Telefonate hinter sich gebracht und blätterte erneut in den Unterlagen. Warum, fragte er sich zum wiederholten Mal, warum fanden sich am Opfer des ersten Mordes DNA-Spuren eines Kriminaltechnikers, der gar nicht an den Ermittlungen beteiligt war?

Er rief noch einmal den Ludwigsburger Soko-Chef an, aber Radegerst hatte auch keine eindeutige Erklärung. Also ließ er sich zu Björn Weizner durchstellen, den neuen Chef der Abteilung.

»Keine Ahnung«, sagte der auf Lindners Frage. »Und das wurmt mich gewaltig, das können Sie mir glauben. Bevor ich hier die KT-Leitung übernahm, unterlief den Kollegen ein unglaublicher Fehler. Und es war genau dieser Thorsten, der damals …«

»Ich habe schon davon gehört, Herr Weizner.«

Lindner hatte damit rechnen müssen, dass Weizner gegen seinen alten Rivalen sticheln würde – dass er aber ihm als Wildfremdem gegenüber sofort die ganze Geschichte und die Schuld von Haas daran offenlegen wollte, übertraf seine schlimmsten Erwartungen.

»Der Mord mit der Leiche am Korntaler Waldrand fiel aber schon in die Zeit, in der Sie die Leitung innehatten, richtig?«

»Ja. Was wollen Sie damit sagen?«

»Ich würde nur gerne wissen, warum Sie im Hinblick auf die DNA-Spuren Ihres Kollegen …«

»Meines Mitarbeiters!«

»… von Anfang an von einer Panne ausgingen.«

»Na, das hat ja im Zusammenhang mit Thorsten doch eine gewisse Tradition. Ich dachte, Sie kennen die Geschichte.«

Lindners Sympathien verschoben sich sehr zu Ungunsten Weizners. Haas war übel mitgespielt worden – und wurde es offenbar noch. Weizner musste massive Probleme mit seinem Selbstbewusstsein haben, wenn er gegen einen am Boden liegenden Kollegen noch immer so heftig nachtrat.

»Schon«, sagte Lindner, »aber warum soll eine Schlamperei aus dem Jahr 2009 noch 2011 Folgen haben?«

»Wie gesagt: keine Ahnung. Aber vielleicht geht Thorsten noch immer nicht sachgemäß mit unseren Arbeitsmitteln um, vielleicht hat er etwas im Lieferwagen hinterlassen, das dann mit Gerät oder mit einem der Kollegen zum Tatort verbracht wurde. Da gibt es tausend Möglichkeiten, Herr Lindner.«

Damit hatte Weizner allerdings recht.

»Kann ich denn mal mit Herrn Haas sprechen? Ich würde ihm gerne ein paar Fragen stellen.«

»Wozu auch immer das gut sein sollte – es geht im Moment nicht.«

In Lindner kochte Wut hoch und er musste sich sehr beherrschen, Weizner in ruhigem Ton zu fragen: »Und warum nicht?«

»Der liebe Thorsten hat Urlaub genommen, zwei Wochen. Aber fragen Sie mich nicht, ob er weggefahren ist – ich weiß es nicht. Und ich will's auch gar nicht wissen. Meinetwegen kann er den Urlaub auch verlängern, unsere Arbeit leidet, ehrlich gesagt, nicht allzu sehr unter seiner Abwesenheit. War's das?«

Lindner wollte gerade nach den privaten Kontaktdaten von Haas fragen, als er schon das Freizeichen hörte. Weizner war ein selten unangenehmer Typ.

Dienstag, 5. März

Der Dienstag war noch schlimmer gelaufen: keine neuen Ergebnisse, von ein paar Kleinigkeiten abgesehen, die Maria aus Göppingen zu berichten wusste – aber es gab keinen neuen Ansatz, keine vielversprechende Spur, keine Idee, wer der Täter, was sein Motiv und wo der nächste Tatort sein konnte.

Auch mit Haas war er nicht weitergekommen. Dessen private Telefonnummer hatte er sich über Radegerst besorgt, der sofort seine Hilfe anbot, als er von dem Gespräch mit Weizner hörte – doch weder bei Haas daheim noch auf seinem Handy meldete sich jemand.

Entsprechend mies gelaunt kam Lindner vom Wohnzimmer herüber, sah vier Gedecke auf dem Küchentisch stehen und fragte seine Mutter unfreundlicher, als er eigentlich wollte: »Wer kommt denn noch?«

Maria zuckte zusammen, als sie die so pampig formulierte und ausgesprochene Frage hörte. Sie wechselte einen Blick mit Ruth Lindner, die beiden hatten offenbar schon darüber gesprochen. Typisch: Nur ihm hatte man nichts gesagt.

Er ließ sich auf seinen Stammplatz fallen und schenkte sich aus der neben seinem Teller stehenden Bierflasche das Glas voll. Maria und Ruth Lindner unterhielten sich leise, er schnappte kaum etwas auf, aber der Name Eugen Rösler fiel ein paar Mal. Lindner hatte nicht für möglich gehalten, dass seine Laune noch weiter sinken konnte, aber er wurde gerade eines Besseren belehrt.

Rösler! Ausgerechnet Rösler! Jetzt machte sich der Alte schon hier im Haus breit, kein Wunder, dass seine Mutter ganz beiläufig vorgeschlagen hatte, er könne doch irgendwann mal mit Maria zusammenziehen und auf eigenen Beinen stehen.

Irgendwann … Schon klar. Am liebsten morgen, wahrscheinlich.

Lindner stand auf, nahm das Bierglas mit und ging hinters Haus, wo er sich unter dem Vordach gegen die staubige Wand lehnte und trübsinnig zusah, wie die Hühner umherliefen und ab und zu etwas vom Boden aufpickten.

»Reiß dich zusammen, Stefan!«

Maria war neben ihn getreten und funkelte ihn böse an.

»Deine Mutter und Rösler sind ganz dick miteinander, und du solltest froh sein, dass sie in ihrem Alter noch jemanden hat, mit dem sie sich gut versteht. Weißt du: Irgendwann wirst du mal hier ausziehen, vielleicht ja mit mir eine gemeinsame Wohnung oder ein Häuschen suchen – und dann soll deine Mutter hier allein auf dem Hof hocken, oder was?«

»Ach«, höhnte Lindner, und ein Stich durchfuhr ihn, »hat sie mit dir auch schon darüber gesprochen, dass ich ausziehen soll?«

»Was? Wie kommst du denn darauf?«

»Mit mir hat sie erst kürzlich darüber gesprochen, dass ich doch mal auf meinen eigenen Beinen stehen und vielleicht mit dir zusammenziehen soll.«

»Und wär das so schlimm?«

»Nein, natürlich nicht. Aber da steckt doch dieser Rösler dahinter, erzähl mir doch nichts!«

»Hinter einem möglichen Plan, dass wir beide zusammenziehen, steckt der alte Apfelbauer?«

Maria lachte schallend.

»Du hast echt einen an der Waffel, Stefan!«

Sie lachte Tränen.

»Wenn ich mit dir zusammenziehe, haben das genau zwei Menschen zu entscheiden: du und ich. Den Rösler werd ich da wohl nicht um Erlaubnis bitten.«

Allmählich beruhigte sie sich wieder.

»Du hattest keinen guten Tag, kommst in deinen Mordfällen nicht weiter, und jetzt lässt du deine schlechte Laune an deiner Mutter aus. Das hat sie nicht verdient.«

Er schwieg. Natürlich hatte Maria recht, und er wusste das. Aber ein bisschen beleidigt wollte er schon sein – es tat einfach zu gut, wenn sie sich um ihn bemühte, wenn sie ihn aufmunterte und von etwas zu überzeugen versuchte. Als eine längere Pause entstand, drehte er seinen Kopf zu ihr hin. Maria strahlte ihn an, etwas Spitzbübisches mischte sich in ihren Blick.

»Und ich sag dir jetzt, Stefan, wie du das wieder gutmachen kannst.«

Mittwoch, 6. März

»Gut«, sagte Maria und hauchte Lindner einen Kuss auf die Wange. »Ich fahr jetzt heim, mach mich frisch und dann sehen wir uns bei euch um ...« Sie sah auf die Uhr. »... um halb sieben, ja?«

»Und du glaubst wirklich, dass es eine gute Idee ist, meine Mutter und Eugen Rösler zum Italiener mitzunehmen?«

»Klar, das wird super, du wirst sehen! Schau: Wir sind befreundet, die beiden sind befreundet, außerdem waren sie auch schon zu zweit dort essen – und hast du nicht mitbekommen, wie sehr sich deine Mutter über den Vorschlag gefreut hat, ihren Eugen ebenfalls mitzunehmen? Die ganze Zeit über hast du an Rösler rumgemeckert – da ist das doch eine nette Geste.«

Sie zwinkerte ihm zu.

»Und die alten Leute werden doch sicher auch schnell müde, dann fahren wir sie heim, gehen zu mir und machen es uns noch ein bisschen gemütlich.«

Das allerdings klang verlockend, und so gab Lindner seinen Widerstand endgültig auf und ging ins Haus. Maria fuhr zügig davon, obwohl sie bis zum Abend noch Zeit genug hatte, und Lindner ging ins Bad, um zu duschen, sich zu rasieren und ein paar frische Kleider rauszulegen.

Seine Mutter hatte sich noch auf den Schlepper gesetzt, um auf einer der Wiesen nach dem Rechten zu sehen, aber sie wollte auf jeden Fall pünktlich zurück sein, und als Lindner kurz in ihr Zimmer spähte, lag auf dem Bett schon das geblümte Kleid bereit, auf das sie so stolz war.

Um halb sieben saßen Mutter und Sohn nebeneinander auf dem Sofa und warteten. Maria wollte auf der Herfahrt Rösler abholen, dessen Hof fast auf ihrem Weg lag, dann wollten sie zu viert zum Ristorante fahren. Um zehn vor sieben rief Ruth Lindner Rösler an, aber der alte Mann wartete ebenfalls – bisher war Maria noch nicht bei ihm gewesen. In Göppingen klingelte es durch, niemand ging dran, auch über das Handy war Maria nicht zu erreichen, auf der Mailbox hinterließ Lindner die Bitte, sie möge doch unbedingt gleich zurückrufen, sobald sie die Nachricht abgehört habe.

Um halb acht verlor Lindner die Geduld und ging mit seiner Mutter nach unten. Im Kombi fuhren sie Rösler abholen und machten sich auf den Weg zu Marias Wohnung in Göppingen. Zwischendurch überprüfte Ruth Lindner immer wieder nach den Anweisungen ihres Sohnes, ob Maria inzwischen zurückgerufen oder eine SMS geschickt hatte.

Nichts.

Sie erreichten die Straße, in der Maria wohnte, noch vor acht, und Lindner wollte gerade aussteigen, als seine Mutter ihn am Ärmel zupfte.

»Bub, den kenn i!«

Sie zeigte auf einen Mann mit randloser Brille, der gerade die rechte hintere Tür an seinem schwarzen Kombi zudrückte. Lindner war es gewesen, als habe er dahinter irgendetwas Großes liegen sehen, eingewickelt in eine Decke.

»Der hot mi drletscht hoimgfahra, als i so guat beinandr war.«

»Der Hotelgast?«

Ruth Lindner nickte, und auch ihm kam der Mann bekannt vor. Selbst im diffusen Licht, in das ihn die Straßenlampe setzte, glaubte er den Passanten zu erkennen, der ihm vor einigen Tagen so galant die Vorfahrt gelassen hatte, als er in Boll vom Hof gefahren war. Aber was lud der Mann hier in der Göppinger Innenstadt ein, wenn er wirklich Gast im Badhotel oben am Ortsausgang Richtung Gruibingen war? Der Mann stieg in seinen Wagen – es war ein schwarzer Kombi, der Lindner auch irgendwie bekannt vorkam – und fuhr weg. Lindner notierte sich das Kennzeichen. Der Wagen war im Kreis Ludwigsburg zugelassen, was ihm ebenfalls seltsam vorkam – falls er wirklich im Hotel Logis genommen hatte, war die Fahrt von Ludwigsburg nach Bad Boll nun nicht gerade die typische Entfernung, die man auf dem Weg zu einem Urlaub hinter sich brachte.

Lindner stieg aus und drückte Marias Klingel. Als niemand öffnete, zog er den Schlüssel aus der Jacke, den sie ihm vor ein paar Tagen gegeben hatte, und ging ins Haus. Marias Wohnung war leer, aber es hing noch der Duft des Parfüms in der Luft, das er so an ihr mochte. Im Badezimmer war die Luft warm und feucht, in ihrem Schlafzimmer lagen mehrere Oberteile wild durcheinander. Er schaute noch kurz in den anderen Zimmern nach. Maria war nicht da.

Da fiel ihm der Mann mit der randlosen Brille wieder ein, der gerade weggefahren war. Und ihm fiel der Gegenstand ein, der in eine große Decke eingewickelt war. So groß, dass man damit durchaus auch einen Menschen bedecken konnte. Einen Moment lang stand er wie erstarrt, dann rannte er aus der Wohnung und die Treppe hinunter.

»Maria ist nicht da«, sagte Lindner, als er den Wagen startete. »Habt ihr gesehen, wo der Mann mit dem Ludwigsburger Wagen hingefahren ist?«

»Da vor und dann links«, antwortete Rösler schnell. »Da geht's zur B10.«

»Dann versuchen wir mal unser Glück.«

Lindner gab Gas und jagte seinen Kombi so schnell um die Kurven, wie es die alte Karre hergab. Immerhin: Nickel hatte offenbar wirklich gut gearbeitet, der Wagen fuhr sich ebenso problemlos wie vor der Panne.

»Glaubsch du, dass des d' Maria gwäsa isch?«, fragte Ruth Lindner nach einer Weile. »Do en dem Teppich uff dr Rückbank?«

Lindner zuckte mit den Schultern, und seine Mutter versuchte erneut, Maria über ihr Handy zu erreichen.

»Willst du nicht lieber deine Kollegen anrufen, Bub?«, schlug Rösler vor.

Das war auch der Gedanke, der Lindner die ganze Zeit beschäftigte. Aber was konnte er den anderen sagen? Dass Maria nicht pünktlich zum Essen gekommen war? Dass auf dem Rücksitz eines Kombis mit Ludwigsburger Kennzeichen eine Decke lag, in der möglicherweise etwas Großes eingewickelt war? Und falls er sich zu Unrecht Sorgen machte? Roeders höhnisches Grinsen konnte er sich gut vorstellen. Den wurmte es sicher noch, dass Lindner im Fall von Thea Wichern richtig gelegen hatte – wenn er diesmal falsch lag mit seiner Befürchtung, würde er es entsprechend breittreten.

»Noch nicht«, sagte er und gab noch etwas mehr Gas.

Zwischen Reichenbach und Plochingen sah Lindner den Kombi endlich vor sich. Er ließ seine Mutter die Autonummer mit seinem Aufschrieb vergleichen, dann setzte er sich so hinter den Wagen, dass zwischen den beiden Fahrzeugen einige andere Autos fuhren und er den Ludwigsburger trotzdem einigermaßen im Auge behalten konnte.

Der Wagen blieb auch am Plochinger Dreieck auf der B10, hielt weiter Kurs auf Stuttgart und beachtete penibel die Geschwindigkeitsbegrenzung. Als sie an den Schloten des Altbacher Kraftwerks vorbeifuhren, kam Lindner eine Idee, wie er sich von seinen Kollegen helfen lassen konnte, ohne sich – falls sich alles als harmlos erwies – damit zu blamieren.

»Mutter, wähl doch mal folgende Nummer für mich.«

Er nannte ihr eine Durchwahl im LKA und ließ sich dann das Handy geben.

»Stefan Lindner hier. Könnten Sie für mich bitte kurz eine Halterabfrage machen?«

Er gab das Kennzeichen des Kombis durch, den er verfolgte.

»Ja, ich warte.«

Kurz darauf erfuhr er den Namen des Mannes, auf den der Wagen zugelassen war. Lindner ließ seine Mutter die Zentrale der Ludwigsburger Polizeidirektion anwählen, dann nahm er das Handy wieder.

»Guten Abend, KHK Lindner hier, LKA. Ist denn noch jemand von der Kripo da? Gut, dann verbinden Sie mich bitte.«

Der Kombi vor ihnen hielt sich weiterhin in gleichmäßiger Geschwindigkeit auf der rechten Spur, Lindner sah besorgt, dass einer der Wagen zwischen ihnen ausscherte und zum Überholen ansetzte, aber von hinten kam ein Kleinwagen heran, der gemächlich an Lindner vorbeifuhr, nach rechts steuerte und die Lücke wieder füllte. Drei Autos waren nun wieder zwischen seinem Wagen und dem Ludwigsburger Kombi, das sollte reichen.

»Herr Radegerst? Das ist ja prima, dass ich Sie dran habe. Sind Sie denn schon etwas weitergekommen in Ihrem Mordfall? … Nein? … Ja, das ist schade, die Kollegen in Göppingen treten auch auf der Stelle. Ich hätte eine Bitte: Könnten Sie mal überprüfen lassen, wo sich Thorsten Haas befindet, Ihr Kollege aus der Kriminaltechnik? … Ja, ich weiß, dass er Urlaub hat … Nein, nichts Bestimmtes, noch nicht, aber ich melde mich, sobald sich etwas ändert. Rufen Sie mich zurück, sobald Sie etwas zu Herrn Haas wissen? … Ja, bitte noch heute Abend. Danke.«

Er reichte das Handy wieder seiner Mutter, nestelte eine Visitenkarte aus der Jacke und gab sie ihr ebenfalls.

»Ist dieser Haas der Mann, den wir verfolgen?«, fragte Rösler.

Im Rückspiegel konnte Lindner erkennen, dass der alte Mann ganz aufgeregt war und das unvermutete Abenteuer sehr genoss.

»Ja«, sagte Lindner. »Thorsten Haas ist Kriminaltechniker bei der Ludwigsburger Polizei, von ihm wurden im Dezember 2011 DNA-Spuren am Tatort des ersten Mordes gefunden, aber man hat das bisher für Schlamperei gehalten – so etwas ist den Ludwigsburgern schon gut zwei Jahre zuvor passiert. Haas ist damals quasi kaltgestellt worden, weil man ihm die erste Schlamperei zuschrieb – oder weil man schnell einen Schuldigen brauchte. Er hat Urlaub genommen, und jetzt treibt er sich im Heimatort genau des Kommissars herum, der in dieser Mordserie ermittelt. Und dann lädt er direkt vor Marias Haus etwas in sein Auto, das er in einen Teppich gewickelt hat.«

»Des sen a paar Zufäll zviel, moinsch net au, Bub?«

»Ja, aber warten wir noch kurz, was mein Ludwigsburger Kollege rausfindet. Und jetzt wähl bitte noch die Nummer auf der Visitenkarte, am besten die Handynummer.«

Sarah Rommel meldete sich schon nach dem zweiten Klingeln.

»Hallo, Herr Lindner, so spät noch im Dienst?«

»Das wird sich demnächst rausstellen. Darf ich Sie kurz als Pietismus-Lexikon benutzen?«

»Ja«, lachte sie lauthals, »benutzen Sie mich.«

Lindner schluckte und wurde ein bisschen rot, dann fasste er sich wieder.

»Kennen Sie denn im Zusammenhang mit den Pietisten irgendeinen Jahrestag, einen Geburts- oder Todestag, der auf den 7. März fällt?«

»Oh, scheiße! Das ist morgen!«

»Ja, deshalb sollte ich es schnell wissen.«

»Sie sind gerade im Auto unterwegs, nicht wahr? Haben Sie eine Spur?«

»Ich fahre hinter einem Wagen her, der möglicherweise im Zusammenhang mit unseren Morden steht. Aber noch ist alles recht vage, deshalb will ich die Kollegen noch nicht aufscheuchen. Gibt es nun einen solchen Jahrestag?«

»Warten Sie kurz, ich muss nachsehen.«

Sie legte das Handy nur für wenige Minuten beiseite, aber Lindner kam es wie eine Ewigkeit vor, bis sie wieder sprach.

»Georg Konrad Rieger wurde am 7. März 1687 in Cannstatt geboren. Studium in Blaubeuren, Maulbronn, Bebenhausen, Stadtpfarrer in Stuttgart, zu seiner Zeit viel gerühmt als ›Säule gläubiger Frömmigkeit‹, Autor zahlreicher Predigtbücher. Reicht das?«

»Wo genau in Stuttgart war er Pfarrer?«

»Sankt Leonhard.«

Lindner kannte die Kirche, die trotz ihrer Lage zwischen Gustav-Siegle-Haus, zwei Parkhäusern und der B14 noch immer sehr imposant wirkte.

»Vielen Dank, Frau Rommel. Bad Cannstatt oder Stuttgart wird's wohl werden – falls es sich nicht doch noch als Fehlalarm herausstellt.«

»Soll ich für Sie die Kollegen rufen?«

»Noch nicht. Ich bekomme jeden Moment einen Anruf aus Ludwigsburg, den will ich noch abwarten.«

»Wo sind Sie gerade?«

»Auf der B10, wir fahren gerade an Esslingen vorbei Richtung Stuttgart.«

»Viel Glück!«

Lindner hatte kaum aufgelegt, als das Handy klingelte. Radegerst war dran.

»Haas ist mit dem Auto in Urlaub gefahren. Gestern bekam seine geschiedene Frau eine SMS von ihm mit schönen Grüßen von der Ostsee. Die beiden haben noch Kontakt wegen der gemeinsamen Kinder.«

»Danke, Herr Radegerst.«

»Keine Ursache, aber jetzt sagen Sie mir auch, warum ich für Sie nachfassen sollte.«

»Weil Thorsten Haas gerade in diesem Moment drei Autos vor mir auf der B10 fährt, ich bin ihm von Göppingen aus gefolgt, wo sein Wagen eine Weile vor dem Haus stand, in dem meine Kripokollegin Maria Treidler wohnt. Sie ist nicht zuhause und auch über Handy nicht zu erreichen.«

»Sitzt sie bei ihm im Auto?«

»Nein, aber … aber auf der Rückbank seines Wagens ist mir vorhin eine große Decke aufgefallen. Was darunter lag, konnte ich nicht sehen.«

Radegerst legte eine kurze Pause ein, bevor er die nächste Frage stellte.

»Und … gibt es für den morgigen Tag irgendeinen Bezug zum Pietismus?«

»Morgen jährt sich der Geburtstag des pietistischen Theologen Georg Konrad Rieger, der in Cannstatt geboren wurde und später Stadtpfarrer in Stuttgart-Mitte war.«

»Und Sie glauben, er könnte sich die Kollegin als nächstes Opfer ausgesucht haben?«

»Sie wohnt in Göppingen, da wird schon irgendein Pietist mal gelebt oder gewirkt haben. Oder er bezieht sich noch einmal auf den jungen Blumhardt, wie schon im Boller Mord mit dem Opfer aus Jebenhausen, einem Stadtteil von Göppingen.«

»Oder er will die Nähe zur Polizei, womöglich sogar die Nähe zu Ihnen als Ermittler – für einen besonderen Kick oder vielleicht auch, um diesmal erwischt zu werden und so einen spektakulären Schlusspunkt der Serie zu setzen.«

Der Gedanke beschäftigte auch Lindner seit einer Weile, trotzdem fragte er: »Wie kommen Sie darauf?«

»Er sucht sich genau die Kollegin aus, die mit Ihnen zusammenarbeitet. Er treibt sich gewissermaßen in Ihrem Revier herum. Und …«

»Ja?«

»Und er hat seinen ganzen Resturlaub für 2013 genommen. Ich habe, während ein Kollege das mit der Exfrau gecheckt hat, den Chef der Kriminaltechnik angerufen. Ursprünglich hatte Haas nur zwei Wochen Urlaub eingereicht, am Freitag rief er übers Handy nochmal an und bat darum, seinen Urlaub verlängern zu dürfen.«

Lindner dachte fieberhaft nach. Dabei hätte er fast übersehen, dass der schwarze Kombi die Ausfahrt am Cannstatter Wasen nahm und sich an der Ampel in die Schlange auf der Rechtsabbiegespur einreihte.

»Soll ich für Sie die Stuttgarter Kollegen informieren?«, meldete sich Radegerst wieder zu Wort. »Vielleicht sollten wir zunächst Verstärkung nach Cannstatt und in die Stadtmitte schicken.«

»Cannstatt reicht«, sagte Lindner. »Er ist gerade abgebogen, wir fahren am Wasen vorbei. Aber wohin genau wollen Sie die Kollegen schicken? Ich hab da eine andere Idee.«

Radegerst hörte zu, wollte ihn von seinem riskanten Plan abbringen, war dann aber doch einverstanden und übernahm die notwendigen Telefonate. Und Lindner musste mit Engelszungen auf seine beiden Mitfahrer einreden, dass sie lange genug stillhielten.

* * *

In der Nähe des Kurparks rollte der schwarze Kombi in einen asphaltierten Spazierweg und blieb schließlich im Schatten einiger Bäume am Wegrand stehen. Thorsten Haas sah sich nach allen Seiten um, dann beugte er sich nach hinten und hob die Decke vorsichtig an. Die Frau lag da, als wäre sie tot; sie schlief tief und fest, und wie er aus Erfahrung wusste, würde das auch noch mindestens zwei Stunden so bleiben. Die Spritze mit der Dosis, die sie danach bekommen würde, lag schon bereit, und Haas ging in Gedanken noch einmal die einzelnen Schritte durch, die ihm heute Nacht bevorstanden. Eine halbe Stunde saß er so da und dachte nach, dann gönnte er sich ein Lächeln: Er war bestens vorbereitet, heute sogar außerordentlich gut, und er sollte alle Eventualitäten bedacht haben.

Kurz nach neun war es, und im dunklen Cannstatter Kurpark war kaum noch jemand unterwegs. Haas lehnte sich im Fahrersitz zurück, schloss die Augen und horchte auf seinen ruhig gehenden Atem. Mit jedem Mord war er entspannter geworden, hatte mehr Routine entwickelt und sauberer gearbeitet. Auch mit den DNA-Spuren, die er für seine Kollegen von der Kriminaltechnik platziert hatte, war er jedesmal ein wenig gründlicher umgegangen. In Bad Wildbad und in Bad Boll hatte er das Material sogar so angebracht, dass es zum Tragen und Herumwuchten der betäubten Frau passte. Aber keiner hatte hinterfragt, dass die Morde sich glichen wie ein Ei dem anderen – und doch an jedem Opfer Genmaterial von anderen »Tätern« gesichert wurde.

»Diese Ignoranten!«

Dabei hatte er am ersten Tatort sogar seine eigene DNA hinterlassen, als kleinen Verweis auf den Auslöser des Ganzen und als, wie er fand, eleganten Seitenhieb gegen alle, die ihm so zugesetzt hatten.

Haas öffnete die Augen und schnaubte verächtlich. Was hatten sie ihm damals nicht alles vorgeworfen, hatten ihn als Opferlamm büßen lassen, als einzig Schuldigen für die Schlamperei der ganzen Abteilung. Hatten dem Druck von oben nachgegeben, schnell jemanden zu präsentieren, dem man alles aufladen konnte: ihn. Dass Weizner, dieses intrigante Arschloch, da ganz schnell mit von der Partie war, hatte ihn nicht überrascht – er und Haas waren die Kandidaten für die Nachfolge des alten Chefs der Ludwigsburger Kriminaltechnik, und auf diese Weise sicherte Weizner sich den Posten.

Was hatten sie ihn danach ausgelacht und verhöhnt, wie hatten sie ihn im Job kleingehalten …

Dafür hatten sie nun bezahlt, und heute Nacht würde er hoffentlich dafür sorgen, dass es ihnen endlich bewusst wurde. Er sah auf die Uhr am Armaturenbrett: zwanzig nach neun. Er blickte sich um, niemand war zu sehen.

Würde ihn womöglich auch dieser Lindner enttäuschen? Von einigen Kollegen in Ludwigsburg hatte er eher nebenbei erfahren, dass das LKA Bezüge zwischen seinen Morden herstellte – und dass Kriminalhauptkommissar Stefan Lindner herausgefunden hatte, dass zu jedem Tatort, zu jedem Herkunftsort der Opfer und zu jedem Tag, an dem sie starben, Daten und Ereignisse aus dem Pietismus passten. Haas lächelte: Dieser Lindner hatte sein kleines Rätsel gelöst, nun würde er seine eigene Rolle in diesem Spiel übernehmen dürfen.

Aber noch war er nicht da.

Noch gut eine Stunde, dann würde er der Frau die Spritze setzen, um sie zum letzten Mal zu betäuben. Dann würde er sich zum ersten Mal nicht wie sonst umziehen – und sich dann ein fünftes, ein letztes Mal an die Arbeit machen.

Wenn es sein musste.

Er zog das Handy aus der Tasche, das er schon in Maria Treidlers Wohnung an sich genommen hatte. Im Adressverzeichnis war kein Lindner zu finden, aber ein Stefan – ihm schickte er eine SMS mit kurzem Text: »Rieger Oetinger.« Wenn Lindner so clever war, wie er vermutete, sollte ihm beides reichen: Georg Konrad Rieger für den morgigen 7. März als Tag des fünften Mordes – und Friedrich Christoph Oetinger mit dem Geburtsort Göppingen als weiteren Hinweis auf den Wohnort des nächsten Opfers.

Schade eigentlich, dass sich dieser Lindner bisher offenbar keine Sorgen um seine Maria machte. Na egal, musste er eben ein wenig nachhelfen. Auf den Ort, wo er sich befand, würde Lindner entweder auch über Riegers Geburtstag und die beiden vorigen jeweils im Kurpark platzierten Leichen kommen – oder er ließ von den LKA-Kollegen den Standort seines Handys ermitteln. Er ließ es eingeschaltet und steckte es in die Jackentasche.

Haas sah nach Maria, deckte sie sorgfältig zu, knipste die Automatik der Innenbeleuchtung aus und verließ den Wagen, um den ausgewählten Tatort noch einmal in Ruhe zu inspizieren. Alles lag nachts angenehm im Schatten der Bäume, doch morgen früh wäre die Leiche von der beliebten Joggerstrecke aus gut zu sehen.

Aber was kümmerte ihn der nächste Morgen? Seine Frau hatte ihn verlassen, selbst sein ältester Sohn hielt ihn für eine Pfeife, und so etwas wie Karriere würde er in diesem Leben auch nicht mehr machen. Er drehte um, spazierte in Richtung seines Wagens und ließ die rechte Hand in seine Jackentasche gleiten. Der kalte Stahl der Pistole erschreckte und beruhigte ihn zugleich.

Er war gewappnet.

Trotzdem registrierte er verblüfft, dass die linke hintere Tür an seinem Kombi offenstand. Daneben konnte er Stefan Lindner sehen, wie er breitbeinig auf ihn wartete, beide Hände in den Taschen vergraben.

Haas näherte sich ihm bis auf etwa drei Meter, dann zog er die Waffe aus der Tasche und hielt sie auf Lindner gerichtet.

»Guten Abend, Kollege«, sagte Haas und nickte dem anderen zu. »Haben Sie mich auch ohne SMS gefunden, oder waren Sie gerade zufällig in der Nähe?«

»Welche SMS?«

Haas grinste.

»Sie sind gut, Herr Lindner.«

»Ich weiß nicht, ob ich mich über ein Lob von Ihnen freuen soll.«

»Warum? Wegen dieser alten DNA-Geschichte? Glauben Sie auch, dass ich es damals war, der geschlampt hat, dass ich die alleinige Schuld trage an dem ausgebliebenen Abgleich meiner DNA mit den gefundenen Spuren?«

»Nein. Sie waren das Bauernopfer.«

Haas nickte. Es tat ihm gut, dass Lindner seine Rolle richtig verstand. Auf solche Worte hatte er lange warten müssen.

»Aber ich mag nicht gern von jemandem gelobt werden«, fuhr Lindner fort, »der eiskalt vier Menschen ermordet hat und der sich im Moment auf den fünften Mord vorbereitet.«

»Na ja … eiskalt … wie Sie das sagen!«

»Sie waren damals vielleicht nicht schuld an der Panne, zumindest ganz sicher nicht allein schuld – aber inzwischen sind Sie ein kranker Mann geworden, und das ist mit Ihrem Karriereknick, den Sie damals erlebt haben, nicht zu entschuldigen.«

»Brauche ich eine Entschuldigung?«

Haas schüttelte als Antwort auf seine rhetorische Frage gleich selbst den Kopf.

»Ich habe meinen ... *Kollegen* ...«

Er spuckte das Wort förmlich aus.

»... ein Rätsel aufgegeben, mit deutlichen Hinweisen, wie ich finde – Sie sind mir ja auch dahintergekommen, obwohl ich Ihnen zugetraut hatte, dass Sie schneller auf mich als Täter kommen würden. Immerhin befand sich meine DNA am ersten Mordopfer. Aber ich habe sie alle düpiert, vorgeführt, blamiert – ich! Und wenn sich jemand entschuldigen sollte, dann die anderen – bei mir!«

Haas fuchtelte mit der Waffe und deutete mit dem Lauf zwei-, dreimal nach links.

»Gehen Sie vom Wagen weg, Herr Lindner.«

Lindner machte ein paar Schritte in die gewünschte Richtung, ließ den anderen aber nicht aus den Augen.

»Ich bin mit Ihnen zufrieden«, redete Haas weiter, »und ich genieße es sehr, dass endlich mal jemand mein kleines Spiel durchschaut, aber ich bin nicht sicher, ob mir das schon reicht – immerhin liegt auf meiner Rückbank ja das nächste Opfer.«

Er grinste.

»Sie kennen sich gut, Sie beide, oder?«

Lindner presste die Lippen zusammen.

»Und wenn ich jetzt von meinen eigenen Spielregeln abweiche und sie sofort töte, würde Sie das ziemlich schwer treffen, stimmt's?«

Haas zuckte mit den Schultern.

»Dann würden Sie noch etwas verstehen, was diese alte Geschichte mit mir gemacht hat. Diese eine Lüge hat mich eigentlich mein ganzes Leben gekostet, meine Frau ist weg, die Kinder ... Das tut viel mehr weh als dieser ganze berufliche Kram ... Das ist mir leider erst viel zu spät klar geworden.«

Er sah Lindner traurig an.

»Nehmen Sie jetzt mal ganz langsam die Hände aus den Taschen und strecken Sie die Arme ganz weit aus, mit gespreizten Fingern, bitte.«

Lindner gehorchte.

»Sie haben das noch alles vor sich«, fuhr Haas fort. »Sie wollen mit Ihrer Maria vielleicht sogar noch Kinder haben, hoffen auf eine schöne Zeit, viele gemeinsame Jahre.«

Er seufzte.

»Und doch kann so schnell etwas dazwischenkommen.«

Haas hielt seinen Blick fest auf Lindner, aber sein Arm drehte sich nach rechts und richtete die Mündung auf die Decke, in die er Maria eingewickelt hatte.

»So schnell kann was passieren«, wiederholte er und fixierte weiterhin Lindner.

Den kleinen Ast hinter sich hörte er noch knacken, aber bevor er auch nur im Reflex herumwirbeln konnte, traf ihn der flache Stahl mit voller Wucht, die Pistole fiel ihm aus der Hand und er kippte nach vorn. Dann wurde es schwarz um ihn.

* * *

Eugen Rösler stand über dem bewusstlosen Haas, hielt den Spaten, den er in dessen Abwesenheit aus dem Kofferraum geholt hatte, in beiden Händen und versuchte, rasselnd wieder zu Atem zu kommen. Das schnelle und leise Anschleichen, das zügige Ausholen mit dem Klappspaten und der kräftige Schlag hatten ihn fast überfordert, aber er hatte es geschafft. Nun nickte er Lindner erleichtert zu und ging zu dem Baum hinüber, wo sich in einiger Entfernung Ruth Lindner um die noch immer betäubte Maria kümmerte.

Hinter Lindner und zwischen den Bäumen des Kurparks hervor kamen nun schon die ersten Beamten der angeforderten Verstärkung. Kortz und Radegerst gehörten zu den Ersten, die ihn beglückwünschten, zwei Sanitäter, die vom nahe gelegenen Krankenhaus herübergeschickt worden waren, besahen sich die Platzwunde am Hinterkopf des Mörders.

»Der wird ordentlich Kopfschmerzen bekommen, aber wenn Sie ihm das hier unter die Nase halten, ist er bald wieder halbwegs wach.«

Einer der Sanitäter gab Lindner ein kleines Fläschchen und ging mit seinem Kollegen zu Maria hinüber.

Zwei Streifenbeamte kamen heran, legten Haas die Handschellen an, packten dann je einen seiner Arme und hoben ihn ein wenig an. Lindner öffnete das Fläschchen und hielt es dem Bewusstlosen unter die Nase. Es dauerte ein bisschen, aber dann kam wieder Leben in den Mann. Er schüttelte sich, versuchte halbherzig, sich aus dem Griff der beiden Beamten zu lösen, dann ließ er sich von ihnen aufhelfen, blieb vor Lindner stehen und nickte ihm anerkennend zu.

»Gut gemacht, Herr Lindner, das ist ein würdiger Abschluss für meine Mission. Und Ihre Maria haben Sie auch wieder. Das Betäubungsmittel, das ich ihr verabreicht habe, ist recht stark, aber sie kommt wieder auf die Beine.«

Er verzog kurz den Mund, und Lindner konnte die an ein kurzes Kauen erinnernde Bewegung nicht gleich deuten. Dann machte Haas ein paar Schluckbewegungen, lächelte noch einmal und wand sich Sekunden später in offenbar sehr schmerzhaften Krämpfen.

Lindner rief die Sanitäter zu sich, die beiden uniformierten Beamten lösten seine Handschellen, legten ihn auf den Boden und achteten darauf, dass sie ihn trotzdem fest genug hielten, dass er sich nicht womöglich losreißen und fliehen konnte.

»Ich glaube, er hat gerade auf irgendetwas gebissen«, sagte Lindner, als sich die Sanitäter über den sich weiter windenden Haas beugten.

»Den könnt ihr loslassen«, sagte einer der Sanitäter nach kurzer Untersuchung und stand auf. »Der haut euch nicht mehr ab, und wir können nichts mehr für ihn tun. Kaliumcyanid, Sie kennen es vielleicht eher als Zyankali.«

Haas zuckte noch ein paar Mal, dann lag er still. Seine Augen und sein Mund waren weit aufgerissen, alles an ihm war verkrampft.

Das Ganze hatte keine drei Minuten gedauert.

Lindner starrte noch kurz auf den Toten zu seinen Füßen, dann wandte er sich ab und erbrach sich.

Donnerstag, 7. März

Am nächsten Morgen war es Lindner immer noch elend. Zusammen mit seiner Mutter und Eugen Rösler war er nach den Ereignissen im Cannstatter Kurpark bei Maria im Krankenhaus geblieben. Sie wachte gegen elf auf und war noch stark benommen, und die Ärzte wollten sie auf jeden Fall über Nacht zur Beobachtung in der Klinik behalten. Als sie nach Mitternacht wieder einschlief und die Stationsschwester die drei mehr oder weniger ruppig hinauskomplimentierte, fuhren sie nach Bad Boll zurück. Ruth Lindner bat Rösler, über Nacht bei ihr zu bleiben – und ihr Sohn kam, müde und mitgenommen, wie er war, gar nicht auf die Idee zu protestieren.

Nun saßen sie zu dritt beim Frühstück, und lange hatte keiner Lust zu reden.

»Der Eugen und ich, wir holen heute Abend unser Essen beim Italiener nach«, sagte Ruth Lindner schließlich. »Ich fahr dann mit Eugen auf seinen Hof raus, und du und Maria, ihr habt das Haus für euch allein.«

Sie räumte ab und ging mit Rösler in den Hof hinunter, um nach den Hühnern zu sehen. Lindner saß noch eine halbe Stunde am Tisch, trank seinen Kaffee und dachte über die vergangene Nacht nach. Haas war krank gewesen, er war böse und gefährlich – und doch wurde Lindner die Bilder nicht los, wie Haas die Zyankali-Kapsel zerbiss und sich für einen schnellen, aber schmerzhaften Tod entschieden hatte, vor dem ihn keiner mehr bewahren konnte.

Kieber kam ihm wieder in den Sinn, der Kollege von der Stuttgarter Kripo, der wenige Tage vor seiner Pensionierung noch einen Mordfall übernehmen musste, unter anderem weil Lindner an einer Fortbildung für seinen Wechsel zum Landeskriminalamt teilnahm. Kieber, der im Zuge seiner Ermittlungen getötet wurde und sterbend in einem Güterzug in die Nacht davongefahren war.

Monate hatte es ihn gekostet, mit dieser Erinnerung fertig zu werden, sich von dieser Schuld, die er sich am Tod des Kollegen eingebildet hatte, freizumachen. Und jetzt das …

Lindner fuhr sich mit den Fingern durch die Haare und fragte sich nicht zum ersten Mal, ob er wirklich für einen Job wie diesen geschaffen war.

Das Telefon klingelte. Kortz war dran und informierte ihn, dass in seinem Büro neue Akten auf ihn warteten. Mehrere Ordner voll, eine lückenlose Dokumentation aller vier Morde, von Thorsten Haas selbst zusammengestellt.

Auf dem Weg nach Cannstatt schaute er noch im Krankenhaus vorbei. Maria ging es wieder ganz ordentlich, und er verabredete mit ihr, dass er die Akten in seinem Büro einladen und sie dann nach Hause holen würde.

Den Nachmittag verbrachten sie sehr ruhig. Maria lag auf dem Sofa und schlief immer wieder ein, ab und zu nahm sie etwas von dem Medikament, das ihr die Cannstatter Ärzte gegen die ab und zu auftretende Übelkeit mitgegeben hatten. Und Lindner saß nicht weit von ihr entfernt am Wohnzimmertisch und las in den Akten.

Haas hatte seinen Job als Kriminaltechniker ein letztes Mal sehr ordentlich gemacht. Sogar die Belege für die gekauften Tacker, Gummistiefel und so weiter hatte er abgeheftet. Über einen Beleg vom vergangenen Samstag stolperte er: Haas musste einen Tacker und ein Paar Gummistiefel im selben Baumarkt gekauft haben, in dem Lindner das Tapeziermaterial besorgt hatte – und dem Beleg zufolge waren sie sogar zur selben Zeit dort gewesen.

Bald kannte Lindner den Hergang der Taten haarklein und wusste auch, wie akribisch und über welchen langen Zeitraum Haas seine Morde vorbereitet hatte. Den Hergang hatten er und die Kollegen bereits richtig vermutet, auch die angenommene Beziehung von Orten und Tagen zu Eckdaten des Pietismus bestätigte sich.

Dass Roland Herbst als erstes Mordopfer der Serie die gewünschte Verbindung zwischen Korntal und dem Kirschenhardthof eigentlich gar nicht herstellte, hatte Haas nie erfahren. Wie von Lindner vermutet, hatte er tatsächlich am Vorabend des Mordes im Wagen gewartet, bis jemand den Weiler verließ, und war ihm dann in der Annahme gefolgt, einen Bewohner des Ortes vor sich zu haben. Direkt hinter dem Kreisel zwischen Weiler zum Stein, Schwaikheim und Affalterbach hatte er den Wagen Herbsts waghalsig überholt und nur etwa achthundert Meter weiter eine Panne vorgetäuscht und den hinter ihm fahrenden Mann zum Anhalten genötigt.

In seinen Aufzeichnungen beschrieb Haas nicht nur haarklein sein Vorgehen, sondern machte sich auch darüber lustig, dass Herbst naiv genug war, ihm die haarsträubende Geschichte von der Autopanne zu glauben, und ihm half, seinen Wagen ein Stück in den Gehweg hineinzuschieben. Als Herbst gerade noch einen letzten Meter weiterschob, stieß Haas ihm den Betäubungspfeil in den Hals, trat zurück und wartete die paar Sekunden, bis die Wirkung des starken Narkotikums einsetzte. Dann fuhr er Herbsts Wagen hinter seinen eigenen auf den Feldweg, lud den Bewusstlosen in seinen Kofferraum und folgte dem Weg auf einem kleinen Bogen, bis er wieder die Landstraße erreicht hatte, und fuhr in Richtung Korntal weiter.

Ähnlich wie hier war Haas auch bei den anderen Morden vorgegangen. Um nicht ungewollt DNA-Spuren zu hinterlassen, hatte er, bevor er sein jeweiliges Opfer betäubte, unter seiner Straßenkleidung zwei Lagen Funktionsunterwäsche angezogen, wie man sie vom Skifahren kennt. Noch im Auto zog er die Straßenkleidung aus, schlich in der doppelten Unterwäsche zu seinem Opfer, pustete ihm mit einem Blasrohr einen Narkosepfeil in den Hals und schaffte das Opfer in den Wagen. Zuvor hatte er auf dem Rücksitz oder im Kofferraum – in diesem Punkt variierte er von Mord zu Mord – eine Plastikfolie ausgelegt, um das Opfer vor Spuren aus dem Kombi zu schützen. In Herbsts Fall hatte er seine Straßenkleidung erst ausgezogen, als sein Opfer bereits bewusstlos am Boden lag.

Nach dem Mord fuhr er jeweils ein Stück vom Tatort weg, zog die obere Unterwäscheschicht aus, verpackte sie in eine Plastiktüte, legte mehrere Steine bei und versenkte das Päckchen in einem Teich. Die jeweilige Örtlichkeit war genau beschrieben, offenbar sollte der spätere Fund der Päckchen als weiterer Beweis für seine Genialität gelten. Danach zog er die Straßenkleidung über, fuhr nach Hause und verbrannte dort die restliche Unterwäsche im offenen Kamin.

Gummistiefel, Tacker, Folien, Teppichmesser, Klappspaten und alles andere, was er für seine Morde brauchte, kaufte er über einen längeren Zeitraum verteilt in verschiedenen, immer sehr großen Läden. Für die Betäubungsmittel, die Spritzen und das Blasrohr brach er in verschiedene Tierarztpraxen ein, und jedes Mal knackte er noch die Tageskasse und nahm das Geld mit – vor allem, um seine wahren Absichten zu verschleiern.

Das DNA-Material, das an den Opfern gesichert wurde, hatte er zuvor auf Autobahnraststätten oder in den Toiletten großer Gastwirtschaften eingesammelt – die Hautschuppen hatte er aus benutzten Papiertaschentüchern gewonnen, außerdem hatte er auf den Boden gefallene Haare aufgesammelt. Und so entpuppte sich die vermeintliche Schlamperei, über die sich die Göppinger Kriminaltechnik so gefreut hatte, als clever gelegte falsche Fährte – wie auch die eigene DNA, die Haas am ersten Mordopfer hinterlassen hatte. Damit erinnerte er nicht nur an die Panne, die alles ausgelöst hatte – sondern er baute auch für den Fall vor, dass er womöglich noch einmal irgendwo eigene DNA hinterlassen hätte.

In seiner Wohnung waren mehrere Abschiedsbriefe gefunden worden: ein langer an seine Frau, ein kürzerer, herzzerreißender an seinen älteren Sohn – und einer an Lindner.

Das Schreiben lag den Akten bei. Lindner öffnete es, faltete die beiden Blätter langsam auf und las: »Lieber Kollege, nun haben Sie mich also …«

Lindner faltete den Brief wieder zusammen und steckte die Blätter zurück in den Umschlag. Das wollte er sich jetzt noch nicht antun. Später einmal. *Vielleicht* später einmal.

* * *

»Das ist ein solches Elend«, schloss Lindner, als er Maria erzählt hatte, was in den Akten zu lesen war. »Irgendwann hat er mit dem Saufen angefangen, seine Frau hat ihn verlassen, hat die Kinder mitgenommen – und eines Tages bekam der ältere Sohn einen Zeitungsartikel zu Gesicht, den seine Mutter im Wohnzimmerschrank aufbewahrte. Dort wurde nicht sehr zimperlich mit Haas umgesprungen, er wurde als unfähiger Kriminaltechniker hingestellt, dem die Ludwigsburger Kripo trotz seiner offensichtlichen Verfehlungen eine Art Gnadenbrot gewährte. Der Sohn sprach seinen Vater bei dessen nächstem Besuch darauf an, das hat das Fass wohl zum Überlaufen gebracht.«

»Und den Pietismus hat er nur in seine ›Mission‹, wie er es nannte, reingenommen, weil diese DNA-Panne 2009 in Korntal am Tag des Jubiläums der dortigen Brüdergemeinde passierte?«

»So schildert er es selbst in seinen Aufzeichnungen. Die Brüdergemeinde war natürlich entsetzt, dass an ihrem großen Tag ein Mord quasi in nächster Nachbarschaft geschah – und da hat wohl jemand Druck gemacht, dass schnell eine

Lösung präsentiert wurde. Und als das mit der Spurenpanne rauskam, wurde der Druck schnell größer. Also … mit einer ausreichend verqueren Logik kann man da schon eine Wut auf die Pietisten bekommen. Und an einer solchen Logik hat es Haas ja nicht gemangelt.«

»Und warum hat er die Tageslosung auf die Stirn getackert?«

Lindner lachte.

»Das ist fast schon wieder komisch. Sein neuer Chef, dieser Bernd Weizner, hat ihn nach dem Ärger um die DNA in Korntal mehr oder weniger kaltgestellt. Der gab ihm nur noch ganz kleine Fälle, manchmal auch solche, in denen nun nicht zwingend ein Kriminaltechniker eingesetzt wird. Vermutlich machte Weizner das, um seinen alten Konkurrenten zu demütigen. Na ja, eines Tages wird er also nach Markgröningen geschickt, wo eine Frau behauptet, ihre Feinde hätten ihr die Luft aus den Autoreifen gelassen. Diese Frau war Viola Hoog, und sie hat Anzeige gegen diese Knallköpfe erstattet, die sich als ›Republik Gottes‹ aufspielen. Einen von ihnen kannte sie schon: ein Nachbar aus dem Stuttgarter Westen – der wollte etwas von ihr, aber sie nicht von ihm. Haas hat an Hoogs Auto Spuren gesichert, und hinterher hat er sich ausführlich die Hintergründe der beiden verfeindeten Gruppierungen schildern lassen. Radikale Pietisten, die sich gegenseitig verhasst sind – das passte natürlich prima in seinen Plan, den er damals vermutlich schon in groben Zügen gefasst hatte.«

Maria fröstelte.

»Wird's dir wieder übel?«, fragte Lindner.

»Nein, aber ich finde das alles sehr gruselig.«

Dann grinste sie.

»Dein Zimmer übrigens auch. Ich hab mir das vorhin angesehen – weit bist du ja nicht gekommen.«

Lindner zuckte mit den Schultern.

»Weißt du was?«

Maria stand auf und krempelte die Ärmel hoch.

»Ich muss jetzt irgendetwas machen, was mich von meinem flauen Magen ablenkt. Und du hilfst mir dabei.«

Sie stapfte ohne ein weiteres Wort in Lindners Zimmer, und notgedrungen folgte er ihr. Zwanzig Minuten später machten sie sich mit Schaber und Tapetenlöser an der Wand zu schaffen.

* * *

Um sieben ließ sich Maria endlich erweichen, mit der Plackerei aufzuhören. Sie hatten die alte Tapete komplett weg, und die ersten Bahnen der neuen klebten schon an der Wand.

»Jetzt kochst du uns was«, schlug Lindner vor, »und ich hol Wein aus dem Keller.«

Es gab Spaghetti mit Knoblauchbutter, dazu einen grünen Salat mit einer ordentlichen Portion Thunfisch. Lindner schenkte Maria und sich Wein ein und stellte Sprudelgläser daneben. Sie redeten über dies und jenes, nur Polizeithemen wurden nicht gestreift. Es war ein schöner Abend, und als Lindner aufstehen wollte, um noch ein Fläschchen aus dem Keller zu holen, spürte er links und rechts der unteren Wirbelsäule einen Schmerz, den er nicht kannte.

»Du bist keine körperliche Arbeit gewöhnt«, neckte ihn Maria und prostete ihm zu.

»Du hast gut lachen, dir tut auch nichts weh. Womöglich ist das irgendwas Schlimmes.«

»Ach, Blödsinn. Ich massier dich nachher noch ein bisschen – die Wand um dein Bett herum haben wir ja schon fertig. Und dann …«

Sie zwinkerte ihm zu und schob sich noch eine Gabel Spaghetti in den Mund.

»Aber es tut trotzdem weh«, maulte Lindner, nun schon halb besänftigt, und wuchtete sich hoch. Langsam und auf jede Bewegung bedacht schlich er aus der Küche und die Treppe hinunter. Vor dem Getränkekeller blieb er kurz stehen und horchte: Oben klapperte das Geschirr, Maria schien gerade den Tisch abzuräumen.

Lindner ging zum Hof hinaus, wo unter dem Vordach die Mülleimer standen. Er klappte den Papiercontainer auf, holte das Medizinlexikon heraus, das noch obenauf lag, ging in einen kleinen Kellerraum und legte das Lexikon im alten Schrank neben der Werkbank ganz nach hinten.

Man konnte ja nie wissen, wozu das Buch vielleicht doch noch mal gut war.

ENDE

… wobei …

Stefan Lindner hatte die Hände gefaltet und den Kopf gesenkt. Der Friedhof war voller Leute, der Sarg war von üppigen Kränzen und Blumengebinden umgeben, und auf ein Zeichen des Pfarrers hin verebbte das Gemurmel. Wenig später war nur noch der Wind zu hören, der durch die Bäume strich und unangenehm kalt durch die schwarzen Mäntel und Jacken drang.

Die Boller Mädle hatten für die Begräbnisfeier darum gebeten, anstelle des Kirchenchors den musikalischen Rahmen bestreiten zu dürfen. Nun mühten sie sich redlich mit »So nimm denn meine Hände«. Auch Ruth Lindner hatte noch eine kräftige und sichere Stimme. Nur die 87-jährige Henrike Hausmann hatte wohl während der letzten Besprechung auf dem Friedhofsparkplatz ein Likörchen zu viel erwischt und krähte mit roten Wangen, schwerer Zunge und brüchiger Stimme neben der bekannten Melodie her.

Lindner gingen alle möglichen Gedanken durch den Kopf, ab und zu räusperte er sich, und unauffällig musterte er die Trauergemeinde. Die meisten sahen starr zum Sarg hin, und wenn er doch einmal einen Blick auffing, stellte er darin die übliche Mischung aus Trauer, Neugier und dem Gefühl fest, irgendwie peinlich berührt zu sein.

Ein paar Meter von der dicht beieinanderstehenden Trauergemeinde entfernt standen zwei Frauen, eine jüngere und eine ältere, beide tiefschwarz gekleidet und mit einem so traurigen Blick, als hätten sie von allen Anwesenden persönlich den schwersten Verlust zu erleiden. Lindner kannte die ältere, und er wusste, dass sie sozusagen beruflich hier waren. Marlene Ruckdaschel ließ ihren Blick halbwegs unauffällig über die anderen schweifen und hob die schmale linke Hand, die in einem schwarzen Handschuh steckte, um sich leise zu räuspern. Als sie Lindner sah und bemerkte, dass er sie aufmerksam beobachtete, erstarrte sie mitten in der Bewegung, dann beugte sie sich zu ihrer Begleiterin, tuschelte ihr etwas zu, und gleich darauf verabschiedeten sich die beiden Frauen mit einem knappen Nicken von Lindner und sahen zu, dass sie das Ausgangstor erreichten.

Die Boller Mädle waren mit einem herzzerreißenden »… und ewiglich« ans Ende ihrer ersten Darbietung gekommen, und der Pfarrer bog sich das Headset zurecht, um mit seiner Ansprache zu beginnen. Lindner senkte wieder den Blick, aber er fand keine Ruhe. Er musterte die Schuhe der Umstehenden und registrierte die daraufgesprenkelten Schmutzflecken, er blieb mit dem Blick an aufgescheuerten Hosensäumen oder an Laufmaschen in schwarzen Strumpfhosen hängen. Er verlagerte sein Gewicht vom linken auf das rechte Bein und rief sich innerlich zur Ordnung. Schließlich fixierte er den schwarzen Stoff, auf den der Sarg gebettet war, und folgte seinen ganz leicht im Wind schaukelnden Falten nach unten. Dort lugten die vier Räder des Transportkarrens hervor, der den Sargträgern ihre Arbeit erleichterte. Es waren Fahrradräder mit blitzblank polierten Speichen, und die Seiten der Reifen trugen in knalligem Gelb die Aufschrift »x-treme longlife power«.

Ein Schluchzen in seiner Nähe lenkte ihn ab; er atmete ein paar Mal tief ein und aus, schloss die Augen und heftete seinen Blick sodann auf das Blumenbouquet in der Mitte des Sargdeckels. Jetzt trat der Pfarrer einige Schritte zurück, und die Boller Mädle wappneten sich für den nächsten Choral.

Schließlich war das Programm absolviert, und der Trauerzug setzte sich langsam in Bewegung. Ruth Lindner scherte aus der Gruppe der Boller Mädle aus und ging neben Eugen Rösler an der Spitze des Zuges. Die beiden hielten sich an der Hand und hatten offenbar mit den Tränen zu kämpfen.

Lindner blieb mit Maria eher im Hintergrund, auch Fritz Aichele und ein paar andere Kollegen von der Polizei waren gekommen. Schließlich wurde der Sarg von Dorothea Wichern langsam in die Grube hinabgelassen, und ein Trauergast nach dem anderen streute ein paar Blumen oder etwas Erde auf den Sarg.

»Weißt du«, flüsterte Lindner Maria ins Ohr, »dass viele Pietisten den Tod nicht als das Ende, sondern nur als den Übergang in ein neues, himmlisches Leben sehen? Und dass sie deshalb Beerdigungen eher als einen Grund zur Freude werten?«

»Hm«, raunte Maria und drückte seine Hand. »Das ist eigentlich ein schöner Gedanke.«

* * *

Dank

Danke an alle, die sich auch seltsame Fragen gefallen ließen und die diesem Buch informative und skurrile Details bescherten – die Fehler, falls Sie welche finden, kreiden Sie einfach mir an. Danke auch an Renate, Jan und Tim, die mich jeden Abend verlässlich wieder aus Lindners Welt holten.

Sollte sich jemand in diesem Buch wiedererkennen, danke ich für das (unverdiente) Lob: Wie in Krimis üblich, sind Handlung und Personen frei erfunden. Für Versuche, herauszufinden, was an den Schauplätzen real und was erfunden ist, wünsche ich viel Spaß – vor allem Wanderungen rund um die beschriebenen Tatorte, allesamt recht idyllisch gelegen, kann ich dazu nur wärmstens empfehlen.

Jürgen Seibold